智の涙

獄窓から生まれた思想

矢島一夫 著

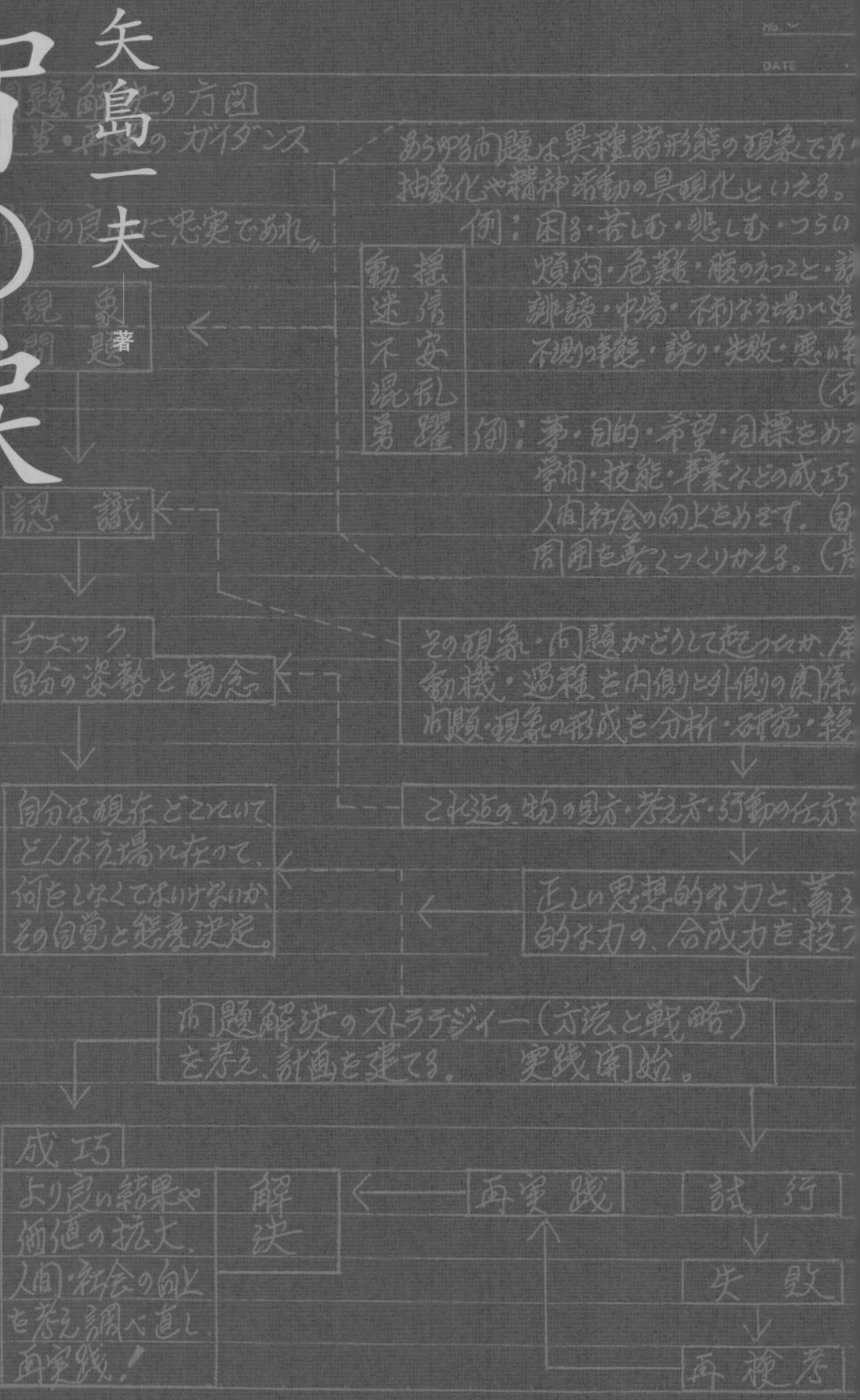

彩流社

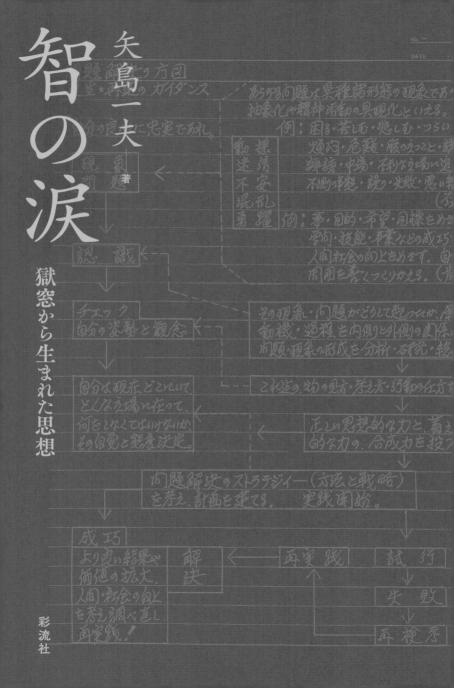

人を傷つけた者だから、傷の治し方がわかる。
人を殺めてしまった者だから、人を活かす道がわかる。
運命とは、命の運び方のこと。
使命とは、命の使い方のこと。

――著者

◎もくじ『智の涙――獄窓から生まれた思想』

序

はじめに

俺が強盗殺人の罪で無期懲役の判決を受けたのは、一九七〇年代の半ばだった。多量の飲酒によって前後不覚になってしまい、まじめな銀行員だった被害者の命を奪ってしまったことは悔やんでも悔やみきれない。被害者家族からかけがえのない夫・父親を奪ってしまった。今でも毎日手を合わせてくり返しお詫びをつづけている。

この本は、どうして俺がそんな罪を犯してしまったのか、そして、罪の償い、生きなおす方法はないのかを模索しつづけた俺の格闘の記録をまとめたものだ。

強盗殺人の容疑で捕まったそのころの獄中には、連続殺人事件の永山則夫さん（元死刑囚。一九四九～一九九七年。二〇八ページ参照）や連合赤軍事件のメンバーたちがいた。

同志にたいする殺人という陰惨な事件をおこしてしまった赤軍メンバーは、自分たちが「学生」という立場から社会の矛盾を観念的にとらえすぎたという反省があったのだろう。獄中の赤軍メンバーにとって、俺はそういう「学生」＝「プチブル」とはまったくちがう最底辺のプロレタリアと思われたようだ。

永田洋子さん、坂東國男さんなど、赤軍メンバーから積極的なオルグ（勧誘）の手紙が届くようになった。手紙のなかには、日本の階級社会についての分析、どうしてまともに教育も受けられなかった俺のような存在が生まれたのかを教えてくれるものも多かった。

当時、同志殺しの赤軍にたいする視線は厳しかったと思うが、俺にとっては、自分の存在を客観的にみることを教えてくれた人たちであり、そのことにはいまでも感謝している。

でも、しばらくすると、どうもおかしいと思いはじめた。あいつらは、どこまでも俺になにかを教えよう、俺を指導しようとしているとしか思えない。あいつらにとって、俺は体のいい最底辺プロレタリア代表の人形にすぎないのか。国（警察・検察官や裁判官）が俺に社会のクズのレッテルを貼りつけようとしたのと同じではないのか。

俺は、国が俺に押しつけようとした社会のクズであることを拒絶した。おなじように政治党派が押しつけようとした最底辺プロレタリアのお人形さんであることも拒絶した。では、他人が俺に押しつけようとしたレッテルをすべて拒絶して、獄中にいた四十二年かけて獲得した俺とはなにか。

極貧でまともな教育も受けられず、ただ孤独と怒りにかられて犯罪をくり返していたかつての俺とどうやって決別し、俺のような無軌道な存在を生みだした国や社会を批判する立場を獲得できたのか。その一点を生きてきた証に残しておきたい。

まずは、この序文のつづきに、獄中の生活について書いておく。

そのあとに、仮出獄の直前に書いた事件にたいする悔悟の気持ち、俺の生い立ち、事件について、獄中での思索をおくことにした。

刑務所の一日

大多数の読者のみなさんは、刑務所の一日などご存じないだろう。俺は、これから書く刑務所の一日を、毎日、四十二年間（単純に計算すると一万五千日あまり）つづけてきた。もっとも次の章の生い立ちに書いているように以前にも刑務所で暮らしていたことがあるので、実際にはもっと多いことになるが……。人生の大半を鉄格子のなかなんて、洒落にもならない。くやしい。俺一人が悪いのだろうか？

刑務所の朝は、六時半にはじまる。以下、列挙すると次のようだ。

起床、六時半（土日など免業日は七時）
点検、六時四十分（それまでのあいだに用便や洗面をすます）
食事、六時五十分（配食、喫食）
出役、七時二十五分（各房から出る）
作業開始、八時
休息、十時（五分間）
昼食、十二時（休憩三十分）
午後の作業（十二時三十分から）
終業、十七時（還房）
夕食、十七時二十分（配食・喫食）
運動、午前中か午後三十分
入浴、午後九分間（休日入浴は午前十時ころからはじまる）

余暇時間は十七時半から二十一時まで。「起床点検シャリ三本あけりゃ満期が近くなる」（昔から全国の囚人たちに伝わる戯れ言で、それくらい無反省・無自覚・無骨の日常生活を送っているということ）。そううそぶいてお務めしている人は多い。何を思い、なににつなげようとしているのか？

起床までの時間は長い。十七時半から仮就寝となり二十一時が本就寝で滅灯になるから九時間余は布団のなかにいる。その間、うるさい、くさい、むさい（いびきの音、体臭、屁のにおい）に満ちている。禁じられている会話や読書を布団をかぶってやる人も多い。

やがて朝になると、「起床《キショー》～、起床《キショー》～」の大声が各舎に響く。それにあわせて「畜生《チクショー》～」と皮肉な合いの手で茶化す人もいる。それからやおら、「テンケ～ン」の声。点検ともなれば、一匹鳴けば百犬吠ゆ、で各舎の人数確認がはじまる。逃走やトラブルの有無はないかを確認する。横二列に並ばせた囚人たちに「番号！」とはいうけれど、「おはよう」のあいさつはない。傲岸《ごうがん》で権力風吹かした態度そのものだ。

食事は工夫されていて、シャバ並とはいえないまでも飢え死にすることはない。シャバで食えなくなった人が衣・食・住の心配がいらない塀のなかに逃げこんでくる。

新入者《しんにゅうしゃ》（刑務所用語で新入りの人のこと）でも再犯の仲間が来ると、顔見知りは、「よう、お帰り。今度は何年だ？」「大した刑じゃねえよ」のごあいさつがかわされる。

夕方、受信物（刑務所用語で郵便物のこと）を渡される。手紙が来た人、来ない人。一喜一憂の明暗が顔に出る。

書籍については、出版不況や活字離れはどこ吹く風、本を買う人は多い。ドキュメントや犯罪小説、ミーハー的な肩のこらないもの、人情もの、面白くてためになるものがよく読まれている。なんといっても宣伝文句が簡潔でインパクトの強いもの、一目で購買欲がそそられるものに目が行きやすい。そうなると圧倒的に好まれるのはエログロナンセンスの類だ。

新聞は商業紙が一部だけ、各舎房に配られる。ただ、読む時間は十五分の巡転時間しかないから、数人がさっと目を通すだけ。読みたくても読めない人のほうが多い。やむをえずスポーツ紙を購読したり、差し入れてもらう人もいる。

運動時間は晴天の日はグラウンド、雨天なら講堂で実施される。おもにランニング、ソフトボール、卓球、筋トレなどでストレスを発散させている。

休息は五分間。小便タイムと息を整える時間だそうだ。体を休め、次の作業を効率よくするための時間が三十分の休憩だという。そんなわずかな時間だから、おしゃべり雀たちは与太話や他者の陰口、悪口に興じて収拾がつかない。加えて前日夕食後の余暇時間におきたトラブルの火種が再燃したりする。その歪みはすごい。工場では、朝礼のとき、ラジオ体操のとき、昼休みにとつぜん殴るけるのケンカがはじまる。いじめに耐えていた者がいじめていた人間を切ったり刺したり、ボコボコにすることもある。非常ベルは鳴らされ警備隊が走る姿は毎日のようにみる。そうすると、立つな、しゃべるな、座ってろの支配管理が強化される。

入浴は、温たまり、洗い、ひげそり、温まるの四行程を九分間で終わらせる。これが唯一の楽しみか。「下獄《げごく》」（刑務所に入ること）という垢おちの浴槽で膝を抱くように湯あむとき、母の胎内でそのような姿勢で守られていた安堵感と慈母への裏切り行為を何人が省みるだろうか。足や手を洗いながら悪しき人生から足を洗う思いにいたる人がどれだけいるだろうか。本当の意地と度胸はどこへ向けられるのか。

雑居房での余暇時間の情景はおどろおどろしいものがある。生まれ育ち、経験や品性、抱えている事情が異なる人たちの集まり。だから刑務所を寄せ場という。搾取と抑圧の日常で、がんばりだけを強いられる。そこから生じるストレスの発散で「人の口にふたはなし」という現象が生まれる。

お人よしなのか「世話好き」なのか、やかんのように横から口を出す人がいる。若い人や新入者が長い収容生活のなかで何を勉強しようかと迷っていたり、一心になって更生のために勉強をはじめる。そこで先輩風を吹かしたいのか、教えたがりなのか、親切心からなのか、あちこちから「アドバイス」がはじまる。新入者に向かって「辞典なんかみててどうする?」「シャバに出てからすぐに役立つ勉強をしたほうがいいよ」とのたまう。

その内容たるや、耳を疑うようなものが多い。そういう人たちの神経に驚くばかりだ。労働者から日当をピンハネする方法、シンナー売り、シャブの売人の集めかた、女性をひっかけ、シャブ漬けにして売春婦など苦界に沈めて稼がせる方法……。はては保険金殺人や死体を海や山で処分する方法にまでおよぶ。

カネのためならなんでもする。払奪《ふつだつ》(道理にはずれて人の物を奪う)話を平然と茶飲み話にする。金がないと生きられない。金支配の毒がまわっている。社会の毒。妻・家族や保護司に手紙一通、満足に書けず、日本語もまともに読めないのに、英語や中国語をすすめる。小説を読むのは情操教育になるからと、ピカレスクやアウトローの本をすすめる。

書道やペン習字は時間つぶしや周囲から己をも守るバリヤーだ。写経・キリスト教・神道などの教誨《きょうかい》（刑務所用語で、罪を犯した人を教え諭すための集まり）に出席するのは、仮釈放をもらうのに有利だからと恥知らずにも公言する。もちろん真剣にそれらの教えを勉強している人もいる。だが、神仏やキリストが本当に万人を救済することができるなら、搾取と抑圧の政治・経済の社会構造をとっくになくしているはずだ。

まあ、どのような勉強も無駄になるものはないが、一番肝腎なのは自分がどこにいて何を学ばなければいけないか、的をしぼり、優先順位をきめることだろう。

罪犯者なのだから真摯な省悟と自分再建のために必要なものを苦学力行でかちとること。これが生活の核にならなければ、いつまでも未来の不安、現実の混乱、過去のけじめをつけることにはつながらない。

にもかかわらず、○○をしなよ、△△をしたほうがいいよと横から口を出したり、仲よくなって出所後の悪事を企てたりする。その本人は「くう・ねる・あそぶ」の生活スタイルにどっぷり浸かっている。こういうのをミスリードとか無責任というのではないか。

俺は自分一人が更生の道を歩けばいいとは思っていない。自分の問題は囚僚たちに共通する問題でもあると確信している。だから、自分が自力更生の道をまっすぐ進めば道ぶしんになり、まがりくねって進めばそれも手本のひとつになるはずだと考えている。だから、囚僚たちにも勇気と良心をもって助言をしてきた。

俺たちはなにをしてこの高い塀のなかに閉じこめられているのか。けっして自慢できることではないだろう。俺たちがつまらぬ与太話やトラブルに明け暮れているこの時間にも、シャバで家族は食うために、生活するために苦労している。それを考えたら自分のツラを叩き、もっと問題意識をもって生活しなきゃいけないんじゃないか。

このなかでも社会でも失敗や誤りをおかしたりトラブルをひきおこすのは的確な状況判断の能力が欠けていたからだろう。そしてさらに、やるべきこととやってはいけないことのけじめをつける良心と勇気が欠けていたのだろう。俺は大罪を犯したことの原因を探るなかでそのことがはっきりと分かった。

だから答えは一つだ。目標は一つだ。俺たちは悪《みにく》いことをやったがゆえに、品性・人柄を高尚にすることにこそ意地と度胸を向けなおすべきではないのか。

自分や家族の誰かが日当をピンハネされたら、腹は立たないか。自分の母や姉妹娘妻恋人がシャブ漬けにされ売春婦に沈められたら、はらわたが煮えくりかえらないか。自分の子どもがシンナー中毒にされたり、売り子にされていたら笑ってみていられるか。自分がされたら大騒ぎしたり、頭にくるくせに、カネのためなら汚したり毒したりするのも平気だという生きざまは自分の良心が許さないんじゃないか。自分がされていやなことは他人にもしないことだ。それが俺たちにとって生きなおしのイロハだと思う。ちがうだろうか。

向学心はすばらしいと思う。なにを勉強するにしても再出発のために必要な生活力と精神力を身につけること。それにつながる学際的なものを学ぶといいんじゃないか。

まっすぐな道をいく人間、自分に嘘をつかない人間、それが最後に得をすると思う。泣くのも笑うのも自分しだいだ。

こうした話をするのも、獄中生活では勇気がいる。この鉄格子のなかに省悟と更生の手本になる人間が周囲にいなかったら、自分が模範にならなくてはいけない。それが真友。人と人との間柄の関係（人間）だ。人と人が力と心を出しあっていい結果を出す。それが仕合せということ。

獄に囲われ、獣のようにされている今から人間に更《かわ》って生きよう。犯した罪や生活上のトラブルがそのことを教えている。毎日が仕合せづくり、自分・社会・時代は自らが改変していくものだ。

I　すみません

わたしの誤ちについた罪名は、住居侵入・殺人・殺人未遂・強盗・刀剣不法所持です。検察官には「悪鬼の所業」といわれ死刑が論告されました。その後、無期懲役になり下獄して四十二年。このたび六月十日に、仮釈放となります。しかし、手放しで喜んではおりません。

事件当時生後二十日のこどもは四十二歳になり、二十歳であった妻は六十二歳になりました。わたしもすっかり馬齢を重ね七十三歳になり、これから秋蝉《しゅうせん》（『漢和中辞典』に学ぶ）の一声を啼いてみたいと思います。

わたしの妻子は、わたしから仮釈放になる旨の手紙を読み驚きと喜びでパニック状態だと返信をくれました。

わたしを支え待つ妻子は四十二年間、困難辛苦と戦いました。自分らには、何の罪もないのに、ろくでもないわたしと夫婦・親子の縁を持つことで連座制のごとき、差別・抑圧・屈辱を受け、忍の一字を社会的に負わされてきました。つまり、自身も第二第三の被害者であるのにそれを噯《おくび》にも出さず、自分たちの人生を犠牲にしてくれたと思います。お互いに忍耐と努力の成果だねといってくれる妻子の言葉にただただ叩頭《こうとう》の思いです。

「死刑から無期懲役となり、生かされた命なら被害者・家族・社会のために形ある償いをして行こう」……と思いました。

「真面目にお務めして生き、家族のもとへ帰してもらおう」とも思いました。

そしてついに、獄門の開く日はもうすぐです。

でも、嬉しくない。本当です。被害者や自分の妻子に、申し訳ないの思いが心のなかに澱《よど》んでいるから素直に喜べないのです。

被害者の女性のもとには、生きて夫は帰りません。子どもさんたちの所へは生きて父親が帰ってはきません。この残酷な現実は、すべてわたしが産んだのですから、喜べるわけがないのです。

裁判の過程で、実況見分のため、被害者宅に連れて行かれました。そこでみた情景は実に身がすくみ心が凍るような重いものでした。

玄関の上り框《かまち》の床や部屋の壁に飛散している黒く変色した血痕。それを今もって鮮明に思いだすと、検察官から言われた「悪鬼の所業」そのものだと、胸が苦しくなります。

キッチンの流し台には、使用後の食器類が水に浸してありました。それをみたとき、「すいません。本当にごめんなさい」と心から、声なき声で叫んでいました。

家庭の主婦である人が、家事と育児に疲れ食後の洗い物は「明日にでもしようか……」と思ったでもあろう水に浸しておいたのでしょう。しかし、その夜のうちに突然この「できそこない」の男によって迫害された。

食器一つ洗うこともできずに、住み馴れたわが家から出て行かなくてはならなくなった。そのこと一つ例にしても主婦として屈辱であったと想像するし、わたしへの怒り憎しみをもっても当然なのですね。

また一方、庭に目をやれば、洗濯物の物干し場には、住人不在で使われることもなくなったロープが風に揺れていました。

子どもたちが、こぎ遊び回っていたであろう庭は雑草が生いしげっていました。

自転車は雨ざらしのまま放置されて錆れ住み人なき家はわびしいものでした。

笑ったり泣いたり、叱ったり褒めたり、いろんな言葉がとび交い、夫婦が、親子が、寄りそい生き生きと活動していたであろう家がこのろくでなしの蛮行によって廃屋のようになっていました。

「家族の皆さんはどんな思いでこの住みなれたわが家を後にしたのだろうか……」。それを思うと、そのとき、泣き叫びたくなった思いを今も忘れることはできません。

その日は、拘置所に戻ってからも、その情景が頭にこびり付き心が痛み、一晩中、心も体も温まることはありませんでした。

あの日から今日まで四十年以上におよぶ獄中生活では、朝から朝まで、すみません、どうか許して下さいと心から繰り返して来ました。

公判記録で知ったのですが、事件当時は三歳だったという娘さんがこういったそうです。「ママの顔にペンキ塗ったのはだあれ……」と。この言葉はわたしの心をグサリと刺し、心も体も頭のなかも揺さぶられ、かきまわされ、痛みが走りました。そして、この言葉は、母を傷つけられた幼い子の全身による抗議であり糾弾だと受けとめたのです。そして、これに応えられるだけの内実をもたなければいけないと、強く自分にいい聞かせました。

家の大黒柱であり稼ぎ手であった人は、勤勉家の努力家であったそうです。夜学で大学を卒業し、日本銀行で将来を嘱望されていた人と裁判過程で知りました。

わたしとは直接何の関係もない人ですし、夜中に侵入した賊から家族を守ろうとしてわたしに飛びかかって来たのは当然の事でした。

被害者方へは、ある問題で、誤解や齟齬や納得がいかない点があったので、話し合いに行ったのでした。だがそれ以前に、一日中酒を飲み歩いていたことで、心も体も思考能力も、酒に飲まれてしまっていたわたしでした。気がついたら血だまりのなかに立っていたというのが実情です。

精神鑑定ではそのときの状態を心理学的に分析されました。

「大量の飲酒による異常酩酊。背後から飛びかかられることによって生じた原始的防衛本能。それによる運動暴発。由って心神耗弱状態にあった」という鑑定が出たのです。

しかし、それによる減刑はありませんでした。わたしはそれでいいと思いました。ほぼ事実だからです。飲酒のせいにはできません。するつもりもなかったからです。

事件を犯すために酒を飲んでいたわけではありませんが、自分はどの位の量を飲めばそうなるか、それによる酒害が自他ともにどうなるかふつうなら予想ができるのに、それでも酒飲みのいじ汚なさで飲むのですから心身をもち崩すほど飲んだ自分が一番いけないのです。

ともあれ仕事も家庭も人生も、これから充実していくという四十代の人を亡き者にしてしまった自分が一番悪いのです。

寂しいとき、つらいとき、困ったとき、「こんなときにお父さんがいてくれたらどんなに心強いか」と、そう思うことが被害者のご遺族にはあったと思うのです。

どんなに楽しいことがあっても肝腎の人が欠けた生活。その切ない思いを代わってあげることはできません。

いろんな場面で、口惜しい思いをしたり、悲しい思いをしたでしょう。父や夫としての立場から助言や叱責・教導をしたりされたりすることも必要だったでしょう。

夏は海やプール、秋にはハイキングに運動会、春は進学・就職・お花見、冬にはあの庭での焚き火とやきいも。炬燵《こたつ》を囲んでの一家団欒。これら四季折々に思いだす夫や父の存在。

そのときの情景を想像し自分を待つ妻子たちを重ね合わすと、胸は痛み、息苦しくなり、うわーっと叫びたくなる衝動にかられる独房の日々でした。

その心情を誰に相談できるでもなく、独房の壁にうつる自分の影と話すことも四十二年になりました。

凄惨な場面をみた子どもさんたちはどんなに心を傷つけてしまったろうか……。育成過程で影響する度合いを獄中にいる凡愚な自分には想像もつきません。

また、亡くなったご主人のお葬式や重傷であった奥さんの医療費もたくさんかかったことでしょう。犯人によって殺傷され、その後の必要経費もすべて遺された家族が負担しなくてはならなかったことでしょう。女手一つで三人の子どもさんたちを育て進学させたり生活してゆくことになったその物理的・精神的な負担、それを考えるとなま半可なお詫びの言葉もみつかりませんでした。

その念《おも》いが常に生活では心の澱みになっておりました。すみません・ごめんなさいでは済まないからです。ならばどうしたらいいのか。それを自分に追求する歳月でした。

加害者のわたしとその家族にマスコミ関係の人が押しかけ、「報道」という大義名分で「めしの種」にしたごとく、被害者のご遺族のかたにも大変なご迷惑をおかけしたのではないかといつも気にかけていた歳月でした。

何も悪いことはしていないのに、「あれがあの事件の被害者よ」と世間の心ない好奇の眼に晒されたのではないだろうか……。そのときのくやしさ・怒り・忍耐はいかばかりか、自分にも想像はつきます。

自分の妻子も同じような思いをして学校や生活の場を三転四転しながら世間の眼をのがれひっ

そりと隠れるように生活しているからです。

自分の心ない童蒙《どうもう》（わたしがつくった言葉です。子どもよりも無知で蒙昧なさま）な生き様と、いろんな偶発的条件が相乗して起きてしまった事件です。決して警察や検察が作り上げた、計画的な強盗殺人なんかではありません。

とはいえ、自らの蛮行が生み出した結果はこれまで自分が想像もつかないような第二第三の罪つくりをしてしまったことはたしかです。

家庭・家族・人間関係・そして生活・人生・未来を引き裂き、損ない、壊してしまった自分。まさに凶悪とか悪鬼といわれても当然です。自殺で償おうとしたこともありました。

お詫びの手紙や送金が返送されたり、怒り・憎しみをぶつけられても素直に受けとめます。むかしなら磔・獄門になるような自分による「悪鬼の所業」、いくらすみませんとかお許し下さいといっても失った父は帰らず、夫は帰らず、家庭は元に戻りません。

それでは、獄中の自分に何ができるのでしょうか。それを愚直なほど真剣に追求してきました。すみませんではすみません。

ですからわたしの謝罪心と省悟・自力更生の志操は、じつに朝から晩まではなく、朝から朝まで、頭・心・生活でフル回転しています昨日も今日も……です。

たとえば夜中に眼がさめます。すると既述のような、被害者におよぼした罪つくりの数々が頭のなかに甦ります。罪の呵責で眼が冴え、罪つぐないの実践をどうするか責め立てます。そのうちのいくつかを披瀝しておきます。

事件後は朝晩、壁に向かって正座し合掌して被害者故人とそのご家族に心から「すみません、お許しください」とお詫びしています。

下獄後は、教育課にお願いして被害者の氏名を書いた位牌を作っていただき、毎日合掌してお詫びをして来ました。

毎年正月には初日の出に向かって合掌します。被害者と今は亡き自分の家族に罪つくりな自分を詫び、被害者ご遺族や自分を待つ妻子の健康と安全を祈ります。また事件後は正月に出される御節料理や菓子類は口にしないようにしてきました。

被害者の月命日と春秋の彼岸日・盂蘭盆には教悔に出席し住職の読経をいただきながら被害者にお詫びをしてご冥福を祈り、香華を手向けてきました。

生活では、楽とか愉快とか、快と楽の字がつく事はすべて排除してきました。

芸能人や市民ボランティアの人たちが慰問に来てくれますが、被害者・家族・社会におよぼした害悪を思えば一つも楽しくありません。出席もしたくはないのですが、全員出席の規則があり、それも適いませんでした。むしろ被害者こそ慰問されるべきだと思うので見上げるステージは反省の資にしてきました。もちろんせっかく慰問にきてくださる人たちにはありがとうございますの思いで拍手はします。

わたしの凶刃により被害者はご不自由なお体で三人のお子さんを育て生活苦と戦っておられる

のかという思いは一日も忘れたことはありません。ですから獄中の労働や人間関係のつらさ・苦しさがあってもそれを口に出すことはしませんでした。つらいとか苦しいとかを口に出すうちは、まだ反省や更生は本物じゃないという思いがあったからです。

　家具を作る仕事に携わり、機械や工具で怪我をしたことがあります。そのときの痛みと流れる血をみて、「被害者はもっともっとこの何十倍もの痛みと苦しみを受けたのだろう。本当に俺はろくでなしだ」、そう思って傷の痛みに耐えました。自分を責めない日は一日もありませんでした。観念的ではなく建設的に考え、被害者にはお詫びの手紙と囚人労働でいただく報奨金から何度もお金を送りました。お葬式・医療・生活でわたしが想像もつかないくらい出費されておられるのではないかと思いその足しにしてほしかったのです。しかしその都度返送されました。残念で仕方ないのですが、しまいには、「被害者の感情を逆撫ですることになってはいけないので以後、発信や送金は許可しない」と告知されたのでした。

　そして、仮出所する際の遵守事項には、「被害者の方へお詫びの手紙も出してはいけない。被害者と接触してはいけない」と定められています。

「わたしはストーカーではないのですよ。お詫びと形あるつぐないがしたいだけなのですよ」と言いましたが、「よく判っている。しかし被害者が謝罪の手紙も望んでいないのだとしたらそっとしておくのも一つの方法ではないか。犯した罪とお詫びの気持ちを一生持って生活すればそれでいい」という教諭を受けました。

被害者から送金や手紙も拒まれてしまい途方に暮れたわたしは、被害者支援基金の方へお金を送ろうと考えました。「プールされているわたしの報奨金から全額の三分の一を送らせてほしい」と願い出ました。が、「報奨金は更生資金であり、出所時に手渡されるものであるから趣旨のちがう所に送金することはできない」という理由で不許可になりました。

その後、わたしの仮釈放が決定し、そのことを知った被害者のご遺族からは思いがけない手紙を頂戴いしました。

その内容の全部を無断でここに記すことはできませんが、そのお手紙を読んでいる最中、ボロボロと落ちる涙をとめることができませんでした。

寛怒と情理のこもった仁慈あふれるような内容。それに対して、ありがとうございます、本当にすみません、という以外の言葉はありませんでした。毎日毎日読み返してはまっすぐに生きるエネルギーにさせていただいております。

「私はあの夜、あの部屋にいた三人の兄弟の末っ子です」から始まるそのお手紙は、「仮釈放まででもうすぐです。心身大事にして下さい」で終わる五枚の便箋は七十三歳になるわたしにもの凄い活力を下さったと思います。

「仮釈放までの間に（略）、あなたと面会したい（略）、私はそう望んでいます」

とこのようにいってくださるご遺族にわたしは、お会いしたい。土下座しておわびしたい。と申し出ましたが許可になりませんでした。

明後日、わたしは宮城刑務所から四十二年ぶりに出所します。うれしいとは思いません。被害者・家族・自分の高齢を考えれば、これからの社会生活は今まで以上に大変だと思うからです。でも、「ふぁいとっ」です。この道ひとすじです。人生は思い出作りの工場のようなもの。いい思い出も悪い思い出も作る。どうせなら一つでも多くのいい思い出を作ろう！

Ⅱ　生い立ち

誕生から小学校卒業まで

世田谷の貧しい地区に生まれて

私は昭和十六年三月五日に、東京は世田谷の町に生まれ、鳶《とび》職の父親を頭に男十人女二人の合計十四人家族のなかの八男として育ちました。生活はとても貧しかったです。

記憶に残っている一番古いものは、戦争中のことで、私が四、五歳の頃のことです。母が私を背中におぶって空襲警報が鳴るなかを、私の家の前にあるドブ川を渡ってその向こう側の丘にある防空壕に逃げこむために家を出たとき、敵国の飛行機にねらわれ、機銃から射って来た弾からあやうく一難をのがれたことがありました。今でもそのことははっきり憶えております。私を背負った母が近所の植えこみのなかに逃げこむのが一歩遅かったら、母も私も当然現在はこうして生きていられなかったことでしょう（母はその後亡くなった）。もっとも、あのときアメリカの飛行機に殺されていたら、今日のこんなみにくい日本をみることもなく、また、貧乏人を無視した金持ちばかりが優先される矛盾だらけの世の中で、私は苦しめられることもなかったのでしょうが。皮肉なもんです。

そのことはさておき、終戦後防空壕の上におとされてあった、五十キロ油脂弾というのが片づけられず放置されたままになっておりまして、近所の子どもたちの遊び道具になっていたのです。今考えれば誠に危険な物ですが、子どもなので、その危険の度合いが判らず、私は近所の年上の子どもと二人でその爆弾で遊んでいて、その爆弾からはずした真管をいたずらしているうちに、それが爆発して鉛の玉が私のオデコにたくさんめりこみ、血まみれになって死にそうになったことがありました。そのとき一諸に遊んでいた年上の近所の子は手の指を二本吹き飛ばされました。今その人はどうしているのか判らないですが、そのときの恐ろしさは今でも忘れられません。父がその爆発音で家から飛び出し、近所から借りたリヤカーに血まみれの私たち二人を乗せて医者に連れて行ってくれたのですが、オデコのなかに入っている鉛の玉を針で一個一個取り出してくれながら、「ちくしょう、あんなところにしょうい弾なんかおとしやがって……」といっていたのをうっすらと記憶しています。父は多分敵国に対し怒りで充満していたんだと思います。

近所の大きい建物はほとんど空襲でやられ、私の家の前にある国士館という大学も跡かたもなく焼けて一面がガレキの山でした。近所の人たちは大人も子どもも先をきそってその焼け跡につめかけ、焼けあとをほじくっては銅とか鉄を掘り出し、それを売っては金にしていました。私は兄と二人してその焼け跡へ飛行機の風防ガラスの破片をひろいに行って、まちがって私は兄に鍬で頭を割られたことがありました。この風防ガラスというのは火をつけるとよく燃えるので、停電のときにはローソクの代用品としてとても便利なので、近所の子どもたちは競ってその風防ガラスを掘り出しに行ったものでした。

私の生れた世田谷のそのあたりは今でこそ一等地でありますが、その頃私の家を含めて近所の一区画はバラック造りの家ばかりで、朝鮮の人が一家族住んでいたために、その周辺一帯のことを周囲のお金持ちのお屋敷からは〝朝鮮部落〟とか〝軍かん長屋〟といわれ、何か一種特別の眼でみられておりました。〝朝鮮部落〟とは、朝鮮の人が住んでたからで、〝軍かん長屋〟とはトタン屋根が長く続き、その下に何軒もの世帯がうごめくように住んでいたからだと思います。そういうトタン屋根の上に石をのせてある貧しい家に住んでいるというだけで、金持ちたちの家の子どもらは、そしてその親たちも、まるで汚ないブタでもみるかのようでした。その親たちは子どもに対し、「あそこの部落の子と遊んではいけません」といって子どもどうしの仲をさき、「シラミがたかったらどうするの」といって私たちをまるで別世界の人間として、自分たちの子どもに近づけさせまいとしていました。

その頃の食事といったら、スイトン、カボチャの葉っぱ、イモのツル、フスマでできたパン、コウリャン、そして〝残パン〟といって、色んなものが混じった、現在ならブタが食べる物を食堂へ買いに行ったものでした。母親に手を引かれ、雪みぞれのなかを右と左のちがう大人のゲタをずるずるひきずって〝残パン〟を買いに行ったことも哀しい思い出のひとつです。私の下の弟を母は背中に背負い、そして私の手をひき、もう一方の手には買った〝残パン〟を入れるためのバケツをさげて、雪みぞれのなかをカサもささずに〝残パン〟を買い求めるための行列のなかに混じってかなり長い時間立っていたことも憶えています。その残パンの中味はウドンとか、パンとか、米とか、その他あらゆる食べられるもの、食べられないものが混じったもので、タバコの吸いガラや衛生サックなども入っておりました。

これらの〝残パン〟はアメリカ人が日本に上陸して来て、その人間たちが食べた残りを日本人の食堂がもらうか買うかして、それを貧しい人たちに売っていたもののようでした。それらの話を後で聞いたとき、私はツバを吐きたいくらい汚ならしさを憶え、敵国の残りカスを食べさせられたくやしさに、戦争に負けた日本のいじ汚なさをとてもだらしないと思ったものでした。それら〝残パン〟を買って帰り、家で炊き直して食べるのですが、その頃の貧乏人の家ではどこの家でもそういう物を食べなくては生きていけない状態にあったということを、ずっと後に聞かされたことがありました。

小学校へ入学して、一年生の頃から、私は二歳年上の兄貴と一諸に学校から帰ると、私の家から一キロ位離れた製材所へ「おがくず」を買いに行っていました。その「おがくず」というのは製材所で製材のときにノコギリから出る木の切り粉のことですが、その切り粉さえただではくれず、お金を出して買っていたわけです。その「おがくず」でごはんを炊いたり、その燃えた残り火を火ばちのなかにいれて暖をとっていたわけです。

その「おがくず」を買いに行くのに、私の家にはリヤカーなどなかったので、私の父がこしらえてくれたリンゴ箱を二個合せたような木の箱に、十五センチ位の木製の輪を前後につけて、それを兄が前でひき、私が後から押して製材所まで行き来していたわけです。しかしそのおかしな形の車をおして通る姿を、通る人間はよくジロジロみてゆくものでした。その製材所に行く道は、私たちが住んでいるようなトタン屋根のバラックの家とはちがって、瓦屋根や塀のある立派な家の続く道です。そこを往復するのですが、雨の降る日以外はいつもどこかにお屋敷の子どもたちがいて、兄と私が「おがくず」の箱をひいて通るといっせいにはやしたて、「ヤーイ、朝鮮部落」「軍かん長屋」といって石をぶつけるのです。

家が貧しかったので、新しい服などは買ってもらえず、私は兄のおさがりの服を着たり、民生委員の人からもらった服を着ていたわけですが、体に合わず、ダブダブの服を着て学校へ行くたびに笑いの種にされ、ボロの服を着ているというだけでクラスの仲間から、「あっちへ行け、クサイ」といわれ、遊ぶ仲間やグループ活動の仲間には入れてもらえませんでした。学用品のノートや鉛筆等も買ってもらえなかったので、一冊のノートに「こくご」「算数」「社会」とその他あらゆる科目を区切って使っていたし、鉛筆も短かくなったものをゴミ箱からひろって紙をまいて、それで使ったものでした。

そういうところをクラスの者にみつかってひやかされたり、乞食といわれ、クラス中の笑いものにされたりして、学校へ行くのがつらくなり、あまり好きではありませんでした。私たち兄弟は学校から帰っても遊ぶこともできず、母がお勝手で炊事に使う「おがくず」を買いに行ったりするたびに、その途中でお屋敷の子どもが遊んでいたりするのをみるととてもうらやましく思いました。

「おがくず」を製材所から買って帰り、もういいだろうと思って遊びに出ようものなら大変でした。遊んでいる仲間のみてる前で、父は私を殴り、家に連れ帰り勉強しろというのですが、学校に行って使うためのたった一冊のノートは、なるべく使いたくなかったし、短かい鉛筆も一応持っておかないと学校に行っても、ノートはない、鉛筆はないでは、恰好がとれないので、なるべく家ではそういうものを使いたくなかったのです。遊び仲間の目前で私が父に殴られるのをみて、友だちは私と遊ぶのさえ敬遠してしまうから、友だちもだんだんいなくなってしまうありさまです。

そしてしぶしぶ勉強をしていると、今度はその途中で「お使いに行って来い」といわれ、父が毎晩飲んでいる焼酒を買いにやらされるわけですが、私の他にも兄がいるのになぜか私ばかりが用事をいいつけられることが多かったので、買って帰る途中その焼酒の入っているビンを地面に叩きつけたい気持ちになったこともあったくらいです。その頃の正月は、よその子たちは、新しい洋服を買ってもらい、お小使いをもらって空地でそれらをみせ合ったりタコ上げをしているというのに、私たちの家は兄弟も多かったので新しい洋服どころか、正月のお年玉が二円五十銭だけでした。その頃はアメ玉が一個五十銭だった頃で、お正月の双六が五円です。それを私と兄と二人でお年玉を出しあって買って来て、家のなかに入ったきりでスゴロクをやったのでした。本当は、おもてに出て私たちもタコ上げや何かをしたくても、正月というのにボロの服を着て友だちのいるところへ出るのが恥ずかしかったのでそうしたものでした。

駅前の新聞売りや納豆のひき売りで働く

私は小学校三年くらいの頃から新聞売りをやるようになりました。玉電といって現在の世田谷線の若林という駅の改札口でやっていたのですが、新聞が現在のように専売店ではなく、朝日も毎日も読売もあらゆる新聞が一つの配販（販売）店でとり扱われていた頃のことです。新聞が一部、二円とか二円五十銭だった頃です。朝は四時起きして配販店に行き、新聞を仕入れて駅に向かい、一番電車が通る頃から駅の改札口の脇で売るわけですが、コンクリートの上に厚紙をひいてその上に新聞をひろげて売っている姿を同じ年くらいの子どもにみられるのが恥ずかしく、まるで乞食でもしているかのようでとても引け目を感じました。そしてそんな姿を同級生にみつからなければいいがなあーといつもビクビクしていたものです。

朝は七時半頃まで新聞を売ると、駈け足で家に帰り食事をするのですが、その頃の食事は米のご飯を食べているのは金のある家だけで、私たち貧乏人はサツマイモか、スイトンかふかしパンでした。それらをあわてて食べながら、また意地悪される学校へ行くのです。そして学校はまだ低学年だったし、授業は昼で終わりなので、家に帰ると前にも書いたように製材所へ「おがくず」を買いに行き、帰って来ると三時からすぐ夕刊を駅に売りに行くわけで、夜九時頃まで駅に立って売るのです。寒い日などは手に息を吹きかけて売っていると私と同じくらいの子どもが母親につれられ、それも母親の毛糸のエリ巻のなかに肩を抱かれながら家路に向かう姿をみると、腹がすいているのに何も食べられずそこに立っている自分がとても哀しくなったこともあります。お腹がすいても新聞を売った金は一銭も使えません。一度二円五十銭で今川焼をひとつ買って食べてしまったら、家に帰ってから売り上げ金が計算しても合わず、その足りない金額の理由を正直にいったら、父には「そんなに腹がへってがまんできないほど家でめしを食わしてないか」といわれ、さんざん殴られました。それ以後はどんなに腹がへっても一円の買いぐいもしませんでした。

そんなある日、いつものように駅で新聞を売っていると、急に体の具合が悪くなり、立って新聞を売っていられなくなって駅のコンクリートの上にひろげてある新聞の上に倒れてしまったのです。まだ私は小さかったので朝四時に起きて学校の授業をはさんで、夜は九時過ぎまで働くという日課が重なって疲労してしまったのだと思います。うつぶせに倒れている私を、その頃二十歳位にみえたが、見知らぬ女の人が私を起こしてくれて、駅前にある薬局から何かの薬を買って来てくれて飲ませてくれたのです。そしてその女の人は、「もう新聞を売らないで家に帰りなさい」というので、「これを売って帰らないと怒られるからいやだ」というと、女の人は五百円を私にくれて「その新聞を全部私が買ったことにしてやるから帰りなさい」といってくれましたので、その日はいつもよりずっと早く夕方の五時頃には家に帰ったのです。その女の人はお金はくれたが新聞をもって行かなかったので、私は家に持ち帰ると父は私が新聞は売って来ないし、お金は五百円も持っているし、「この金どうしたのだ」といって怒るわけです。私は一部始終の事情を話すのですが、私の話を信じてくれず、駅から盗んで来たんじゃないかといって殴るのです。

そんな頃のことですが、駅には今度新しく弘済会の売店ができることになり、私はその駅で新聞を売ることができなくなりました。新聞を売った利益がたいしたものではないことは今ではわかりますが、その頃は一生懸命新聞を売って少しでももうけて、家の暮らしに役立ちたいという気持で一杯でしたから、駅員で私といつも仲良くしていた人に、私は「売店なんか作ってずるいよ、ぼくの方がここで先に売っていたんじゃないか、それをもう売ってはいけないといって追い出すなんてずるいよ、何とかしてよ」といって泣いてたのんだものでしたが、結局どの駅にも売店ができるために私は新聞売りができなくなってしまったのでした。そんなことがあって新聞売りもやめなくてはならず、その後、あの親切にしてくれた恩のある女の人とは逢うこともできませんでした。

毎朝四時起きしているので学校へ行っても疲れて眠くて、授業中にはいつもいつも机の上に顔をのせて寝てしまっていたのでした。たしか小学校四年の頃のことですが、担任の先生が「君は朝早く起きて働いているせいか授業中はいつも眠ってしまうが、起こすのがかわいそうで、ついそのまま寝かせてやっていたのだよ」と放課後一人残ってしまった私はいわれたことがあった。授業も受けられられぬぐらい疲れて寝てしまうのを、担任の先生が黙認してくれることがわかった以後は、クラスのなかでは私の居眠りは公認になってしまったのでした。それが今ごろになって後悔する無学の悩みの原因となるとは、そのときは少しもわかりませんでした。

その頃の家の生活状態は困窮きわまるもので、私よりずっと上の兄たちが茨城のほうまでサツマイモを買い出しに行っていて、毎日の食事は、サツマイモのふかしたものか、ウドン粉をせんべいみたいに焼いたものが多かった。サツマイモが買えなくて帰って来たときは、何も食えない日もあったし、もう少し小さかった頃にはサツマイモのツルをゆでて食べたり、野に生えているハコベなどの野草を食べたこともありました。クズ屋のおじさんからもらった粉ミルクをなめて腹痛を起こし、下痢をしてころげまわったこともあったのでした。

その頃学校には、給食なんてありませんでした。クラスのみんなはそれぞれ弁当を持って来ていましたが、私はもちろん弁当なんて持って行けないのでクラスのみんなが弁当をひろげているのを横目でみながら、自分は家に昼食をしに帰るのですが、家に帰ったって食べる物なんて満足になく、小さく縮んだジャガイモが二個のときもありました。また、私は家に帰るふりをして、家には帰らず家に通じる畑道で畑仕事をしているおじさんの仕事を手伝ってやり、キュウリやイモをもらって食べてクラスのみんなが食事のすむ頃まで学校の外に出て時間をつぶし、午後の授業にはいかにも昼食して来たかのような態度で出席した哀しい思い出もあります。家に私が食べに帰らなければ、その分弟たちが余計に食べれると考えたからでした。そして家には学校で給食が出たといって嘘をつきごまかしていましたが、この頃から他愛主義の観念が生まれていたのだと思うのです。私には、どういうわけか、「自分はどうなっても人には……」というところがあるのです。あとになってそのような精神が招く弊害に出会うとは、その頃気がついてもいなかったのでした。

また、私にはこんな面もあります。私はクラスのなかでも、とても〝おっちょこちょい〟で、いつもクラスの者を笑わせるようなことをしていました。その理由というのはいかにも愚劣なものので、前にも書いたように、私のクラスのほかの子どもたちの家は、学校の近くでいい暮らしをしているお金持ちの家ばかりです。その子たちは、左右が別の下駄をはいて登校したり、ボロボロの服を着て行ったりする私のことをひやかしたり、汚ないとかクサイとかいっていじめるのです。そこで、〝朝鮮部落〟とか〝軍かん長屋〟といって仲間はずれにされるのがいやで、それらの言葉を金持ちの子どもにあびせられる前に少しでも自分のほうから、おちゃらけたことをやって笑わせたりして媚びることを知らずのうちに憶えてしまっていたのでした。そうやって心にもない道化役者みたいなことをやった後の心のなかががらんどうのようになった淋しさは、何ともいえぬ虚しいものでした。

その頃は依然として製材所に「おがくず」を買いに行っていました。ある雪の降る日、「おがくず」を買いに行くのにいつもの木の車では雪の上は動かないので、その十五センチ位の木の輪を釘を打って固定して、その下に青ダケを裂いてうちつけ、「ソリ」のような形を作り、それを押して「おがくず」を買いに行ったのです。穴のあいた長グツの底から雪が溶けて入りこみ、冷たくて泣きたいのをこらえ「おがくず」をつんでの帰り道、いつものようにお屋敷の子ども連中にいたずらをされたのです。

この日兄貴は何かの都合で一諸に行けなくて私一人で行ったのでしたが、電信柱に向かって小便をしていると、そのすきをねらってどこかに隠れていたお屋敷の子どもたちが「おがくず」の入っている「ソリ」をひっくり返し「ソリ」の足になっている青竹を折ってしまったのです。私は一度だってお金持ちの子どもに悪さをしたことがないのに、貧乏だからといってこんなひどいいたずらをしなくてもいいじゃあないかと泣いたのでした。私はいたずらしたそのお金持ちの子どもを追いかけてその家の傍まで行くと、そのお金持ちの子どもの親はそれをみて自分の子どもに「そんな子と遊んでいるんじゃありません」といって自分の子どもがいたずらをしたことも怒らないで家のなかに入ったのです。私は「ソリ」をおこして雪の上にまかれた「おがくず」を泣きながら拾いました。その「おがくず」を持って帰らないと夜のごはんも明日の朝のごはんも炊けないからです。そのときのくやしかったことは今でも忘れられません。

この頃のごはんは米にサツマイモを切って入れ一諸に炊いたものが多かったのですが、それでもそういう食事らしいものは一日に一度あるかないかで、後は「ウドン粉」、その頃は「メリケン粉」といっていましたが、それを水で溶いて焼いたものが主食でした。学校に行けば汚ないとか、クサイから向こうへ行けといわれ、学校から帰って家のために働いていると「おがくず」をひっくり返されたり石をぶつけられたり、そういうことを私にするお金持ちの子どもがとても憎くらしくてしようがないのだけれども、いつもそういう子どもたちは何人も組んでいるから、私は腹が立っていつも泣き寝入りしてがまんしなければならなかったのです。

しかしそんな中で一つだけ心の温まる思い出がありました。その頃クラスの女の子で映画俳優の清水将夫さんの娘の由加子さんという子が私のとなりに座って並んで勉強していたのですが、この女の子がある日突然私にその子が食べているお弁当と同じものを持って来てくれたのです。その子と同じ玉子やきのおかずのお弁当を二人で仲良く食べたことがありました。多分私が昼食の時にいつも家に食べに帰るふりをしていたのを知っていたのでしょう。三十歳をすぎた今日、玉子やきをみる機会がある度にその子の事を思い出します。

そんな頃のことですが、学校自体が金持ちの息子や娘が多いので、クラスでも私たち少数の貧乏人の家の子どもはいつも遊ぶとき仲間はずれにされたり、体育の時間など、二人一組でする競技の場合は、「矢島さんとはクサくていやだ」といわれ、一人が私と組むことを拒むのでした。するとクラスの者全員の眼が一勢に集中し、私は恥かしくてその場にいられなくなり、泣きながら校庭を走って家に帰ったことがありました。それでも家に帰ると怒られるので学校に戻るのですが、もうそのときは次の授業が始まっており、自分の教室のある二階を校庭のかき根ごしにながめながら教室から聞こえて来る「夕やけ小やけのあかトンボ」という合唱をききながら、自分は今いったいどうしたらいいのか迷って苦しむのでした。みんなが汚ない、クサイといって私をきらう教室へどんな顔して入っていったらいいのか、家に帰るにしても学用品を教室におきっ放しなので困りましたが、思い切って目をつぶって教室に入ることにしました。その瞬間、クラスの全員が教室に入っていく私の姿に注目したのは当然のことでしたが、貧乏をしているというだけでいつも他人の目を気にしなくてはならない自分はとても辛かったものです。

やはりそんな頃、私の家は貧乏のどん底が続いておりましたので、風呂にも行けない日が続いて私の首のまわりには多分アカがたまっていたのでしょう。クラスの担任の先生が「矢島、今日は風呂に連れて行ってやるから」といって夕方若林町の風呂屋の前で待っているようにいわれたのでした。私は先生から指定された風呂屋の前で手拭一本を持ち一時間あまりも待っていたのに、ついに先生は来なかったのです。私はその先生が嘘をついたと思いたくありませんが、実際に一時間あまりも私は待っていたのだし、風呂に入ることを楽しみにしていた気持ちを先生が来なかったことによって打ち砕かれたとき、「ああ、先生も俺のことをからかったんだな」と思って哀しかった。

その頃は新聞売りもやめていて、今度は納豆売りをしておりました。それは小学校四年の頃です。夜のうちに問屋に行って一個五円の納豆を十五個から二十個位仕入れて、翌日は朝五時頃から小田急線の成城学園あたりのお屋敷へ売りに行くのです。私は兄と一緒に売りに行くのですが、兄は私とちがって眉目秀麗な顔形をしており、二人が二十個ずつ持って行っても兄のほうがすぐ売れてしまうのです。

一度こんなことがありました。二人で一諸に売り歩いているときお屋敷から「納豆屋さーん」と声がかかり、二人でその家の玄関まで行くと、私の方が兄より一歩まえにいたので、私の「カゴ」から納豆をとり出そうとすると、そのお客さんは私をどけて兄貴のカゴから納豆をとり、お金を兄貴に払うのでした。そして「寒いのに大変ネ」といって「うちの子のお古だけど……」といって黒いオーバー（その頃お金持ちのお坊っちゃんたちがよくきていたダブルの金ボタンのついたもの）を兄貴にきせてあげて、「しっかりやりなさいね」というのでした。兄貴と一諸に売り歩いていて私が「ナットー」「ナットー」と大声を出す役です。自分でいうのもおかしい位よく通る声で私のほうがイントネーションがきれいでした。けれど売れるのはいつも兄貴のほうばかりでした。

ある朝こんなこともありました。いつものように早朝の静寂のなかを「ナットー、ナットー」と売り歩いていると、お屋敷のお勝手口が開き私を呼ぶので、納豆を買ってくれるのかと思って飛んで行くと、「うるさいから、もっとあっちへ行って声を出せ」といって怒られたことがありましたが、そのときその人はとてもいいガウンを着ていました。それをみてこの納豆をいくつ売ったら買えるんだろうと思ったものでした。

そして、貧乏人とお金持とはどうしてこんなにちがうのかなあと思うと、ぼくはどうしてお金持ちの家に生れなかったのだろうと思ったし、自分の家はどうして貧乏なのかなあと思ったりもしました。家で母に一度、「どうしてうちはこんなに貧乏してるのか」と聞いたことがありましたが、「日本が戦争に負けたからだよ」というだけでした。私は納豆売りを終わってそれから家に帰り朝食をして学校に行くわけですが、私が納豆売りをおえて家に向かう道で、同級生が登校する姿とよく出会うのですが、そんなとき通行人のいっぱいいるところで同級生仲間から納豆屋さーんと大きな声でひやかされるのが一番恥ずかしかったです。そして家に向かう道すがら、「またみんなにひやかされ、いじめられ、のけものにされる学校へこれから行くのか」と思うと、いっそのこと学校なんか行かず納豆売りだけをやりたいという気持ちにもなったものでした。

はじめての盗み

私が一番最初に盗みをしたのは、この頃だと思います。その頃から、学校でも給食が出るようになりました。放課後、教室の掃除をしていたときのことですが、教壇にある先生の机の引出しのなかに給食のパンが入っているのが眼についたので、そのとき「もしあのパンを盗って家に持ち帰り、私の大好きな弟に食べさせてやったらどんなに喜ぶだろう」と思うと、そのパンを無意識のうちにもう盗んでしまっていたのでした。私が盗んで来たパンともわからずに、弟は私が給食を残して来てくれたものと思ったのでしょう。そのパンを喜んで食べるのをみると、パンを盗んだときにドキドキとした胸の鼓動のことなどすっかり忘れて私もうれしくてたまらなくなりました。私が盗んだパンによって弟の心のなかを汚してしまったのではないかと現在にいたるまでそのことについては自分自身で心を痛めるのですが、その弟は立派に今は一児の父親となってくれているので私はホッとしております。

私がパンを盗んで帰ったのを先生は知っていたのでした。それから毎日その先生の机のなかにはパンが入れられてありました。そしてそのパンを私は毎日盗み続けたのでした。そして何日かそんなことが続いた頃、先生に放課後残されて「パンを盗んでいたことは知っていたのだが、どうやら自分で食べずに家に持ち帰っていたようなので黙っていたが、いつになったらやめるかとためしてみていたんだ」といって注意され、それ以後はパンを盗むこともなく、弟へのパンのおみやげはなくなってしまったのでした。

そんなある日、学校の前にある文具店に消ゴムを買いに行ったら、店には誰もおらず、私は何度も声をかけたのですが、誰も店の人は出てこないのです。私は目の前にあるキャラメルの箱が目に入ったとき、あの先生の机の引き出しからパンを盗んだときのように胸がドキドキするのを感じて恐かったのですが、ふとこのとき、弟が「この頃兄ちゃんパンないの」「食べてくるの」といった言葉を想い出し、目の前にあるその何十箱と入っているキャラメル箱のなかから一箱だけに手を出し、ポケットのなかに入れてしまいました。そのとたん店の奥の障子がガラッとあいて店の主人が出てきて、私は捕まってしまったのです。「いつもなくなると思っていたら、お前だな」といったので、私は「これがはじめてです」といって謝ったのです。事実それまではどこへ行っても店の物など盗んだことがなかったのです。そこの主人は私がその店の前に立ったときからずっとみていたとのことでした。私はそれなら早く出てきてくれたらこんなことにはならないのに……と後悔し、うらんだものでした。店の主人はさんざっぱら私をこづいて監獄に入れてしまうぞといって脅かしました。

私は新聞売りをしていた頃、駅から家に帰る途中世田谷警察の前を通ったときに、ちょうど、手錠をかけられた人が警官につれられて署内に消える姿をみたことがあってその人が手錠をかけられ腰にナワをつけられてうつむいて警官においたてられていた姿を想い出し、今これから自分もそういう目にあうのかと思うと哀しくなり恐くなり、一生懸命店の主人に謝りました。しばらくいじめられた後、「許してやるから帰れ」というので私は「先生に話をしないで下さい」と頼みますと、「これからやらなかったら黙っててやる」といったので私は教室に帰って勉強をしていたら、次の授業が終ったとき教員室に呼び出され殴られて怒られた。文具店の主人は、「これからやらなかったら許してやる。先生にもいわない」といっておきながら、その後すぐに告げ口されて殴られ怒られた私は、自分が悪いことをしてしまったことを反省をするよりも、店の主人にだまされたことに腹が立って仕方がなかった。

私はどういうわけか家族のなかで小さいときからみんなに嫌われていました。そのなかで弟一人だけが「兄ちゃん兄ちゃん」と私になついていたので、私はその弟が可愛いくてしかたがないほどでした。ですから、そのキャラメルを持って帰れなかった残念な気持ちのほうが大きかったのです。人の物を盗んだら悪いことなんだと父に殴られ聞かされたけれど、その頃の悪いという意味が漠然としてどういうふうに悪いのかがわかりませんでした。悪いことをしたら柿の木に両手をゆわかれて棒とかほうきで殴られるということなのかと思ったものでした。私の父は、まがったことが嫌いな厳格で職人気質の人で、シツケについてはとても厳しい人でしたから、私が悪いことをしたときはいつも柿の木にゆわえつけて殴りつけ、それをとめに入る母までも一緒に殴るのでした。

私の家は男の兄弟が多いので、母の仕事は大変でした。一人だけいる姉は勤めに行っていたので夕食後のあと片づけやらお釜とか茶腕を洗うのをみていると、母は休むひまもなく、それをみるとかわいそうでたまりませんでした。ヒビで割れた手にミカンをすりこんでいる母の姿をみると私は何とか母の仕事を手伝ってやりたい気持ちになりました。その頃はテレビなどなかったし、一台のラジオの番組を父は浪曲を聞くために独占しているし、子どもたちは火ばちの周りにあつまって何かをして遊ぶというのが一日の終わりでした。そういうときも母はクルクルと働きまわり、一人で苦労しているわけです。昼間は昼間でみんながそれぞれ仕事や学校へ行った後、家のなかの雑事をしたり家族全員の洗濯をやっていました。私はいつもそんな母に同情していました。それで少しでも母に休んでもらおうと思って、夕食の後片づけをしたり、お釜や茶腕を洗ってやったり、米をといでやったりしたものです。母は「お前は男なんだからそんなことをしてくれなくていいんだよ」といいながらも、内心は喜んでいるようでしたが、私はこの男ばかりの家族のなかで誰かが母に協力してやらなかったら、母の体はまいってしまうということをその頃ははっきり意識していました。

ごはんが足りないといってさてどうしようかと考えている母のそんな顔を読むのが私は人一倍早かったので、「お母さん俺、体の調子が悪くてごはん食べたくないよ」といって、自分は食べずに気を利かしたつもりでもやはり私は子どもでおなかのすいてる現象には勝てずお釜を洗ってやってお釜についてる「ゴハンツブ」を集めて口のなかに入れようとしたとき、ふと学校のクラス仲間であるお金持ちの子どもたちはこんなことをしているだろうか？　俺がこんなことをするから貧乏人と笑われるんだと、自分が今やりかけた行為がとても恥かしくなり、手のヒラのなかにあるかきあつめたゴハンツブを流してすてたのでした。

家のなかで私だけがよくお使いや子守りをやらされた。食事時になって下の妹が泣くと私は名指しをされおぶわされた。みんなが食事が終わるまで子守をして外に出ていろというのです。私もおなかがすいているのに食事のたびにいつも私だけ子守りをさせられて、その後一人でごはんを食べるのですが、どうして私ばかりがそうなのかと泣いたこともありました。「たまには兄ちゃんにもいってよ」と口答えしたときの怒られたことが恐くて、いつも食事時には妹がぐずらなければいいなあと思ったのでした。私は兄弟のなかで一番みにくい顔をしていたのです。ですからそのせいでみんなから嫌われているんだと思っていました。だからよく私だけが殴られるのだとも思ったことがありました。

小学校五年になると、今までのクラスから私を含めた貧乏な家の子どもや勉強のあまりできない者が集められ特別なクラスが作られました。従って他のクラスはお金持ちの子ばかりが集められたわけです。このときはじめて、どうして勉強までもお金持ちの子と貧乏人の子と別々にさせるのだろうかと不思議に思いました。

小学校六年になってからだったと思いますが、クラスで給食費のお金がなくなったことがありました。結局後から出てきたのですが、私はそのことがある二、三日前に家の近所に八百屋が野菜を売りに来たとき、そのリヤカーの下に当時発行されたばかりの千円札が一枚おちていたので、それをひろって返さないことがありました。学校でクラスのお金持ちの子どもがいつも学用品や本などいい物ばかりを買ってきてはみせびらかすので、私もこのひろった千円があれば、学用品も本も買えるし、お金持ちの子どもがいつもちやほやされるように私もクラスのみんなからちやほやしてもらえるぞというお金持ちの子どもに負けたくない気持ちをもったのでした。そしてその子どものあいだで流行していた「うつし絵」とか、その他クラスの者の目をひくようないろいろな物を買ってクラスの人間全員にばらまきました。いつも自分がのけものにされていることに対して自分の存在を明らかにするためにそのような行為におよんだものと、今では思うわけです。そのときは今まで私のことをハナにもかけなかったお金持ちの子も私にオベッカ使って私の側から離れなかったものでした。お金持ちの子どもより優位に立ったときの気持ちは、今でも忘れられません。

しかしその後、クラスでお金がなくなったことが私のそのことと重なり、私が千円という金を持っていたために疑いは私に向けられたのでした。クラス自治会が開かれ、黒板に大きく私の名前と「千円事件」と書かれて私はクラス全体から攻撃されたのです。私からうつし絵をもらった人間たちも本をみせてやった人間たちも、みんな寄ってたかって攻撃してきました。私はその場にいたたまれず途中で逃げ出したのを憶えているが、みんなにつるし上げられた翌日、仮病を使って私は学校を休むと、金が出てきたといってクラスの子どもたちが迎えにきました。

私はリヤカーの下から千円をひろって返さなかったのはたしかに悪いことだけど、クラスのなかで他人の金など盗みもしないのに寄ってたかって盗った盗ったと犯人にされたその理由が、「あいつの家は貧乏していつも遠足にも行けないのに、あんなに金を持っているなんておかしい。だからあいつにちがいない」ときめつけてかかって私からいろいろな品物をもらった人間全部が攻撃してきたときには本当にくやしかった。それらの人間は、自分自身の利益になるときだけ私のそばから離れず、いざ私が窮地においこまれたら一勢に居直ってしまうのです。クラスのなかでは私の家が一番貧乏だったのですが、私はあまりのくやしさにどうせ犯人と思われたのだから先生が集めた給食費の全部を盗んで便所のなかにすててやろうかとまで、そのとき思ったものでした。それでも、バクハツしそうな胸のなかの怒りも日がたつにつれて忘れていきました。

たった一度だけ行った遠足

私は小学校の六年間を通じて遠足にはたった一度行ったきりでした。遠足に行けない日はいつも家の近所で弟たちと遊ぶのでしたが、クラスのみんなが楽しそうに出かける姿がうらやましくて、どんなかっこうをして行くのだろうかと遠足の出発前に校庭に集合しているクラスの子をみに学校の近くまでそっと近づいてみたこともありました。もちろんそんなことをすれば自分が一層みじめな情ない気持ちになるのですが、そのときはそれもわからず、うらやましくてみに行ったことが何度もありました。

一度だけ、五年生のときに箱根に遠足に行ったときの思い出は、旅行費用を母がやっとのことでやりくりしてくれたものだっただけに、朝、母が台所で仕度をしている後ろ姿をみてとても哀しくなったことです。なぜなら、その朝のみんなのごはんはムギばかりにして、私の弁当のためにお米ばかりのおにぎりを作ってくれていたのを知っていたからです。そのことを知った私は、そんな思いまでして遠足に行くのが何だかとてもすまない気持ちになってその場で泣いてしまっていたら、母は「せっかく遠足に行くのになんで泣くの、早く行かないと遅れるよ」といって私を送り出してくれました。今そのときのことを思い出しても、涙がこぼれて仕方ありません。なぜなら今その優しかった母は、病に倒れて今日、明日の命もわからず寝たきりの状態なのです。

そんな思いをしながら遠足に行ったのですが、いよいよ昼食のときになり、クラスのみんなはそれぞれミカン、リンゴ、アメ、バナナ、スシとあらゆる物をひろげ、それぞれみせびらかしながら食べ始めました。私はにぎりめしのほかには何もないので、みんなと一緒に食べるのが恥かしくて一人でみんなから離れ、モミジの木の下で食べましたが、涙がこぼれてきて仕方がありませんでした。この涙は何も私がお菓子をもって行けなかったからではなくて、母の苦心して作ってくれたにぎりめしを食べていたら、これを作るのもやっとの家もあるのに、お菓子や果物をあんなに多くさんもってこれる家もある。私は小さいときから新聞売りをしたり納豆売りをしたりしている頃、このクラスの同級生たちは暖かい布団のなかでくるまって寝ていたり、あるいは勉強したり、遊んだり、こんなに自分とはちがった楽しい思いをしているというのに、私の家はどうして貧乏なのだろうか。そして、どうしてお金持ちは楽ばかりして、私の家みたいに貧乏人の家はみんなが一生懸命働いているのにこんなに苦しい困った生活しているのかと思ったら、涙がこぼれてきたのでした。

みんなから離れて一人で昼食していたので、クラスの者がそれぞれの食べのこりの色んなものを私のところえ持って来て、「あげるよ」といったのですが、私は敵国アメリカの占領軍人が食べ残した残パンをそれとは知らずに戦後母の手にひかれ買い求めた経験があるので、その侮辱的な事実を聞かされてからは、他人からは食べ物はもらわない性根になっていたので、お金持ちの子どもたちが腹を一杯にしたその食べ物をもらう気持ちにはなれなかったのです。

小学校四年ぐらいから卒業する頃まで、毎週日曜日は小学校の坂の上にある教会に行ってキリスト教を信じて、私は一生懸命に手を合わせていた時期がありました。「天にましにます我らの父よ、願わくばみなをあがめさせ給え、みくにをきたらせ給え。みこころの天になる如く地にもなさせ給え」と手を合わせていると、自分が貧乏して、それがゆえに周囲から加えられる苦しみなどは手を合わせてキリストを拝んでいるときだけは、何もかも忘れてキリストの周囲にまつわりつく小羊になったような気さえしたものでした。そして教会へ行くたびに「私の家は貧乏していま す。しかし私は一生懸命に新聞売りもしたし、納豆売りもしているのに、どうしてお金持ちの家みたいに家が楽にならないのですか。どうして貧乏の家とお金持ちの家とこんなに差があるのですか」と答えのない祈りを真剣に続けたものでした。

私がなぜキリスト教から離れることになったかというと、それもやはりお金が原因でした。ある日礼拝のときに牧師が帽子みたいな袋をもってまわってきました。そのなかへいつもお金を入れない私は牧師にいやな顔をされたのです。私だってその袋のなかへみんなと同じようにいくらかの金を入れたいのですが、それができない苦しさはその袋がまわって来るたびに私自身が肩身のせまい思いをすることによって味わわされてきたわけです。私はそのとき、「何だ、やはり金のない家の子はここでも仲間には入れてもらえないのか」と思うと、キリストに背中を向けてしまったのでした。私一人がその教会から立ち去るとき、背中に聞いた讃美歌のもの哀しい歌声を今でもときおり思い出しては、当時を偲ぶこともあります。

小学校時代のそんな思い出ばかりを背負って卒業したのですが、私たちの同窓会はオアシス会と名付けられて、現在でもやっているそうですが、小学校を卒業して現在に至るまで、同窓会の案内状は一度として私のところには届きませんでした。

大人への入り口

国士舘大学中学科に入学

中学校は、国士舘大学の中学科にはいりました。

小学校を卒業すると、普通ならそのすぐ脇にある小学校と同名の山崎中学校にみんな進学するのですが、私は一人だけその学校へは行けず、私立の中学校へ入れられたのです。区立の中学校へ入らず、私立の中学へはいったといえば聞こえはいいのですが、私の入った学校は大学が先にあり、そのあと順次、高校、中学と設立され、私は中学科ができて二年目といういわば中学創立の二期生ということなのです。そのため生徒募集だけが学校側の眼目であり、私は授業料免除という形の特待生ということで私の好むと好まざるとにかかわらず、家が貧しいために一銭もかからないという学校側のゼゲン師に私の親はだまされ、私をその学校に入れたわけです。

今でこそ、その学校は天下の国士館などといって校舎も堂々と立派なビルになりましたが、私が入学させられたころは木造バラック校舎が焼け跡に立てられて、その小便くさい校舎のなかで、私たち中学生は一年生が七人しか生徒がおらず、二年生も十五、六人しかいませんでした。それは学校というより、何かの「塾」のようなものでした。授業は月曜日＝自習、火曜日＝自習、水曜日＝自習というように一週間のほとんどが自習で、その合間に体育といって草ぼうぼうの運動場か原っぱかわからないところで鬼ゴッコをやったり、学校のすぐ隣にある墓地に行って隠れん坊をするという、そんな毎日のくり返しでした。

私はその頃新聞配達を朝と夕方にやっておりましたが、何しろ勉強なんて小学校三年以後はあまりしていないので、中学へ入ってから新聞配達をやった金で教科書や学用品を買ってみて、さて一生懸命勉強しようと思っても何を読んでも理解ができず、その頃から学校へ行くのが馬鹿らしくなってきました。試験のときなどは問題を印刷したワラ半紙が配られ、その後で先生が、その答えは何ページに出ているからと教えてくれて、「なるべく時間一杯かかって書くように」といって居眠りをしているありさまです。

ようするに生徒が勉強しようがしまいがおかまいなしで、世間に対して中学科がその学校にできたということを形づけるだけの目的なのでした。小学校の頃の同級生とたまに道ばたで会うと、相手はキチンとした服装をして本当に中学生らしいのに、授業料免除だからとあんな学校へ入れられたばかりに授業もろくに受けてないので、とても引け目を感じたものでした。私は小学校もろくに勉強もしていなかったので、何とか字を憶えたいのですが、先生が教えてくれないのだからどうすることもできないのです。人数が七人しかいないのですから、もちろん運動会の楽しい思い出なんかなく、遠足も三年間に一度もありませんでした。

中学に行かなくなって

私が男と女の生《ナマ》のからみ合いをみてはっきり目覚めたのは、こんな頃でした。私は近所の家の戸口に立って陽なたぼっこをしていたときのことですが、その日は学校をサボってしまっていたので、家の近所のその家のよく陽があたるところで戸口に寄りかかって日光浴していたら、向こうから制服の警官が歩いてきます。私は学校をサボって後ろめたい気持ちがあるので、警官の眼からのがれるため、一度その場所を離れたあと、しばらくしてその家の戸口にまた立ってひなたぼっこをしていました。すると、その家のなかで人の話す気配がするのでなんの気なしに板戸のすき間からなかをのぞくと、さきほどの警官がその家の未亡人とお茶を飲んで話をしているのがみえました。その警官は昼間よくその家にはいりこんでいるのをみかける顔で、私は最初なんのためにその家に来たりしているのかわからなかったのですが、その日私はその警官がなんのためにその家に出入りしているのか、決定的な瞬間を計らずもみたのでした。

そこの家は父親が死んで、男の子が二人がおり、一人は私より一歳下の子で、よく私が弟のようにつれて歩いていたのですが、その母親は、とりわけ美人でもなかったし特別魅力ある人でもありませんでした。私はひなたぼっこをしてふと中の音が騒がしかったような気がしたので板戸のすき間からのぞくと、警官はその未亡人にいきなり抱きつき一緒に畳の上に転がり、警官はズボンを脱ぎ始めたのです。未亡人は最初のうち抵抗していましたが、警官がのしかかっていった頃は抵抗もしなくなっていました。その警官の行為が何を意味するものか、私はこのとき始めてわかったわけです。この行為が強姦であるかどうかは私がまだ小さかったから判らなかったですが、生まれてはじめてみるその行為は私には強烈でした。

昼間であり、その警察官は挙銃をさげているので当然職務中にいつもその家に立ち寄っていたのですが、その行為のあった後やがてその家から出てきたのですが、ひなたぼっこをしている私をそこにみつけて、「なんでこんなところにいるんだ。学校は行かないのか。サボって悪いことばかりしていると捕まえちゃうぞ」といって私の頭をゴツンと一つ殴って、「もっと向こうへ行って遊べ」というのでした。警官は自分がそのとき不倫行為をしてきたためにそこに立っていた私に現場をみられたのではないかという後ろめたさがあったのでしょう。それをかくすために、あえて私を威嚇することによって事後処理をしたつもりだったのだと思います。

前にも書いたのですが、私の住んでいる一区画をのぞいて近所は高級な家が多いので、汚い服を着たりしている私たちの「朝鮮部落」と呼ばれているところの人間なんか友だちができるはずもなく、私は物心ついてから孤独感を抱く人間に必然的に作られてきたようでした。そのせいか、小鳥とか動物、とくに鳩を飼うことに人並以上の好奇心をもってしまって、鳩が欲しくて仕方がないのだけど、家が貧しいので鳩を飼うどころではないと、父にうんと怒られました。しかし新聞配達をしているとき、お屋敷の家に飼われている鳩をみると、金持ちの家に生まれた人間は何の苦労もなく学校へも行かせてもらっているし、鳩だって飼うことができる。そこへ行くと私は家が貧乏なためにろくでもない学校へ入れられ、家の生活を助けるため新聞配達もやらなくてはならず、好きで貧乏人の家に生まれたんじゃないと思うとたらまなく鳩が欲しくなりました。私の住んでいるそのスラムの一区画から二、三百メートルくらい離れたお屋敷で小野という家がありました。そこでは鳩を百羽以上飼っていて、いつも空をまっ暗にするくらい飛ばしているのをみると、うらやましくて、私は何とかしてたくさん鳩を買って、小野の鳩と空で対抗してみたい気がしたものでした。馬鹿な鳩は自分の小屋も忘れて相手側の群れのなかへつられて行ってしまうものだし、私が金持ちに対するライバル意識のようなものを鳩に託すような気になったわけです。

鳩を買うにしても金がないのですから当然買うことができず、鳩ほしさのあまり、その頃から悪いことをするようになってしまいました。その頃は鉄クズ屋に銅を持って行くとかなり高い値で買ってくれて、私は、学校のクラスの七人のなかから仲のいい二人と一緒に、成城町のお屋敷町へ行って、玄関や家の周囲にある銅で出来た「雨ドイ」を盗み、その銅でできた雨ドイをつぶしてクズ屋に売っては、その金で鳩を買ったり、そのエサを買ったりしていたのです。鳩を盗んだこともありました。立派な家でいい鳩を飼っているのをみると、どうしてもほしくて盗ってきてしまうのです。罪の恐ろしさより、この家はこんなにお金持ちなのだから鳩の一羽くらい盗まれたってまた買うことができるじゃないかという、自分なりの勝手な口実をみつけてしまうのでした。

そして私もついには六十羽くらいの馴れた鳩を飛ばすことができるようになって、大空で小野の鳩と私の鳩がぶつかり合って入りまじり、金持ちの家の鳩につられることもなく全部無事に自分の小屋に帰って来るたびに、金持ちの家の鳩に負けなかったというられしさと勝利感に私は酔っていたのです。六十羽から百羽ちかく鳩を飼うとエサ代も大変なことで、ときどき家の米を盗んで鳩にやったのが父にみつかり、殴られて父が恐くなり家を出て夜はこっそり鳩小屋のなかで鳩と一緒に夜を明かしたこともあったくらい、鳩がかわいくてかわいくて鳩のためになら悪いことをしているのも忘れてしまうのでした。

そのころは中学校へはもうほとんど行かなくなっていました。私は新聞配達をした金で学用品を買ったりして学校に通ったのですが、学校では授業もろくにやらないし、一日中だらけたことをやるなら家で鳩をみていたほうがずっと楽しいと思いました。そして父が仕事に出かけた時間をみはからって家に帰ってしまい、鳩の世話をする毎日が続きました。そんなことがいつか父にみつかり、本人をいくら殴っても口でいってても利き目がないと思ったのでしょうか、その頃はもう怒ることもなくそんなに学校がいやなら遊んでてもろくなことがないからといって、父の鳶職の仕事を手伝わされるようになりました。

近所のお屋敷の垣根の直しとか風呂場の改造とか、そういう仕事が多かったので、小学校時代の同級生の家の仕事もやることがありました。そんなとき、汚れた仕事をしている姿を小学校時代の同級生にみられるのがつらくて、あまり父の仕事を手伝うのが好きではありませんでした。

そんなわけで、中学にはいってからはあまり学校へ行っておりません。

不良仲間との日々

中学三年のころから三軒茶屋の街に遊びに出かけるようになり、縁日で不良仲間ができはじめたのです。不良仲間とはいうが、私は小学校時代からずっと人からのけものにされて来て友だちもできず、やっと自分の得た友だちだから、たとえそれらの人間と悪いことをするようになったとしても、私には貧乏を笑わない、汚ない服を笑わない友だちができたということがとてもうれしかったです。小学校では金持ちの子どもたちから汚ない、クサイなどといっていつものけものにされたけれど、縁日で知り合った友だちは私を大事にしてくれたし、親しくしてくれました。そうした仲間と一緒に肩で風を切って街を歩くようになりました。そうしたら小学校時代、私を汚いとか「軍かん長屋」とか「朝鮮部落」といって私にいじ悪した花屋の息子をはじめ、金持ちの息子と街で会うたびに今度は私のほうから殴ったり謝らせることができるようになって、貧乏人はいつもひっこみ思案でいるからこいつら金持ちの息子たちになめられるんだと思うと、自分は色んな面でもっと強い人間にならなくちゃいけないとも思ったものでした。

こんなこともありました。私とN村、T内、N沢というグループの仲間四人でブラブラ赤堤町を歩いていると、バリッとした学生服を着たやつと出会ったとき、私たち四人はその男をいじめてやるつもりでインネンをつけたのです。その男は私より二歳ぐらい年上の十七、八歳だったと思います。その男は学生服を着てはいるものの一見してチンピラとわかる人間で、私たち四人がつめよると「俺は新宿のM一家の者だ」といきがっているので、私はいい服を着てチャラチャラ新宿の街を歩いているこの男の姿を想像すると、自分が貧乏して育っただけに腹が立ってきました。私はその男のはいているバスケットシューズと私のボロ靴をとりかえて勝利感を味わうとともにいじめてやりたい気になりました。

その男は「俺はT会のY田さんの舎弟だから、お前たち後悔するなよ」なんていっていました。T会のY田という人間はその頃、新宿日活ビルの地下にあるダンスホールで顔を利かせていた男でした。私のつれの三人はそれを聞いて恐くなったか私とその男との会話に関与しなくなったのをみると、私は余計にこのからえばりしている男がしゃくにさわり、さらに持っているライターをとり上げてやったのです。そのころ私は三軒茶屋でジョージとかボーヤとかいわれていたので、「俺は三軒茶屋のジョージというんだ、いつでもどんと来い」といってやったのでした。そのころになってその男は急に走って逃げてしまったのですが、私はその男からぶんどったライターは三人のうちの誰かにやってしまって、新しい戦利品のバスケットシューズをはいて、得意となっていました。

その日の夜、その男は新宿から仲間をつれて私をさらいに来た。Y田という男を頭にM沢という男もいた。「三軒茶屋のジョージという奴はどこだ」といって三軒茶屋の街のなかをさがしまわっていたらしいのですが、私はそのときエパタンという喫茶店の二階にいて、その男たちと一戦やるつもりでいたけれど、私のことを可愛がって面倒をみてくれていた三軒茶屋の顔役たち（新宿安田組、荒木系）がうまく話をつけてくれたらしいので、この一幕は終わりました。私がバスケットシューズをとり上げたその男は、後に茨城の少年院でも一緒になったのですが、私に弱味があるため私の顔をみるとペコペコしておきながら、陰では私の悪口をいっているらしいのです。やくざものとはこういうものかとそのときは思いました。自分一人でかなわなかったりしたときはペコペコして、何人も集まると必要以上に弱い者をいじめる。この男は新宿ではうるさいといわれているらしいM一家のK竹という男です。

こうして三軒茶屋の縁日で知りあった仲間といろんな悪いことをやって、警察にも捕まりました。恐喝であり暴行であり窃盗であるという事件を起こしました。私はいつも仲間の最年少でした。私は小学校時代に金持ちの息子たちからいじめられたり仲間はずれにされたりして、そのくやしいことがいつまでも忘れられず、何かのときにひょっと小学校時代の同級生らと会うときに、少しでもえばれるくらいかっこうのいい人間になりたくて、自分から進んで背伸びしながら年上の者たちの仲間に入ってしまっていたのです。小さい時から家でもぐいぐいと頭を押えつけられて育ってきたのが、いつしか少年期になって体の自由がきくようになると、家で今までみたいに怒られたりしたら、そのときは家から逃げ出せばそれでいいんだという逃避による解放感を味わいました。家で父に柿の木にゆわえつけられて殴られたり家族中から嫌われたりするより、たとえ他人でも共鳴者である遊び仲間のほうが大事にさえ思えたものでした。

私たち三軒茶屋の不良グループには、鳴門会という名前がつけられていました。これは鳴門のうず潮のようにどんな人間でも呑みこんでしまおうという稚拙な考えから出たものですが、私は十五歳だというのに年上の仲間と一緒になって街のなかで肩を切って歩いていたものでした。

あるとき、こんなことがありました。私たちグループの仲間五、六人がブラブラと世田谷の馬事公苑に行ったとき、石原裕次郎が映画のロケーションか何かでその公苑に来ており、若い女の子たち大勢にかこまれてチヤホヤされている前を私たちが通りかかりました。そのとき私たちのグループの誰かが「女の子にかこまれていいなあ」といったのを、裕次郎は何を感ちがいしてか、座っていたベンチから立って私たちのほうに歩きながら、「何だこのやろうもう一度いってみろ」といったのです。多分とりかこまれている女の子の前でいいかっこうをしてみせようとしたものと思いますが、私たちのところに来るまでのあいだに何かにつまずいて裕次郎はころびそうになったのですが、そんなぶざまな姿を自分自身で余計に興奮して、私たちのグループの一番先頭にいた私の胸ぐらをつかんで、裕次郎は、「このやろう」といったのです。

私は自分の体よりはるかに大きい裕次郎と喧嘩をしたらやられてしまうのは目にみえているので、私は仲間からジャックナイフをかりて、私の胸ぐらをつかんでいる裕次郎に向って、「お前顔に傷つけてもらいたいのか」といっているところへ、警官が飛んで来て、私たちだけが交番につれて行かれたのです。交番ですぐ帰してくれましたが、裕次郎のほうから喧嘩を売ってきて、ろくにそのわけも聞かず、私たちだけを交番につれてきた警官はいったい何を調べているのかと思ったものでした。

中学は卒業したが……

就職しても電車賃がない

私は中学を出たことになっていますが、今まで述べてきたように実際にはほとんど行っておりません。そして中学を卒業した頃プラスチック工場へ就職したことがありますが、働きに行くにも着て行く服がないし、靴もないし、電車賃も昼の弁当もないという状態で、家からは金なんかもらえないし、十五歳の私には体ひとつあるだけでどうしようもないのです。中学時代の学生服の古いのと運動靴のボロをはいて通勤すると、混雑している電車のなかで私の体がふれると、ふれたその人は男であろうと女であろうと、迷惑そうな顔を露骨に現わし、私の服装をみてなるべく私にふれないようにするわけです。そうした人たちが私に向ける眼はまるで汚いブタでもみるかのように蔑んだものでした。私だってもっといい服を着て電車にも乗りたいのだけど、ないものはしようがないのです。電車に乗るたびにそうした恥かしい思いをするので会社に行くのさえいやになってくるのでした。そんなとき鳴門会の仲間が家の近所で私を待っていたりすると、どこへ行っても他人にいやな顔をされ嫌われるより、たとえ悪いことをやらされてもこうして暖かく迎えてくれる仲間のほうが私にはどれだけうれしかったかわかりませんでした。

私は会社へ行かなくなったので、家へ帰れば父に殴られるし、それがいやで家を飛び出し、仲間のところへ帰れば仲間からは断りなく家に帰ったといってリンチを受けるしで、私はいったいどこへ行ったらいいのか、この世の中の逃げ場を失ったみたいな感じになりました。もうそのころは新聞配達もしていなかったし、鳩も数が減って私の下の下の弟が飼っていましたが、私が家に寄りつかなくなってからは鳩も人にあげてしまったらしいのですが、私の家に馴れた鳩はときどき帰ってきてしまうことがありました。鳩はそのなれた自分の巣に帰ることができても、私は家へも仲間のところにも帰れないという思いを味わったものです。

私はどうせ家を飛び出したのだから、一人前の人間になって貧しくて苦労した母にいつか楽をしてもらおうという気持ちをもったのでしたが、三軒茶屋の仲間と一日中、喫茶店の二階でブラブラしているようでは何もならなかったし、これじゃいけないからやくざ者になるのか真面目になるのかどっちかにしなくちゃだめだと迷っているところに、三軒茶屋で不良少女ナンバーワンというM子という女に私はひっかけられたのでした。それまで私は女の子とは関係もなかったけれど、私より二歳年上のM浦という男と理髪店の娘E子という女と私とM子との四人が新宿の旭町にある相模屋という旅館に泊り歩くようになりました。もうそのころは私たちで作った三軒茶屋の鳴門会という会もみんなバラバラとなり、あるのだかないのだかわからない状態で解散したのと同じでした。

M浦と私はM子とE子という二人の女を食わせて生活するためにあき巣をねらって金を盗んだり品物を盗んでは質店に入れて金にしていました。私の彼女のM子という女は案外とかわいくて三軒茶屋の町でも知らない者がいないというくらいの女でした。その女が私と一緒に歩いているので私は家では嫌われ者だし、それだけに私に親切にしてくれるその女がとてもかわいく感じました。そして私は兄弟が多かったため母親に優しくしてもらったことも数少ないので、その女と一緒にいる時は何となく心の休まるような、母のそばにいるときのような気持ちになったのです。

はじめて警察に捕まった

昭和三十二年の一月三日か四日に相模屋で、私とM浦は警察に捕まってしまいました。M浦と一緒に盗んだ時計を質店に入れに行ったところ質店が警察に通報したわけです。それまでは質店では何度となく私たちからいろんな盗んできた物を受けとっておきながら、その日に限って警察に通報したのです。その質店は何度も犯人逮捕に協力をしたといって警察から表賞されているそうですが、私を捕まえた警官がいうことには、その質店は盗んだものやちょっとクサイものを最初は知らん顔でいくらでも入質させておいて、いいかげん、入質回数がたまると、警察に通報して犯人逮捕に協力して表賞されているとのことを話して聞かせてくれて、お前たちも運が悪いんだというのでした。私とM浦は何とかしてM子とE子をにがしてやりました。この女たちには何も関係ないことだったからです。そして私たちは四谷警察署につれて行かれました。

そして、未成年だった私は地方検察庁から家庭裁判所にまわされました。家庭裁判所ではそれらがどういう罪名のものかわかりませんが金持ちの家の子どもとか引き取り人の来ている少年は、母や家族の者につれられて家に帰されていくのですが、そのような少年たちをみていると、うらやましくて私の家も誰かが引き取りに来てくれないかなあ、来てくれたら帰れるのになあーという勝手なことを考えている反面、「俺の家は貧乏だから何事もだめなんだ」と諦めるよりしかたがなかったのでした。

そして私とM浦は練馬にある少年鑑別所に送られました。このときがたしか二度目のネリカン

（練馬の少年鑑別所）生活だと思います。私は二度も「ネリカン」に入れられたのだから、もう自分の人生は一生だめなのだと思ってしまったものでした。どうせだめな人生を送るなら、やくざの親分にでもなってやろうと思ったこともあり、雑居房のなかで弱い者いじめをしてえばっている人間にはことごとく食ってかかっていったのでした。「ネリカン」を許されて家に帰されても、家が貧乏だから勤めに行くにしたって電車賃さえもらえないありさまですし、電車のなかでいやな目を向けられるのもいやだし、かといって仕事もしないで家にいると家では嫌な顔をされるし、ましてや悪いことをして自由のないネリカン暮らしはなおさらいやだし……。自分が確固たる思慮のやり場がない苛立ちに同室の者と喧嘩をしたこともありました。私は喧嘩をするときはみんな自分より年上の人間かまたは弱い者いじめをしている人間ばかりです。もちろんやられたこともありました。

私は雑居房で喧嘩をしてネリカンの四階にある独房に入れられました。少年鑑別所ですから当然タバコなんか吸えないはずなのに、独房に入れられたら私のように喧嘩をした者とか数人が先生からタバコを吸わせてもらえたのです。それはどういうわけかというと、その先生が在鑑者から金をもらったり在鑑者の家族から金をもらって、少年たちに吸わせてはいけないタバコを内諸で吸わせていたのです。

私はネリカンに十四日間入れられた後、また家庭裁判所に連れて行かれ、少年審判にかけられて、保護団体の三鳩学園へ送られることになりました。私と一緒に捕まったＭ浦は私よりずっと以前に少年院生活を経験しており、私はこの男に盗みのやり方などをおそわったわけです。この男も小田原の保護団体に送られたそうですが、すぐ逃げてしまったそうです。

家庭裁判所の審判を受ける待合室で、鑑別所から同じバスにのって来た少年たちと私が雑談していたときに聞いたのですが、いい暮らしをしている家の者や親戚に有名人のある息子たちは、「俺は今日はパイだ（釈放になるという意味）、誰々が引きとりにきてくれる」なんてことをいっている人間は本当にその待合室から出て行ったきり許されて、二度とその待合室に帰ってこないのだということです。そうでない者は、「どこそこへ送り」と少年院送致が決定すると、またその待合室に帰されるわけです。その待合室で自分の審判を待っているあいだ、それぞれの人間は、今日は帰れるか、鉄格子のなかに送りこまれるか、不安におののいているわけですが、私は家も貧乏だし、親戚に有名人なんかもいないので、ほかの人間のそんな話を聞いていると、「何で俺の家は兄弟がたくさんいるのに貧乏してなきゃならないんだ」と思ったものです。

私は鑑別所の先生に連れられ審判室に入ると、母親が呼びだされてきていました。私はこの母と今日このまま一緒にこの家庭裁判所の門から帰れるのだろうかと胸をドキドキさせ、もし一緒に帰れたら、この母のいうことを聞いて本当に真面目になって働きたいなと思いました。ボロ靴をはいてもいい、ボロの服を着てもいい、とにかく「俺自身のためよりこんな親不孝な俺を迎えにきてくれている母のために、一緒に帰してくれ」と、私は心のなかで叫んでいたのでした。

その私に三鳩学園という保護団体に送られる決定がおりました。私は涙がこぼれそうになったのは、一生懸命頭を下げて子どもをつれもどそうと思って迎えに来てくれている母が、これから自分の子どもを抵抗のできない強い力のある何ものかにとられた哀しみの気持をこらえながら帰っていくその姿を想像をしたからです。私は調査官という人につれられて、家庭裁判所の門を出て母と別れました。私はしばらく歩いて振り向いて母はどうしているかと姿を追ってみると、母は小さな後ろ姿をみせ交差点を渡るところでした。その母の後ろ姿をみたら、何ともいわれぬ哀しみが襲ってきて、一緒に帰ってやりたい気持ちと、親子を無理にひき離す無情な何者かへの怒りがこみあげてきました。私がどこかへ送られることが決まっていたら、何もわざわざ家から母を呼びだして、その目の前でまた私をとり上げて母一人を帰してしまうという、まるで私の母をいびっているかのようにとれたからです。調査官は私に、その学園へ行ったら誰でもみんな真面目に帰ってこられるのだといって慰めるので、私は真面目になって帰ってこられるならこれほど母へのおみやげはないと思ったのでした。そして私は真剣な気持ちで心の底から「お母さん、俺が悪いことをしたばかりに恥かしい思いをさせて、また一緒に帰れなくてごめんなさい」と母の後ろ姿に謝まったのでした。

調査官と一緒に山手線の新橋駅から千葉の我孫子《あびこ》にある三鳩学園までつれて行かれました。そこはお寺で、庭の一画に木の格子にこまかい金アミをはった平屋で昔の牢屋《ろうや》みたいな感じの建物が作られてあり、私はその建物のなかへ木戸みたいなところから入れられました。その建物のなかは畳が二十畳ぐらいと八畳ぐらいの二つの部屋がぶち抜いてあり、その部屋には二十五人位の

はいるとすぐにヤキを入れられると聞いていたからです。

が寒くなり、ぞっとしました。なぜなら鑑別所にいたとき、保護団や少年院に送られたら新入で

男が入れられていました。木戸からはいった私をそれらの男たちが一勢にみたとき、私は背すじ

男が入れられていました。木戸からはいった私をそれらの男たちが一勢にみたとき、私は背すじが寒くなり、ぞっとしました。なぜなら鑑別所にいたとき、保護団や少年院に送られたら新入ではいるとすぐにヤキを入れられると聞いていたからです。

私を連れて来た調査官は、そこの先生に私を引き渡した後、すぐ帰って行ってしまったので、そこの先生に私はつれられ、部屋のなかにいる収容者の前で紹介された後、先生はその部屋から出て行ってしまいました。そうすると、これを待っていたかのように千葉県の人間とその他どこか忘れたが三人、その学園でハバを利かしているボスたちが、その次に顔の利く者に、今度来た新入を面倒みてやれというのです。「めんどうみてやれ」ということは、「ヤキを入れてやれ」という意味だということが後になってわかりました。

私は部屋のスミに呼ばれると、「座れ」と命令され、その通りに正座すると、その男は「ヨーカン」がいいか「カリント」がほしいか、どっちを食べたいと私に聞くので、私は何も食べたくないので、その旨をいうと、どっちかを食べるのがこの学園に新入できたときのならわしだというのです。私は仕方がないので、それならヨーカンを下さいというと、私の周囲を他の収容者たちがとりかこみ、先生が入口から入って来てもすぐには何をやっているのかわからないようにしておき、正座をしている私の正面にいる人間がその足で私の太モモの両脇を思い切りけりつけるのです。足のカカトでやられるのですから飛び上がるほどの痛さです。私がほとんど気を失う寸前まで同じ行為が続けられました。私が油アセをたらしながら倒れると、すぐ周囲の人間が私の体をかか

えおこし、また続行されるので生きている気がしなかったのでした。何しろ私はまだ十五歳だったし、ほかの者たちは年上の者たちばかりだったのです。新入の頃だからその学園の勝手がわからず、何かとオタオタするもので、私は縫い針を一本無くしてしまったという理由からその責任として針をツメの間に刺され（人指しゆびと中指）、そのまま刺さっている針をいじられたこともあった。また将棋の駒を口のなかに一杯つめこまれ、両ホホを殴れたこともあったが、そんなときは口のなかがズタズタに裂けて、食事ができないのです。そんなときは当然食事はとり上げられてしまいます。

食事のときは全員がお勝手兼食堂みたいな板の間で正座して食べるのですが、左手でめし、右手でおかずを抱えてないと、うっかり食卓の上など置いておくと、いつのまにかカラになった食器ととり換えられてしまっているのです。味噌汁とは名ばかりでお湯に塩で味つけがしてあるだけで、中身は太陽にほして芝生みたいになったノドを通らない大根の葉で、ごはんがとても少なく湯のみ茶碗ぐらいしかありませんでした。いつも食事はそんな状態だったから、よく農耕作業をしに行く往復の道で、落ちている食物のくいかすをひろって食べる者もいたし、道路沿いの店の物を盗んで食べる者もめずらしくありませんでした。私も幹部の者にりんごを盗まされたこともありました。しかし自分では一口も食べれず、みんなとり上げられてしまうわけです。そして私がりんごを盗むのを失敗し先生にいやというほど殴られてるのをみて、盗むのを命じた人間は知らん顔しているのです。

夜になって布団のなかにはいると、シラミが体中をモゾモゾとはって、下着をとり換えても翌日は縫い目のなかにビッシリと卵をうみつけているのです。そのときのことを今、考えても吐気がしてきます。私はリンチを受けたこと、食事の件、そしてつらいことなどを面会にきた母と兄に話し、きっと悪いことはしないから、連れて帰ってくれと泣いたもんだった。母が面会にきたときは二月の初め頃でみぞれ雪の降る日で、手指がしもやけでくずれ、私のその手を母が両手にはさみ暖ためてくれながら励ましてくれたことは、今でも忘れられません。

母と兄の面会のとき、その学園の内状を告げ口したということで、先生には殴られるし、古い者からは殴られる、逆立ちをさせられてそのままの姿勢で腹をけられる「ヒコーキ」というのから、体を中腰にして、足を開き両手を上げて、そのままの姿勢でいると電気が走るように体中がビリビリとふるえて来る「ラッカサン」というのもやられました。そして私にとって何よりも不幸だったのは、年上の人間たちのなかでありとあらゆる悪いことのやり方を聞かされて、現在までに何度も実践してしまっていることです。その学園に行ったら誰でもみんな真面目になって帰ってこられるんだといって聞かされた入所前の調査官の言葉とは、ずい分内容がちがっていました。真面目になる・ならないは、本人の意思と境遇の問題だと思うけれど、その学園から出るまでのあいだに先生たちから「真面目になれよ」という言葉を一度も聞かされたことはなかったし、何かあるたびに聞かされる言葉は、「お前たちが真面目になろうとなるまいと知ったことじゃない。一定の期間お前たちを逃がさないように見張っていりゃ俺たちは金になるんだ」という言葉です。だからその学園ではタバコも吸わせてくれたし、花札もやらせてくれていました。また先生たちは収容者のタバコをちょろまかし、自分たちの金でタバコを買ったことがなかったくらいです。

その三鳩学園には三か月と十日間、収容されて帰されたのですが、家からは誰も引きとりにきてくれず、そこの先生と日比谷にある家庭裁判所まで一緒に来ると、そこには呼びだされていた母がおり、私はやっと自由になれたのです。泣きたい気持ちで母とこの場でひき離されたときから三か月がすぎた頃、私は人間的に成長するどころが、学園で加えられた暴力と迫害によって不良性の度合いを増しただけの状態でした。三鳩学園を出るとき、ミツバの根っ子をたくさんもらって帰りました。ミツバの根っ子を洗って油でいためてよく食べさせられたことを思い出し、もらって帰ったのですが、三か月以上も閉じ込められて、その報酬がミツバの根っ子かといって母に笑われたのでした。そのころ私の兄は、何か事件を起して少年院に入れられていたのですが、私は三鳩学園でそういう施設のつらさがよくわかっているので、面会に行って励ましてやりたいのですが、私も学園から帰ったばかりで金もなく、少年院に入っている兄のことがとてもかわいそうでしかたなかったです。

警察官にだまされて

私が学園から帰ったら、私の彼女だったはずのM子という女は都内に七つも八つも工場をもっているO島という家の息子と同棲していました。私とM浦とはこのM子とE子という女のために悪いことをやり、三鳩学園に送られているというのに、それを知っているはずのO島というその金持ちの息子がしゃくにさわりました。このO島という男は私より三つくらい年上です。私がなぜこの男を知っているかというと、前にも述べましたがお金持ちの家から鳩を盗んだというのはこのO島の家のことだからです。そのとき盗ってきた鳩が卵をすぐ生んでしまって、その卵を抱かないので、詳しく知らなかった私は、卵を抱かないのは自分の馴れた巣から強引にもって来られてしまったショックが原因なのかと思い、その鳩と卵がかわいそうになって、馴れたもとの巣へ帰してやろうと思い、盗んで来てしまったO島の家へ返しに行ったのです。O島はすぐ許してくれ、その後よく一緒に歩くようになりましたが、「あれしろ」「これしろ」と悪いことを命令されても、私はその男の鳩を盗んでいる弱味があるために何でもいうことをきいてきたわけです。

私は三鳩学園を出てから、そのようにM子という女にも裏切られているし、真面目に働こうと思っても家から毎日毎日電車賃をもらうことができないので、渋谷の職業安定所までの五キロくらいの道のりを歩いて通ったものです。安定所では運よく会社を紹介してくれることがあっても、毎日その会社まで通う交通費は自分持ちとか一か月通った後払ってくれるとかいうものでした。家から目黒の方まで一時間以上かかって歩いて通ったこともありましたが、そんな無理した日課が長く続くはずもなく、会社に通う途中の三軒茶屋で仲間と会い、そのまま会社へも行かなくなり、仲間とつきあっていくようになってしまったのです。三鳩学園から帰されて三か月で、私はまた警察に捕まるようなことになりました。今度は私たちのグループ全員でした。

私たちのグループの一番上になっている人間は日本名がN村Y雄という朝鮮生まれの人で、私たちグループには男十数人、女数人がいましたが、それらの人間が窃盗をしたり恐喝をしたりして、北沢署にあげられたのでした。私が十六歳になる少し前のことです。そのとき私自身のやってしまった窃盗事件は、実際は数件なのに、北沢署管内で起きた窃盗事件が、たとえば私が盗んだ手口に似ているということで、百件以上、私におしかぶせてしまったのです。私はこのときに大きく人生が狂ったと今でも思っているし、それは、決して過言ではないと思っています。

私はそうした警察のやり方の汚さを世間の人に訴えたい。私はこの自分たちのグループリーダーに強制的にやらされて他人の家の玄関から靴を盗ませられたり（この靴はもちろんリーダーであるその本人がはいてしまうのです）、背広を盗まされたりしたのですが、そのほんのこそ泥みたいな手口による事件で未解決のものが北沢署管内にはいっぱいあったわけです。それらの事件を私に全部おしかぶせたのです。私を留置場から出し、引きあたりにつれて行くといって街のなかをあっちこっちに連れまわされ、私が盗みもしない家の前につれて行き、「この家に見憶えがあるだろう?」というので、「いいえ知りません」というと、「この家では玄関から靴がなくなっているんだ」といって、「お前たちの場合は少年だし何件やっても同じだから、この際みんな精算して行け」というわけです。そうしておいて何軒もの家をつれてみせられ、「この家では、何と何が盗られている」「この家では何々」というふうに聞かされて、警察に連れて帰されると、自分ではやったこともない事件のそれらを認めてしまえというのです。「お前は少年だし、こうなった以上できるだけ事件が多い方が家庭裁判所でもよくみてくれるんだぞ」というのです。そして「警察でも本人は真面目になろうとしてこれだけの事件を精算しましたというふうにお前をかばってやれるし、お前にとっても得になることなんだぞ。きっと少年鑑別所から帰してもらえるから、今度こそはお母さんに孝行してやれ」ということを聞かされたわけです。この言葉がとにかく一番ききました。まだ十五、六歳という少年が留置場のなかに入れられ、「家に帰りたい、母はどうしているか、家族はどうしているか」と、感傷的になっているとき、「今度はお母さんに孝行するんだぞ」「早く帰れる」の言葉を聞かせられたら、一件、二件と事件数が不当に増やされても、帰してもらえるというその言葉につられて認めてしまわない人間はほとんどいないと思うのです。私はその頃、警察官というものは嘘をつく人とは思ってなかったし、まるっきり信用して、ついに百件にものぼる、こそ泥窃盗事件を私は背負わされてしまったのでした。そして少年鑑別所にはいっているあいだじゅう警察官のいった「こんなに事件を正直にいったということで、きっと家庭裁判所で帰してもらえる」という言葉をひたすら信じて疑うこともなく、今度こそ帰ったら真面目になろうと決心していたものでした。

しかしその期待は裏切られ、少年院送致と決まった瞬間の警察官にだまされたことに対するくやしさは、言葉では表現できません。おまけに一年後に少年院から出所したあと、偶然何かの雑誌に私たちのグループが捕まった記事が載っていて、私の写真も目の部分だけが黒くぬりつぶされて載っていたのです。警察だけしか知らないその出来事をこんなにして雑誌にまで出して私の顔さえ世間に発表し、私はまだ十五、六歳の少年であっただけに、世間の人が私の顔と悪事を知ってしまっているのかと思うと、家からうんと遠く離れた誰も私を知らない土地へ行きたいとそのことばかりを考えていました。それには船乗りになって海の上で働きたいとも思ったものでした。警察官にだまされて百件以上もの窃盗罪を背負わされて、私は茨城の少年院へ送られたのです。その少年院には私の兄も入っていたので、一緒に生活をさせられました。兄弟で一緒にいることがみっともなくて、兄はほかの少年院へ移してくれとずい分と頼んでいたようでした。兄は、弟の私をいつもかばってくれて腹がへっているんじゃないかと気を使ってくれて、いつも自分のおかずを私にくれました。私も兄が心配だから「いらない」というのだけれど、「俺はこのおかず嫌いだから」と嘘をいってまで私の体についての栄養の点を気遣ってくれたのでした。その少年院を兄の方が先に出て行ったのですが、私はそこに一年二か月おかれて、昭和三十二年七月に退院したわけです。

住みこみ店員になったが……

出所すると街は変わっていて、渋谷の街にも駅前に地下街ができていたし、駅前にあった渋谷食堂もずっと裏のほうに移っていました。世はまさにロカビリー時代で、そのころ渋谷にあったキーボードというジャズ喫茶と、新宿のスワンというジャズ喫茶に専属で出演している竹田公彦とブルーコメッツというバンドに私はバンドボーイとしてはいりました。

　このブルーコメッツというバンドはその後人気が出たブルーコメッツの前身です。私はドラムを勉強するかたわら、一日に何回かはステージで歌を唄わせてもらっていました。そのころは私の町内から出ている小学校の二年先輩で、兄の同級生でもある田辺昭知というドラマーが売り出し中のときでした。私はドラマーをめざして一心に勉強をはじめたのですが、バンドボーイ時代は給料はくれないし、そのくせ、雑務は限りなくやらされ、衣装などは自分もちときているから、貧乏人の私にはもう先がみえていました。家からは金はもらえないし、少年院を出たばかりで着る物もなく、悪いことをやっては衣装を買っていたのです。金持ちの家の息子ばかりで「ブルーコメッツ」というバンドがこの世にはじめて作られ、私もかつてはその一員であったのですが、私と他のメンバーとはあまりにも生活水準がかけ離れていました。金持ちの息子たちがその力にものをいわせ、毎日ステージ衣装を替えてきてくるのをみるたびに自分と比較してしまい、自分はどうして貧乏人の家に生れなんかしたんだろうと運命を恨んだものでした。そして世の中にはどうしてこうまで貧しい家と金持ちの家が別れていて、その苦しみ方も差があるのだろうと思いました。結局バンドの仲間には金銭的に太刀打ちできず、ついて行くことができなくなり、私ひとりとり残されておいていかれる形となりました。そして、何とかしてステージ衣装を作り仲間についていきたくて悪いことをやり、また捕まって神奈川県にある特別少年院に入れられる羽目になりました。

こうして私があき巣などをやって世田谷警察署から追われたのが、昭和三十三年の夏、前述の茨城の中等少年院から帰ってブルーコメッツというバンドにはいってからです。家に刑事が二人来たと母親から聞かされ、怒られたので、もう少年院へ入れられてリンチにあったり辛い思いや淋しい思いをするのがいやで、ボストンバッグに下着と二、三の着換えを入れて、どこかで働こうと決心し家を出ました。そして、新聞の求人広告をみて、北区十条にある洋品店に住込み店員としてはいることになりました。

その店は人使いが荒くて、朝は六時に起こされて、店を掃除して開けてから交替で朝食をとり、夜九時の閉店まで休憩なしで、昼食も他の店員と交替で食べるわけです。洋品店などはそんなに朝早く店を開けたってお客なんかないのはわかりきっているのに、それだけ店の方針が欲の皮が張っていたのです。私が何よりも一番つらかったのは、小学校も満足に行ってないため金銭の計算ができなかったことで、そのことでよく恥かしい思いをしました。そのなかで一度こんなことがありました。

ある日、女の子を連れた母親が帽子を買いに来ました。遠足に行くときにかぶる帽子を買いにきたといいます。その小学校二、三年くらいの女の子は母親があまりお金をもっていないということも知らないで、数ある帽子のなかから値段の高いものをほしがって母親を困らせておりました。私は計算ができなくて、よくつり銭をまちがえることがあったので、そのとき、またつり銭をまちがえたつもりになればいいじゃないかと思い、その高い値段のほうの帽子をその子にあげてお金を受けとり、おつりなどないし、それどころか足りないくらいなのに、レジからお金をもってきておつりとしていくらでもなかったけれどあげてしまったのです。その母親は不思議そうな顔をして私をみていましたが、そのとき私は、自分が小学校時代、遠足へも行けず一人で家で泣きながら地面に絵を書いたりして淋しい思いをしたときのことをふと思い出したのでした。あとで主人にそんなことをみつかって怒られたり首にされることより、何となく気持ちのいいものが味わえたのでした。

その店は夜九時まで開けており、そのあと一日の集計をしたりするのですが、そこの女主人は集計しているそのあいだじゅう私に肩をもませたり叩かせたりしていました。一か月わずか一万円たらずの金をもらうために奴隷みたいに働かされて、その不満が爆発してその店をやめ、給料ももらわず池袋に出ました。この日、世田谷警察の人が偶然にも私がその洋品店をやめて出て行く姿をみて尾行していたらしいことを捕まった後で聞かされたのですが、私は洋品店をやめたすぐ後、池袋で中華ソバ屋に店員としてはいることができました。その店のユニフォームを着て昼食代わりのソバを食べさせてもらっていたら、私を追っていた世田谷署の刑事二人が私がソバを食べている調理場はいりこんできて、そこで逮捕されたわけです。その店の奥さんはとてもいい人で、「刑を務め終わったらまたきなさい。使ってあげるから」といって同情してくれました。練馬の少年鑑別所に入れられるのは、そのときが四回目でした。独房に入れられて前回入ったときと同じようにそこの先生から秘密でタバコをもらって吸ったものでした。

もうその頃は三鳩学園も行っているし、茨城の少年院も出てきているから、施設内での生活の要領を知っていて、人から殴られたりする「ヘマ」もやりませんでした。しかし、人を殴ることもしませんでした。そんなことよりただひたすら許してもらって自由のある世界に帰りたい気持ちだけでした。

でも、二十四日間のネリカン生活の結果、久里浜の特別少年院に送られることになったのです。家庭裁判所に私を帰してもらえると思って母が引きとりにきてくれておりましたが、私がまたもや少年院送りと聞かされると、「今まで苦労して育ててきて、やっと大きくなってやれやれ家の手助けをしてもらえると思ったら、国にとり上げられてしまい、どうして貧乏人の家はこうまで苦しめられるのかね……」と私に泣いて話すのでした。私は少年院という地獄に送りこまれるより、母のそんな言葉を聞くのがとても哀しかった。「今このまま母と一緒に帰してもらえたらきっと悪事なんかもしないで家のために働くのに……」と思うのでした。少年院にはいるたびにそう思うのですが、「少年院送致」と決定されたときとそして少年院生活の新入時代の辛さと後悔をしているとき、「今このままもし帰してもらえたらきっと立ち直ってみせるのだが……」と思うのですが、やがて新入時代のリンチや古くなって自分が段々と楽な状態の生活ができるようになるにつれて、新入時代に考えさせられたそれらの苦しみを忘れてしまうのです。やはり私が馬鹿者だからでしょうか?

私は久里浜特別少年院に新入りで行くと、海に面した独房に入れられました。その舎には雑役夫といって教官の代理のような者がいて、新入りの世話をするわけですが、この雑役夫というのが悪い奴で、その少年院で古い顔の利く人間がおもにやらされているわけです。教官は机の下に七輪を入れて、そこから動こうともせず、私は独房に入れられるなり、その雑役夫から「どこからきた」と聞かれたので、私は自分の家のある町を聞かれたのだと思って、「世田谷です」と答えると、「馬鹿野郎、てめえネリカンから来たんだろう」といって殴られたのでした。私は黙って殴らせてやったけれど、このとき私が逆に「ネリカン」からきたといったとしても、「馬鹿野郎、てめえのいる町を聞いているんだ」とやられるわけであり、ようするに因念をつけられたので、蛇ににらまれた蛙でどうしようもなかったのです。これが新入の運命なんだと私はあきらめてがまんしました。

食事が配られるときのテンプラとか、うまそうなおかずや祭日に出されるお菓子、パン、正月のもちなどはかならず「残しておけ」といわれとり上げられてしまいました。私だって年も若い育ち盛りですから腹もすきます。ですから食べ物までとり上げるその雑役夫がとても憎らしかったです。あまりにくらしいので、配られたパンの中身を全部食べてそのなかにフトンからワタを取り出し、かわりにつめこんで雑役夫に渡してやったことがあったのですが、これがみつかって小便がちびる寸前まで、めちゃくちゃに殴る蹴るの暴行を受けたのでした。

冬の寒い朝、こんなこともありました。私のはいっている独房の扉の傍についている小さな食器孔といってそこから食事をもらうようにできているところへ食器をおいて配当の順番を待っていたら、窓から入りこむ海からの強い風に食器が飛ばされたのですが、すると雑役夫が来て食器を自分でひろえというのです。食器孔の穴は小さいし食器がどこへ飛んで行ったかわからないので手さぐりで食器をさがしていると、私はその腕をつかまれ、廊下側につけている食器孔のフタ一・五センチくらいの厚さのもので、私の手の甲をいやというほど殴られて、その後しばらく右手が使えなかったのでした。また別の日、朝、雑役夫が私のいる独房のまえにきたときに、「おはようございます」と挨拶をしなかったという理由から、房のなかに雑役夫が入ってきて私を殴るので、私はどうせこんな人間にただ殴られるなら、たとえ一発でも殴り返してやろうと思って手向かったのですが、雑役夫のほうが強く、私の顔の形がかわるほど殴られました。そのときの跡として今だに鼻が曲がって残っているし、奥歯も折られてなくなっております。

独房の中で一か月のあいだに何度となくそうやって殴られたりしたわけですが、教官は雑役夫がそうやってリンチをやっていることを知ってるクセにとめようとせず、ときには反対に「○○房の奴は態度が悪い」といって雑役夫をけしかけるわけです。それを聞かされた雑役夫は公認とばかりに、サンドバックでも殴るかのようにすきなだけ殴るわけです。また、私たち新入からとり上げたパンは雑役夫が自分の寝ている布団の下に寝おしをしてペチャンコにした後、二十個三十個とまとめて少年院内の各工場にいる幹部にまわしてタバコと交換するわけです。こういう雑役夫のリンチをなぜ教官が黙認しているかというと、独房に収容されている者たちが窓ごしに話したり、房のなかで立っていると、教官にとってはわずらわしいので、少しでも見まわりの回数をへらそうという魂胆で、雑役夫に命じて房のなかでは扉の方に向かって座っているようにみまわれと指示しているわけです。独房のなかにいる人間がいわれた通り扉に向かって座っていても、雑役夫の機嫌が悪い日であれば、どんな因念でもつけて殴れるわけです。

自殺未遂と父の死

そして私は、その頃、破れた窓から入る海の冷たい風と、毎日のようなリンチの洗礼と人生の絶望感で哀しみに暮れるという連続でした。ラジオでは皇太子と美智子との婚姻のニュースが流れており、私は、「生れながらにして貧乏人の家に育ったため学校もろくに行けず、空腹をかかえて新聞売りをして、大きくなれば働きに行くにしても電車賃もなく、その結果悪事を重ねてこんな自由のないところろえ入れられて、殴る蹴るの迫害を受けている。その一方、皇太子は生まれたところが貧乏でなかったために金の苦労もせず、年がくれば綺麗な女と結婚できる。それにひきかえ同じ人間でありながら、俺なんかここを出たら、また仕事をさがしに歩くための電車賃にさえ苦労しなくてはならず、その先の人生だって金を稼ぐため生きるのか、生きるために金を稼ぐのかわからない」。そんな運命だけとは思えないような不公平な人生にいや気がさして、私は死んでしまおうと思ったのでした。窓ガラスをこわして左の腕のすごく太い血管を切りはじめたのですが、切り口から出る血と油でつるつると血管はにげて、なかなか切断することができず、ようやく切れたと思ったら、血がビューッと音を立てるような感じで吹きだし、私は自分の目の前が暗くなって行くまで血の吹きでるのをみていた。これでボロの服を着ていることを人に笑われることもなく仕事をさがしに行く電車賃を心配する必要もなくなるし、他人から殴られたり迫害を受けることもなくなると思うと哀しくも何ともなかったのでした。

しばらくして気がついたら、手錠をかけられ、腕にホータイをまかれ、ちがった独房に入れられていたのです。その自殺未遂の件というより「窓ガラスを破った」という件と、血で部屋を汚した件と、傷口を治療するため医務の世話になったという件で懲罰を十日間科せられたのです。少年院の懲罰は二十日が最高クラスであったから、その半分を受けたことになります。その懲罰中、手錠が手首にくいこんで毎晩寝られず、うとうととすると、手首にくいこんだ手錠の痛みで目が覚めるので、すっかり参ってしまいました。

そのなかで一日だけ、手錠がくいこんでいるのに痛くもなく、朝までぐっすり寝込んでしまったことがありましたが、その日は世田谷にある私の家では私の父が死んだ日だったのです。手錠がかかって眠れぬ日がつづいたために疲れが充満してその日は眠ってしまったのかも知れませんが、私はその日父の夢をみていたし、手錠が痛くなかったのは死んでゆく父が私をあわれに思って、手錠の痛さを助けてくれたんじゃないかと私なりの解釈をして、死んだ父に礼をいって、心のなかで、親不孝をかけてきた今日までを謝ったのでした。その後、私の兄たち三人が面会にきて父の死を知らされたわけですが、父には殴られっぱなしだったけれど、死に目にあえなかったことはとても哀しかったです。少年院の教官に、せめて父の葬式だけでもいいから出席させてほしいと頼んだのですが、それも拒否されて、独房に帰ってから手錠のかかっている我が身のあわれさと父の死に目にあうこともできない哀しさが重なって泣きました。

この少年院に入る前にブルーコメッツというバンドにいた私は、少年院のブラスバンド科に配属されたのでした。少年院というのはおかしなものが流行っていて、自分の体に傷をつけて俺はいかにも強いんだぞと誇示するような自傷行為が流行っていました。少年院仲間ではこのことをハッタリ傷といっております。私も久里浜少年院では三本ぐらいの傷を体につけました。もっと多くやっているかも知れませんが、もう昔のことなので忘れてしまっています。自分で自分の体に傷をつけるとはなんとも馬鹿げたことですが、こういう人間に限って気の弱い人間が多く、いかにも自分はがまん強い人間であるかのようにみせるための虚勢でしかないのです。

私のいたブラスバンド科の先生が市村先生という人で、私のことをよく面倒みてくれました。そしてその少年院を退院後も私の家へ二度ほど訪ねてきたので、私は接待し、飲み屋につれて行き、昔話をしながら酒を飲んだものでした。私はその先生が帰るときはかならず駅まで送っていき、電車のなかで先生が退屈しないように一、二冊の本は買ってもたせたものでしたが、私が何か事件を起して逮捕されてから手紙など出しても、絶対に返事はくれませんでした。人情というものにはいろいろな形があることを知りました。

取り調べから逃げだす

久里浜少年院を出るときもそうですが、少年院のなかにいるあいだに何か技術のようなものを教えてくれたら社会に戻されてからも私はずい分助かるのだがなあとよく思ったものでした。久里浜少年院を出るとき五百円前後の金をもらって出たのですが、家に帰ってから務めたプラスチック工場では一か月先でないと交通費がもらえません。その金のあるうちだけ、約一週間くらい会社に通って、あとは親に電車賃をくれともいえず、会社にも行かなくなり、渋谷の町でブラブラ遊ぶようになりました。現在、映画スターになっている安藤昇がやくざ者で全盛時代のころでした。十八歳になっていた私は、渋谷の地下街で「はるみ」という女と知りあい、つきあいはじめました。また三鳩学園に送られる以前に一緒に悪いことをしたM浦とまた会って、そのころつき合っていました。久里浜少年院で一緒に収容されていたI見という男とW泉という男二人が私のところをたずねてきていたので、それらの人間と旅館を泊り歩くのに悪いことをしたりしていたのです。父が死んでしまった後、私を殴る者もいなくなり、そのころは家を飛びだして外泊するのが習慣になっておりました。

悪いことは続かぬもので、私たちI見とW泉の三人は、新宿の旅館で泊っているところを淀橋署といって今の新宿署の刑事に逮捕されたのでした。私は五回目の鑑別所送りとなったのです。そしてそのなかにいるうちに再逮捕され、原宿署に連れて行かれました。拘留されたときの事件は、友人からYシャツとカフスボタンを借りたことを恐喝罪として私におしかぶせてきたのです。

私は事実ほかにも悪いことをやっているので、その一件くらい事件を追加されても何とも思わなかったけれど、調べの最中に取調官が私に「お前の家はドロボー一家だな」といったのです。私と兄は少年院に行ってますが、そのほかの兄弟はみんな真面目に働いているのに取調官からそういわれて侮辱を受けたとき、私はものすごく腹が立ちました。そして何とかして私を侮辱したこの取調官を困らせて仕返しをしてやりたいと思いました。自由のない留置場のつらさを思い、そのとき、よし、逃げてやろうと思ったのです。これは私みたいな馬鹿な能なし人間のやるほんとうに小さな抵抗のつもりだったのです。

どうやって逃げてやろうかと、十日間くらい、留置場のなかで考えました。そして長い留置場の生活で体も弱っていて、取調室から走りだして逃げることもできないと思い、私はあることを思いついたのでした。それは私が少年院に送られるとき、北沢署の刑事が私に未解決事件をおしつけて、事件をうんと背負っていけば、情がよくなって家に帰してもらえるといって私に嘘をついて少年院に送りこんだときの逆襲をしてやるつもりで、一つのウソの事件を自分で作り、そのときの事件で盗んだ物が家においてあるから連れて行ってくれと嘘をついたわけです。自分を連れて行かないとその品物のある場所がわからないと話すと、刑事三人に連れられ、家まで行くことになりました。

家にはちょうど母がいて、私が刑事に連れられて帰ってきたのをみてビックリしていましたが、刑事が「食事をさせてやってくれ」と母に頼んでくれたので、母は用意してくれました。刑事は手錠をはずしてくれて自分たちもそれぞれお茶を飲んでいました。食事をした後、便所から逃げてやろうと思ったのですが、私が便所にはいると刑事も一緒になって便所の扉のなかにはいって来るし、窓の下にはもう一人の刑事が立っているので、私はあきらめて便所を出ました。しかたなくズボンをはいてまた留置場に帰るのかと諦めたのです。そしてちょっと便所の隣の部屋をみると、私の兄たちの子どもがその部屋で遊んでいるのが目にはいりました。私は刑事が靴をはきかけているのをみて他の刑事はお茶を飲んだりお菓子をつまんだりしているので、私もそのお菓子を一つつまんで子どもにもって行ってあげようと思い、その便所の隣の部屋に行くと、その部屋の裏の窓が開いているのが眼にはいりました。私は思わず後ろもみずにその窓から外に飛び出しました。私は夢中で走りまわりとうとう逃げきりました。

これで自由の世界に戻ったと思うと、ついさっきまで手錠をかけられひきずりまわされていたことがまるで嘘のように思えたものでした。そして取調官が「お前の家はドロボー一家だな」といって私を侮辱したくやしさのその仕返しができたことで勝利感が湧いたのでした。

逃走時にはお金をもちろん持っていないし、靴もはいてない裸足のままでしたから、途中で長靴のボロをひろってはき、あき巣にはいって三千円ほどの金を盗みました。その金で安い靴を買って横浜に行ったのです。横浜で一人の友だちができて、ラーメン店で食事をしながら、ふと新聞をみると私が原宿警察から逃走した記事が載っていたので、横浜にいたらまずいと思い、横浜で知りあった友だちと大阪に行こうという話になりました。二人が大阪行きの列車に乗ろうと思って東京駅まで来たときには私の所持金は二十円しかなかったのですが、大阪行の最終列車が出るので、あわててそれに飛び乗りました。大阪までの途中、三回ほど切符の検札がきましたが、そのつど私たちは走っている列車の外に出て連結機にまたがったり屋根の上に出て検札をのがれました。横浜で知り合った友だちは名古屋で下車するといって降りていってしまったので、私は大阪まで一人で行ったわけです。

大阪駅から天王寺まで行き、天王寺の改札口を何とかうまく出ましたが、右も左もまったく知らない街なので困りました。でも、鑑別所に入っているときに大阪の天王寺という所へ行ったらその辺は釜ケ崎といって誰が行っても暖かく迎えてくれる貧乏人の集まりがあると仲間に聞かされていたので、その言葉だけを頼りに信じて天王寺まで来たのでした。しかし私は昨日の列車の疲れと何も食べてない体でフラフラ歩いているのに精一杯でした。ある食堂の前を通ったとき、その食堂の女店員とその店の前で偶然眼があったので、私は「霞町はどっちに行ったらいいのですか」と道を尋ねると、その女店員は道を教えてくれるより、「あんたは東京の人？」と聞くので、「そうだ」という話をして、「じつは友だちのところを尋ねて来たんだが、金を落として昨日から何も食べてなくて腹がへっているんだ」というと、その女店員は「店にはいって何か食べていい」と私にいって、「その代わり今日店が終ってから今晩つき合ってくれる？」というので私は、そんな色気より腹が減っているのだからとなま返事をしながらガツガツとめしとおかずを食べて、その女店員にお礼をいって、夕方になったら迎えにくるからといってその店を飛び出したのです。

実際、夕方になったら行ってみようとも思ったのですが、街が全然わからないので、その店もすぐわからなくなってしまいました。どこか就職口をみつけようと思って街のなかの募集広告のはり紙をみて働き口を探したのですが、そもそも街じたいがわからないので、同じ場所をぐるぐる歩いているような状態でした。

そうしているうちに通天閣のそばまできたとき、黒い背広を着ている男に声をかけられたのです。その男はすぐやくざ者とわかる人間でした。その男の人はやはり東京の人で、「よかったら俺の組で仕事を手伝え」といって、その人の所属する組の事務所へ連れていかれたのです。その組はG会といって天王寺あたりでは顔のきくやくざ組織でした。私は、夕方、五時ごろから朝方の二時ごろまで売春婦の見張りをやらされたのです。

私は小さいときから自分が迫害を受けて育っているだけに、弱い者いじめをしているような、その売春婦を見張る仕事はとてもいやでした。売春をしている亭主や彼氏のほうは、自分の女房を平気で売春させ、稼ぎが悪いといっては殴りつけ、お客に気を許したんじゃないかといっては嫉妬して殴り、その殴ったアザが原因でお客が恐わがって寄りつかないとお前の腕が悪いといってはまたその人を殴りました。そばでみている私はとても辛らかったです。そして殴られている女の人がかわいそうで仲裁にはいると、「一人前のことをするな」といわれ、私も木刀で殴られるのでした。そして自分の女房を売春させている本人は別の女と一緒に遊びまわっているのです。私が見張りをさせられている女のなかには妊娠している人もいたので、その人に「こんなところから逃げてしまったほうがいいよ」といったら、「子どものために辛抱している」というのでした。私は、やくざ者が自分の女房や彼女を売春させて平気な顔でいられる神経がどうしてもわかりませんでした。ましておなかに子どもがいる女にまでやらせている男たちはどんな気持ちなのかと納得がいかなかったです。そこの女たちに私はかわいがられ、いろいろと小遣いももらい、人生観について話をすることもありました。その女の人たちははじめは強制された売春行為に抗ったが、その強制も今はなれっ子になり、売春から抜け出られなくなってしまったといっていました。私はまだ少年だったから女の人の葛藤というものがわからなかったけれど、兄貴分たちに命令されたとはいえ人が人を見張るなんて人間らしくないのでいやでした。そんなやくざ者の弱い者いじめをする手伝いをしている自分が情なくなって、そのころ、こつこつとたまっていた小遣いもあったので、恋しくなった東京に帰ってしまおうと思った。

東京に帰ったら自分の身は危険とは知っていても、おかしなもので自然と足が家のほうに向かってしまったのです。私が警察から逃走してから、家には朝から晩まで刑事たちが入りびたりで、外から来る手紙は刑事が勝手に封を切って中味を調べるし、子どもたちが学校へ行ったり、母や姉や妹が買物に行くのにも刑事はうじむしのようについてくるし、原宿署の署長までが私の母が食事の支度をしている台所で、御飯を炊く火もしの手伝いまでやって家にへばりついて、私の家の者はとても迷惑したそうです。私が家についたその日は運がよく、その日に限って刑事たちがほんのわずかの時間だけ私の家にいなかったときだったので、私はうまく家にはいれたわけです。しかし母や兄弟から、「どこに行くにも警察がつきまとって、恥かしくてしようがないから、お前さえ警察へ捕まってくれたらみんなが警察からいやな思いさせられなくてすむんだから自首してくれ」といわれたのです。

私は警察のやつらは何と汚ないんだろうと思いました。私とは何の関係もない家族にいやがらせをして、私をいぶり出そうとしたわけですが、私を捕えるために家族の人間につきまとい迷惑をかけ、それで警察官は正しいことをやっていると思っているのでしょうか。仮に私たちが他人に何かの理由をこじつけて自分の何がしかの目的のためにつきまとったりしたら、警察は私たちを捕えるでしょう。警察という看板をタテにして好き勝手なことをやる刑事たちを、私はなんと汚ないやつらだと思いました。私が家から刑事のすきをみて逃げ出すときに走って行く途中ですぐ上の兄に出会ったのですが、そのとき後から追って来る刑事に私の逃げた方向を教えなかったということで、「逃走幇助《ほうじょ》」という罪名をつけられ、兄は逮捕されているというのです。そして警察の署長のいうことには、私が自首したら兄を釈放してやるといっていたから、自首して何も関係ない兄を留置場から出してやれと母や兄にいわれたので、自首する気になったのです。

私は、警察へ自首する前に、M子という知人に会って話すことがあったので、その人のアパートに寄ったところ、その部屋に警察がどういうわけがはいりこんできて、私は逮捕されました。私はナワで体中をいもむしのようにギリギリ縛られて、外に待たせてあった車のなかに放りこまれたのですが、警官たちは、「お前のためにとんだ目にあった」といって私を殴りました。そして原宿署につれて行かれると、私が逃走したときの係の刑事（たしかO島部長といった）に突き飛ばされて殴られました。

私は逃げてこの人たちに迷惑かけたのだから殴られてもしかたないとがまんしましたが、今考えれば、いくら私がにげたといっても警察の人は捕えてきた人間を殴ってはいけないのです。でもその事件の裁判で、弁護士さんがそのことについては一言もいってはくれなかったのはどうしてか、今考えると不思議です。私が逃げたことについては裁かれるとしても、取調官が「お前の家はドロボー一家だな」といったことが私を興奮させ、逃げる原因を作っておきながら、それらの原因はおしかくしてしまい、逮捕時に私が殴られたり蹴られたことについては調べも裁かれもしないことは、何といっても不公平だと思うのです。私を取り調べて侮辱した人間は係長でしたが、もう少し人間をとり扱うときには人を馬鹿にしたりすることのないよう心がけてもらいたいものです。

しかも私が捕まれば兄を釈放してくれるという約束はまるで嘘っぱちで、兄はそのころ近所で少しばかり顔のきく人間をあつめ会を作ってその会長におさまっていたため、つまらない事件をいろいろと引っぱりだして兄貴を別件で捕えたわけです。兄の子分たちはおのれの身をかわいがり自分たちの罪をみな兄にかぶせ、その後兄はその件で三年の刑を務めることになってしまったのでした。私が逃げたことによって兄にも家の者にも迷惑をかけてしまってそのときのことは今でもすまないと思っています。でも、私が逃げることによって多くの人が迷惑をかけられたのは事実ですが、それなら逃げる原因は当然厳しく調べられなくてはならないはずなのに、私が取調官に侮辱されたことによって逃げたという事実はまったく調書にはのせてくれず、取調官が逃走させる原因をつくったことはついに闇に葬られてしまったのでした。そして私は原宿署から少年鑑別所行きとなりました。このときはネリカン生活六回目です。そのときの審判では、私はもう十九歳になっていたため少年あつかいではなく刑事処分となり、裁判にかけられることになりました。

はじめての拘置所

そして生まれて始めて拘置所という所に入れられました。西巣鴨にあったその拘置所の六舎の一房に入れられたのです。昭和三十五年の春でした。私の隣の二房には品川で弁当屋を殺したという強盗殺人罪の人がはいっていたのですが、「どうせ無期か死刑だろう」といってその人は毎日をケロッとして過ごしていましたが、私はその人がもう二度と自由のある世界に帰されない人なのかと思ったらかわいそうでしかたがなく、毎日毎日窓ごしに話をして励ましてやったりしたのでした。今その私が強盗殺人罪を背負わせられて拘置所にはいっているのですから、信じられない気持ちです。

その人を励ましてやるために窓ごしで話をしているのが看守にみつかり、注意されました。私は「一日中、いや何か月も人と話ができないなんて気が狂いそうだし、『オシ』の人間じゃないのだからしゃべってもいいじゃあないですか」といったところ、房の扉を開けられ管区といって看守が寄り集まるところへ連れて行かれ、三人くらいの看守に蹴られたり突きとばされて頭を壁にぶつけられて房に帰されたのですが、拘置所にははじめて入れられ、その規則がわからず口答えをしたからこうして看守から暴行を受けることになってしまったのだと思い、がまんしたのです。また、看守がそうやって収容者を暴行することは当然許されているものと思いましたが、後に何度も刑務所へ入ってみて、看守たちははじめて拘置所に入ってくるような初犯の者にはことさら脅かしてみたり暴行してみたりすることを知りました。それははじめての者には大きな声で脅かされたり暴行されることが当然なのかと思ってしまうからです。けっしてそんなことはないのに、右も左もわからない初犯者には、看守は必要以上に威嚇するわけです。

拘置所の独房は扉の上のほうに看守がのぞく小さなのぞき窓があって、そこから看守がのぞいてみてまわるわけです。水洗便所のフタをすると椅子の代用になるし、洗面台のフタをすると机がわりになることもはじめて体験しためずらしいものの一つです。便所にはいりたくなって便所のフタを開け扉の方に向って下半身をさらすときの恥ずかしさはなんといっていいかわかりません。便所にはいるにしても、捕われ人には便所の囲いもなく、用便を終わって尻をふいているときにのぞき窓から看守がのぞいている眼と自分の眼がビタッとあったときの恥かしさと屈辱感といったらありません。次の日用便したくなっても、そのことが頭のなかにあって、今度看守がのぞいたらその後すぐ用便すれば恥かしい姿をみせることもないだろうと、まるで盗みでもやるときのようにドキドキとした気持ちで、用便一つするにも捕われ人のあわれさを味わわされます。

そして三十五年の夏に一年半以上三年という不定期刑の判決をいい渡されました。十九歳になったばかりの私は少年刑務所に送られることになりました。松本少年刑務所まで列車で行くことになり、新宿から列車にのって目的地まで行く途中、列車に乗りあわせたどこかの見知らぬ女子学生が、私の手錠のかかっている腕にハンカチをかけてくれて、すーっと次の列車のほうへ行ってしまいました。私はその人の思いやりによって手錠のかかっている恥かしい姿を列車から下りるまで乗客にさらさずにすんだことを心から感謝しました。その女子学生のご厚意は、今でも忘れられません。またそのように温かい思いやりをかけてもらっても真面目になりきれず、今こうして人の命まで奪ってしまう人間になった自分のことを恥じております。

松本少年刑務所

松本少年刑務所では服役中一度だけ大喧嘩がありました。働いていた所内の工場でいっしょだった私をふくむ五人が三十人くらいの相手と喧嘩になりました。これは所内の勢力争いです。私は人数の少ない方についたわけです。そして私たち五人は完敗だったのですが、このときI谷が相手側の人間に殺されかかったのです。I谷に向かって行く人間を私が野球のバットで足を払ってやらなかったらI谷は刃渡り十五センチくらいある大きなハサミで刺されて死んでしまったことでしょう。

この喧嘩のとき、どういうわけか私が一番最後に捕まったのですが、このときの看守の暴行がものすごかったのでした。看守六、七人で私の両手両足を大の字にしてもち上げると、それぞれの看守が私の体中のところかまわず半長靴で蹴りつけるのです。そして〝セーノ〟というかけ声と同時に私の体は空へファーッと投げられたかと思うと、そのまま看守たちがどいてしまったコンクリの上にドスンと落ちたのです。私は〝ムギュー〟という変な声を出してしまったくらいです。そのあとまた両手両足をもたれ保安課につれて行かれるまでの十メートルくらいの道の途中で、ボクシングのサンドバックみたいに殴られてけられて、そのけられた一撃が背後から尾てい骨にあたり、一瞬私は気を失いそうになったのです。ぐっと力を入れてがまんしていると、体から顔から油あせが吹きだしました。

そんな私を今度は看守たちに柔道を教えている先生という人間が来て、「よし俺にまかせろ」と看守にいうと、私の体を受けとって腰車でなげつけて、炊事場から食堂へめしを運ぶために使うトロッコの線路の上に何度も何度も私の体を叩きつけるのでした。もうその頃の私は痛いとか苦しいなんて感覚は体のどこにもなくなっていました。保安課につれて行かれると喧嘩相手もくそもなく、一列に並んで床の上にじかに正座させられて、先に捕まった者たちが順に革手錠を後手にまわされてかけられていました。この革手錠というのは厚い革のバンドのなかに鉄板がはいっていて、そのベルトでまず体の胴をしめ、そのベルトについている同じ造りの手錠に両手を固定させてしまうというものです。幸か不幸か私が一番最後に捕まったものだから革手錠は使用しつくしてなくなり、金属手錠を掛けられたのですが、かえって金属手錠のほうが肉にくいこんで痛さは激しいものです。その夜、熱くて仕方なく、また両手を後手にまわされて手錠をかけているので、普通のようには眠れません。それで、何とか工夫して後ろにかけられてある手錠を自分の尻をくぐらせて前手錠の位置に直してしまって、昼間看守に受けた暴行の疲れでぐっすりと寝こんでしまったのです。

ところが看守がまわって来て、のぞいてみると、後手錠のはずの私が両手を上げて寝ているので、夜中だというのに私を数人の看守が房から出し、保安課につれて行ったのです。この保安課の上が所長室に近くて下の保安課で暴行を加えて懲役が悲鳴でもあげるとまずいので、看守が暴行するときは机をふくときに使う油のしみこんだ汚ない雑布を懲役の口のなかにおしこみ、殴る蹴る投げるの暴行をやるわけです。その夜、房から保安課にひき出された私は例のごとく汚ない、油ぞうきんを口のなかにおしこまれ、声が出ないようにされて数人の看守に殴られたり、蹴られたり、倒されて踏んずけられたりされました。なぜ数人といって看守の人数がわからなかったかというと、看守の一人がこづいたり、もう一人が後から突き飛ばしたりして、私の体が前の方につんのめって倒れると、いつのまにか看守の人数が増えて、私はめちゃくちゃにやられているわけです。そして暴行の嵐が過ぎて私が起きあがってみると、いつのまにか看守は人数がへっており、一人か二人の看守がやさしい声を出してなだめ役になり、「ホラ顔の汚れをこれでふきなさい」とか、もっともらしく手拭を差しだしたりするのです。

その日、私は看守による暴行の洗礼を昼夜二度にわたって受けたわけですが、昼間暴行を受けたときには各工場の窓からみていた人間もかなりたくさんおり、私がやられた暴行は今だかつてみたことがないと、それぞれ口にするくらいのものでした。昭和三十五年八月に松本少年刑務所で務めた人間のなかには、私の受けた暴行の事実を知っている人はかなりいるはずです。その夜暴行を受けた後、今度は後手錠のその上に体中をほそひもで手錠を固定されてギリギリにゆわかれて独房に投げこまれました。

私は悪いことをやったということで裁判にかけられ刑務所に入れられたわけですが、こんなひどい暴行をこれからしょっちゅうやられるのだったら、はたして無事に生きて出られるのかと思ったくらいでした。その頃の松本少刑の保安課長は、K池といって、あだなはマムシといい、その課長と一緒になって懲役人を苦しめていた直属の部下は、K保田係長といって、仇名はギスといいました。ギスとは、キリギリスの略した意味です。その頃松本少刑を服役した人間ならマムシとギスの悪どいやり方はみんな知っていると思います。

一度こんなことがありました。日曜日に房のなかで寒さをしのぐために腕立て伏せの運動をしていたら、そのギスというあだなの係長にみつかり、保安課につれて行かれ、油ぞうきんを口につめこまれ、さんざんいためつけられたのです。汚ない床の上に裸足で正座をさせられて、革靴のまま看守は飛び上がって私のひざの上に落ちてきたり、両腕を後に同時にねじ上げられ、体を自分のほうから一回転してころばないと骨が折れてしまうような状態にもっていき、懲役が苦しみながら自分の体を自らが一回転させるのをみては、その係長は楽しんでいるのでした。もう一度暴行されているのですが、何度書いても種類は同じなので、松本少年刑務所でのことはこれくらいにしておきます。

「君は、もう成人」

やくざの子分になる

昭和三十六年三月下旬に、私はその松本少刑から前橋刑務所に移送されました。その理由は、「もう君は成人になったから」ということでしたが、実際は私たちがやったあの大喧嘩の後、私がその件で、看守から暴行されたことについて看守に文句を云い出したからだと思うのです。だって文句をいうのは当然でしょう。懲役どうしの喧嘩なのに、看守たちが私の無抵抗を知っていて暴行を加えるなんて、赤ん坊の手をひねるようなものだと思うのです。看守から暴行されてその挙げ句懲罰を科せられたら世話がないです。工場内で個人どうしの喧嘩があると、数十人の看守が工場へ飛びこんできて、喧嘩している二人を殴りたおし、蹴りつけ、そのあげくはきものもはかせず、ボロクズをつかむようにズルズルと地面をひきずって保安課までつれていくのもあれば、殴ったり蹴ったりした後、うしろ手にねじり上げて、その本人が地に足もつかぬくらいのみじめな姿をさらさせ、保安課につれて行き、そこでまた改ためて看守による暴行を受けるわけです。

私はそのようなことに口うるさく抗議したものだから、その後ずっと独房に入れられて、三月下旬の雪の降る日、私は松本少年刑務所から前橋刑務所へと移されました。私が松本に入所したころは夏だったので私の着ていた物が黒いジーパンに白のオープンシャツでしたので、「雪のなかをこれでは寒いだろう、刑務所のおなさけでジャンバーをかしてやろうか」といって官服のジャンバーをかしてくれるというので、私はさんざんいじめられたその係長からほどこしをうけたくないし、K保田というその係長に、「そんな物かりたくないよ。東京へきたらおぼえていろよ」といってやったのですが、「俺は東京なんか行かないよ」といってせせら笑っていました。

前橋刑務所に送られると、私の親分であった安藤昇が務めておりました。私は親分と一緒に務める以上しっかり務めなくてはいけないと必要以上に見栄を張り、自分の子分も数人できて、いきがっていたのでした。書き落としましたが、私が久里浜の少年院を出てから渋谷でブラブラするようになった頃、安藤組の幹部でH形という人の子分になっていたのです。しかし私たちはまだチンピラでしたから自分たちの小遣い銭のやりくりは自分たちでやっていたわけです。やくざ者は盗っ人をしたらいけないという鉄則のようなものがあるようにいわれていますが、金をもっている上層部の者以外は、チンピラは盗っ人どころが、金になることはなんでもやっていたのが実状でした。

前橋刑務所の話に戻します。私は新入で時計バンドを作る工場に配属されたのですが、私は少年刑務所から不良移送という肩書きをつけられてしまっているし、また私が松本少刑で看守連中に暴行を受けても泣きを入れないでいたのをみて、「あの人間は根性があるぞ！」と人にいいふらすものがいるから、私がそんなことをいわなくても松本でのことをみて知っている人間が自然と宣伝してしまうわけです。そして私は黙っていても他人からもち上げられた形となって工場のなかで浮きあがった存在となってしまうのでした。私はまだ二十歳を越えたばかりなのに、私を頼って集まってくる人間は私より年上の二十五歳とか三十歳くらいの者までいたのです。それらがみな私の子分になっていました。私が工場のなかで数人の子分を連れていることは、洋裁工場にいる親分の安藤にも自然と耳に届いていたらしいです。

私は朝夕親分の顔をみるたびに自分がしっかりしなくては親分が笑われると、必要以上に背伸びをしてしまうのも、私がまだ若かったからでしょう。私がなぜしっかりしなくてはならないと感じたかというと、その前橋刑務所では安藤組の若い衆は私しかいなかったし、やくざ者はとかく相手の人数が少なかったり相手が落ち目のときにはそこにつけこんで、その組とか地位をつぶしにかかってくるからです。ましてその刑務所では地方のやくざ者が多く、東京のやくざ者が少なかったので、私は親分をもりあげひき立てるためにも、子分を作り、そして安藤の身の周囲を守る必要を感じ、親分に対する子分の忠義をつくしているつもりでおりました。そして私は自分を頼ってくる数人の子分たちを意識すると、もうやくざの世界にはいっていかなくてはならないものを感じていたのです。貧乏して勤めに行くための電車賃に苦労し、弁当に苦労しオロオロするより、今私を頼って来ている子分たちと一緒に何か興業をやりたいと思い、そんなことを夢みているのでした。

そんなころのある映画会の日、講堂に全収容者がはいって映画を観た日のことですが、私の隣の工場で働いている懲役が前列に座っており、私は過失で前に座っている人間の手を、足で踏んでしまったので、すぐ「ごめんなさい」と謝まったのですが、その手を踏まれた人間は宇都宮市にあるやくざの組の親分の跡目とかいわれる顔役だそうで、私のその謝まり方が悪いといって映画会のあった翌日、私の働いている工場の雑役を通じて文句をいってきたのです。

その雑役というのはやはり宇都宮の人間で、私が手を踏んでしまったS原という人の身内の者です。私が工場で何人かの子分をつれて大きな顔をしているものだから、「若いくせに小生意気な野郎だ」とかねてより反目していたのですが、私たちのグループが若くて勢力があったから、その雑役たちのグループは私たちに何もいえなかったのです。そしてこんどはその親分であるS原という人と私がまちがいが起きたものだから、普段は宇都宮の人間たちは私たちの顔色をみながら行動していたのですが、このときとばかりに前の工場にいる自分たちの親分たちと一体になって、私たちのグループをつぶすべきだと思ったのでしょう。雑役は私の所へきて、「親分が謝まり方が悪いといって怒って子分たちもみんなであんたのことを殺してしまうといって一戦まじえるため、作業もしないで用意しているから、私もあんたと同じ工場にいてあんたと喧嘩しなくちゃならないのかと思うとつらいから、あんたは小指でもつめて先方に謝ってくれ」とこんなふうにいって私をつぶしにかけてきたのです。

私は自分の親分である安藤も一緒にこの刑務所に務めていることだし、私がそんな謝まり方をしたら親分も笑われてしまうし、そんなみっともないことをする気もないので、私たちの仲間が寄り集まって会議をひらいたところ、「向こうがやくざの親分であれば相手にとって不足ないから殴りこみをかけられたらみんなで迎えうとう」ということになりました。前の工場の窓をみるとたしかに作業もしないで数人の者が無理に作った顔をのぞかせて私たちをにらんでいますので、私たちはプレス機械の足をはずしたりして敵の来るのを待っていましたが、雑役は私たちが恐がって謝まるとでもタカをくくっていたらしく、私たちの強硬な反撃の態度をみて看守に密告をしたのです。そのお陰で私たちの子分は全部工場を分散させられてしまいました。やくざ者はいざ勝負するときには命をかけるものだとよくいわれておりますが、自分たちから喧嘩を売っておいて、いざこちらが強硬に出たら密告するなんてへんなやくざがいたもんです。後に宇都宮市で顔を売っているK一家の親分になっている人が、私が手を踏んだ人で、看守に密告したのが、その子分であることを聞きました。

この前橋刑務所ではおかしなものが流行っていました。自分の陰茎に穴をあけたり、穴をあけたその個所にハブラシの軸を小さく丸くしたものを押しこむなど、そういう手術を自分でするものがかなりいました。最近では陰茎に「玉」を入れている人間はずい分増えているらしいのですが、そのころは私たち仲良しだった数人のグループしかやっていなかったのが急激にふえてしまいました。陰茎の先の下の方に釘とかペン軸で穴をあけ、その穴がふさがらないように紙を堅くまるめてつめこんでおき、それを常日とりかえ完全に直してしまって、その穴に柔らかいスポンジを細く切りゆわえつけるようにして、性交をするときに用いると女が泣いて喜ぶという話をそのときききかされたからです。また穴を開けてハブラシで作った玉を入れたもので性交すると、これも女に喜ばれるということから誰がやり出すともなく刑務所では肩で風を切って歩くやくざ者とか、チンピラはみんな陰茎に〝玉〟を入れることが非公然の流行となっていました。私も仲間と一緒に陰茎にペン軸で穴をあけて〝玉〟を八つばかり入れました。入れるときには穴を開ける瞬間がとても痛くて、しかしそれを痛がってやらないと他の者の手前かっこうがつかないという、ひとつの虚勢のようなものもあったわけです。

私は入浴日のたびに自分の親分の背中を流してやったり、いつ何どき親分に危害を加えないとも限らない未知の敵から親分を守って、たえずそばについていたものでした。親分の安藤昇は、「矢島、おとなしく務めて早くシャバに出ろ、そして今度シャバに出たら乞食してでもいいから俺が出るまでシャバで待っていろ。そしたらきっとお前の身が立つようにしてやるから」といってくれていました。やくざの子分としては親分からこれまでいってもらえる光栄はないでしょう。私はもう自分の将来がやくざ者のいっぱしの兄貴分になれることを夢に描いてしまっていました。

私は特に仲良しだった甲府のY崎という男と横浜のI井という男と三人が義兄弟になる契りをしました。そのとき顔と体に切り傷をつけて兄弟分の契りとしたわけです。その件が看守に発覚して三人とも一か月の懲罰を受けました。自分の体を切って自分をさいなむ懲罰にかかるとは、他の人が聞いたら何と馬鹿げたことかと笑うでしょう。しかしそのときは男の誓いとしては相応しいものにみえるほど、男の世界に酔ってしまっていたのです。やくざの世界では親分は一人しかもつことができないけれど、兄弟分としての兄貴は何人でももてるそうで、私は前橋刑務所のなかではやくざの親分や兄貴連中に人気があったから、あっちこっちの組からもらい受けの声がかかりました。しかし私には安藤昇という親分がいるので、それらの誘いをすべて断り、兄貴として縁をもったのは、I連合会W組の人間で、新宿のバビーというニックネームをもつA部という人間とやはりI連合会本家の人でO田というこの二人だけでした。

やくざ者がなぜこうして兄貴だの舎弟だのいって縦横のつながりをもつのかというと、自分個人あるいは組織というものがたえず外部からの迫害、侵略におびえているわけで、金のない組、人数の少ない組またはその個人たちは自分を、そして組の安全と平和を堅持するためにより多くの縦横の線をつないでおき、ひとたび何事かおこればその縁者に力を借りることを要請したり、その力を合せて相手側を圧倒的に威圧し、すきあらばそれに乗じて相手側のナワ張りや子分たちを自分たちの勢力下におさめようと四六時中、自分個人あるいは組織以外の敵に虚栄を飾り、侵略の糸口をさがしているのです。

私がその刑務所生活でなぜ立ち直ろうとせず、やくざ者になってしまおうと思ったかいうと、小さい頃から貧乏を笑われ金持ちからいじ悪され、それでも真面目に生きようとどれだけ苦しさと戦ってきたかしれない。真面目に働こうと思っても働きに行くため、就職をさがしに行くための電車賃さえもない、弁当をもって行けずに水道の蛇口を何度ひねって口をあてがったことだろうか。そして同僚の前ではいかにも食事をすましてきたかのごとくごまかす。このシンドサと惨めさは実際に体験した者でなくてはわからないはずです。そんなことを何度味わったかわからない。そして貧しさと不自由さに負けて犯罪を起こし服役生活を送るともなれば、下獄先の刑務所では、技術もない私に仕事を教えてくれるどころか、ことあるごとに看守のリンチにさらされる。それも私が看守に対しいけないことをしたのなら話は別です。しかしいったんこの塀のなかに隔離されてしまえば、人を人とも思わない看守たちのやり方を受けたとき、素直な気持ちをもつ余裕など起こるはずもなく、そんなものをもてるのは金に不自由しないのんびり生きることのできる人だけであり、私たちには無用のものに思えたものです。

そして社会へ放りだされる日がきても、私が就職をさがしに行くための、生きて行くための衣、食、住、どこにも保証はないのですから、出所するときの私には塀のなかで奪われた純粋さと体力、それに反して与えられたものは、歪められた精神と前科者というどこへ行っても通用しない金看板だけなのです。また出所して今まで味わった苦しみや不自由さをまたくり返し味わうなら、ここで一変してやくざ世界におちて、そこから私の共鳴者とともにはいあがってやろうと思ったものでした。

それにやくざ者といえばいつもパリッとした服装をしているし、私は子どものときから新しい服を着たことがないので、いい服装を着たいというのもひとつの夢でした。なんと単純な考えと笑うかもしれません。しかし何日も風呂へ行けず、アカだらけになり、ボロの服を着て学校へ行き、学友から「クサイからむこうえ行けよ」などといわれたことのない人間は、私がいい服を着たいと思う欲望なんかわからないでしょう。やくざ者になって今まで私を笑ったりのけものにしてきたすべての奴らの手前、どうしても一人前の男になって見返してやろう思ってみたのです。

前橋刑務所に服役中は、看守からは一度も暴行を受けたことはありませんでした。それは私を含めて肩で風をきって歩くようなやくざ者やチンピラには看守も文句ひとついわなかった時代であり、その刑務所が再犯のものばかりいたので、私が拘置所や松本少刑のときのように初犯だから何をやってもわからないという看守の横暴さは通用しなくなっていたのです。看守とはひどい人間が多いもので、懲役人がおとなしくしていると、その弱味につけこんでことあるごとに威嚇し、弱い者いじめをするし、上辺はよさそうな人だと思うと「筆《ふで》殺し」といって、脅かしたりしないかわりに、他愛もないことを必要以上にオーバーな表現でメモに書き、上司の者に報告してしまう。その結果、待望の進級の日が来ても進級ができないということになります。

新しい門出

私は下獄する時一年六か月以上三年以下という不定期刑を背負わされたわけですが、もうとっくに長期三年のほうに刑は進行していました。そして三十八年一月下旬に前橋刑務所を百十五日の仮釈放をもらって出所しました。母と兄が迎えに来てくれましたが、私は着る物がなく三年前に刑務所へ入所した当時のカビくさいジーパンと家からもってきてくれた兄か誰かのジャケットを着て、これが二十一歳を過ぎた私の新しい門出だったのです。せめて下着くらい新しいものをつけて出たかったのですが、それもできないということは、相変わらず家は貧乏しているんだろう、貧乏はいやだなあとつくづく思ったのでした。

でも、在所中に安藤昇にいわれた「出たら身の立つようにしてやる」ということが私の支柱でした。前橋刑務所を出所するとき、私が在所中に不許可ということで止められてあった手紙がありましたのでみてみると、「M坂はるみ」とありました。その手紙の内容は「貴男が帰るまで私は真面目に働いて待っている、御返事は必ず下さい」というもので、私と夫婦約束をしていただけに、私から手紙の届くことを楽しみにしているという内容のものでした。そして返信用の切手便箋封筒まで同封していたのに、刑務所はその手紙を私にくれないどころか、手紙が来たことを教えてもくれず、私は刑務所を恨みました。この「はるみ」とは私が渋谷の地下街でブラブラしているときに知りあい、その後、はるみの家へ行ったり、私の家へ来たりして双方の親も承知し結婚を約束していた仲であったのです。

知りあった当時はズベ公みたいに気が荒んでいた人間だったので、私は何度も怒ったり文句をいったりして真面目になれといっていたのです。私が原宿警察から逃走したときに、警察は私とこの「はるみ」との連絡を断ちきるために「はるみ」は何の関係もない私の事件の窃盗共犯として逮捕したのです。それきり「はるみ」とは会ってないので、私が服役中いつも心配していたのですが、何しろ入所時に身分帳というものを作成されるとき、はるみのことを内妻として記載したところ「共犯は駄目だ」といわれたものだから、私は何も知らずに刑務所の職員のいうとおりしたがったわけです。

将来を約束しあったこの女の手紙を刑務所が私にくれなかったことによって、私とはるみという女に与えた害は決してないとはいえないと思う。私から私の内妻を奪ったのは刑務所だといっても過言ではありません。刑務所はそのなかにはいっている人間を苦しめるだけでなく、外にいる人間にまでこうして人情のないことをやって平気な顔をしているのです。私は出所するとすぐ彼女の家に行ってみましたが、親は知らないというし、私と別れた後、彼女は私から手紙も来ないので、ぐれ方がいっそうひどくなって家によりつかないということでした。

せっかく立ち直って私からの手紙をどれだけ待っていたことか。彼女は、刑務所の役人が一通の手紙をとり上げて、私との意思の交換を妨害したために再度自棄を起こしぐれてしまった、その責任は当然刑務所にあります。私は三年もたっているのに、彼女が三年前のままで渋谷の街にいるような気がして、その頃は真剣にさがしまわったものでした。その頃はもう渋谷の街で顔を売っていた安藤組は全盛時代の面影はなく解散していました。私は街で昔なじみと会うたびに「はるみ」のことを尋ねるのですが、新潟の芸者屋とか砂風呂とかへ売られているという噂を聞くたびに、私と彼女の仲を裂いた刑務所を憎いと思いました。

三年ぶりに家に帰ってはみたものの、相変らず家の近所一画だけがスラム街のようにとり残され、そのほかの家や街は綺麗に発展していたのです。私は刑務所のなかにいて三年間ものあいだ現金を手にしたことがないから、金の使い方がわからず、電車やバスの区間がいくらかわからず、また新聞一枚、牛乳一本、週刊誌一冊買うにしても、値段がわからず、さりとて「これいくら」とは恥ずかしくて聞けるわけもなく、百円札や千円札というふうに必要以上のお札を出してつり銭をもらっては、「ああ、あれがいくらで、これがいくらか」というふうに時代感覚のずれをおしかくし、刑務所の塀のなかにいた時代感覚のずれを克服することに苦労したものです。

こういう例の一つをとっても刑務所に入れられていると時代にとり残されていくわけで、刑務所では一定期間塀のなかにぶちこむことはしても、その人間が塀の外に出てから何をしようが、食うのに困ろうが、時代にずれていようがおかまいなしです。そういうことが間接的原因となって犯罪をまたおこせば、待ってましたとばかり、前の刑以上に重たい刑を背負わせ、塀のなかに逆戻りさせられるわけです。

前橋刑務所を出る前に親分の安藤からいわれた「身の立つようにしてやる」という言葉がなかなか頭から離れず、真面目になろうとする気持ちを押し流してしまうのです。やくざ者というとよく群をなしていることが多いけれど、私は大勢でいきがって弱い者をいじめるのが好きでなく、いつも自分は一人で目上の者と戦う方が男らしいと思っていました。バーやスナックで喧嘩するときにも私は一人でも相手が何人かかたまっていないと喧嘩はしなかった。

一度こんなことがありました。梅ケ丘の飲み屋でいつも気どったことをいって、いいかっこうをしている私よりずっと先輩がいたのです。その人間はいつも札びらを切り、私と話している話相手を横どりしたり、キザなことをいってその店ではいつも話題の中心になってなくては気がすまないというういやみな奴でした。私はその男が大嫌いでいつかやってやろうと思っていたのですが、先輩だからがまんしていました。その日その男は私の顔をみると酔ったいきおいで、飲んでいる私のそばにきてグダグダとわけのわからぬことをいって先輩風を吹かしてからむので、私は頃合いをみて頭突きを一発かましてやったら、一メートルくらい飛んだのです。その男の前歯は二本おれて、私の頭のなかにめりこんでいました。

なぜ私がこんな無茶なことをしたのかというと、私が三年間刑務所にはいっているあいだに私の住んでいる町はすっかり変わっていたし、見知らぬ者がのし歩いていたので、私はやくざ者になる以上、まず自分の住んでいる街から押さえて顔を売っていかないとしめしがつかないと、やくざについて忠実に考えてしまっていたのです。そして毎晩飲み歩き、喧嘩を買い、人に嫌われていくそのことが自分の名前を売る近道だとも思ったのでした。家ではどうせ私がおとなしくしていても嫌われ者なのだし、どうせ嫌われるならとことん嫌われ者になってやれと思ったのでした。

しかし私を慕ってついて来る者もかなりいて、兄貴兄貴といつも私のそばについて四、五人は身の周囲にいました。私はそれらの人間になぜ好かれたかというと、私は自分でいうのもおかしいくらい、人がよくてたとえば自分の弟分に、「兄貴その背広いいですネ」といわれると、酔った勢いで、「そうかそんなにいいか、それじゃあお前にやるから着ろよ」といって背広を上げてしまうし、弟分たちが金がなくて困っているといえば、自分の背広を質店に入れてまでその必要な金を都合してやるということをするので、悪く考えれば好かれるというよりその性格を利用されていたのです。そう思うと、私は本当の馬鹿者かも知れません。

何人もの弟分ができて、やくざの組織を作ることもできました。私がなぜそれをしなかったかというと、やくざなんてやっていれば、しょせん刑務所暮らしはつきものだし、体の汚れている私は何度ぶちこまれても身についた前科の汚れはとれるものではないけれど、まだこれから前途のある少年たちや二十歳代の若いうちに人生を汚すようなことがあったら、その親にも恨まれるし、また私のことを兄貴兄貴、と慕ってくるそれらの弟分たちを暗い刑務所のなかへいれることなんかしたくなかったからです。私は自分の街ではほとんど私に逆らう者もいなくなったので、安藤組の組員たちが残っている渋谷の街に行ってはそれらと一緒に玉突きをしたりして、ブラブラしていたのです。しかしきれいな洋服は着られたものの、汗みずたらして収入がえられるわけではないということは淋しいことで、肉体を使い汗を流して金を稼ぐことがしたくても、それができぬ辛さ淋しさは、いつも身体につきまとっていました。

そんなある日、私の近所の豪徳寺という街で私が一人酒を飲んでいたところ、二人のチンピラに喧嘩を売られたのです。私は酔って体がきかなかったため、不覚にも殴られましたが、そのときは覚悟を決めて、いいだけ殴らしてやって、私は渋谷に飛んで帰り、安藤組のメンバー数人とともに仕返しをしに行ったわけです。私を殴った奴は私が逃げたものと思って堂々と酒を飲んでいましたが、そのあとは道路につぶされた蛙のごとく、地を這うまでその男を殴りつけてやったのです。やくざものとは、このように汚なくて、相手が自分たちより人数が少なかったり、力が弱い者には攻撃を加え、相手が自分より強い力を供えていると、その者にへつらって従うか、それ以上強い力を頼るのです。

そんな出来事があって、その豪徳寺の街でも私は顔がきくようになり、ある日「あけぼの」というバーで飲んでいると、そこのホステスの腕や体中にアザがあるので、私はどうしたのかと聞くと、同棲している相手の男にタバコの火をつけられて毎日痛めつけられるのだけど、その男から逃げても家は北海道なので、東京には行くところがないというのです。そのバーテンは私の名前を知っており、もうその女から手をひくから許してくれというので、私はそのことを彼女に聞かせてやると、そのホステスは大変私に感謝していたのでした。

その後二、三度その店へ酒を飲みに行くうちに、その一件がきっかけとなりそのホステス、S木K子と同棲するようになりました。そのころは安藤組の連中は新しく渋谷に進出してきたK会にねらわれて組員は逃げまわっている状態でした。私は前橋刑務所で兄貴分の契りを結んだI連合会本家のO田K吉のところへ通っていたのですが、バクチ場の灰皿かたしをやらされたり、使い走りばかりで、自分の地元に帰れば弟分もいるのに、そんなことをさせられているのが馬鹿らしくなり、自分の住む街、梅ケ丘に帰ってきたのです。

また、捕まってしまった

私が前橋刑務所を出てから、また捕まってしまうようなことをやってしまった経緯について書いてみます。

事件を起してしまう日の夕方、私は弟分のF越と出会ったのです。このF越という男は国士館大学へ通っている学生で、私が特にかわいがっていた一人でした。私とF越は豪徳寺のバーへ飲みに出かけたのですが、店へ行く途中で、F越は、「北海道にいるおふくろが危篤ですぐ帰らなきゃならないのだが、金がなくて困った」と私にいうわけです。私は同情的な気持ちになりましたが、その日は金もなかったし、飲み屋は自分の内妻が勤めているからただで飲めるけれど、F越がそんな状態でなんとか旅費を都合してやりたい気持ちになりました。

酒を飲んだ帰り小便がしたくなり、その店の外側にあるドアを開けると、そこはトイレと並んだ人の住んでいる居室であったのを、トイレとまちがえてしまったのです。その部屋には誰もおらず、ふとバーに来る途中、F越から聞かされていた、「北海道のおふくろが危篤なのだが帰る旅費がなくて困った」という言葉を思い出し、私はこのとき小さいときから知らずのうちに身についてしまっていた他愛主義のようなものが顔を出して、自分はどうなってもこの一人の学生が親の死に目に会うため帰郷する金に困っているなら、私が今ここで悪いことをして我が身は刑務所にはいることになっても困っているこの学生に喜ばれたらそれでいいじゃないかと思ってしまったのです。それに私も少年院で父の死に目に会っていないのでなんとかして船越を国に帰してやりたかったのでした。小さいときから家族のなかでいつも自分一人が嫌われて今もまた家で疎外者になっていることを思ったら、この弟分が私を慕ってくれるその心のふれあいを大事にしたかったのです。

それに加えて刑務所のなかで徹底したやくざ者になってやろうと兄弟分の契りを交わしたときにつけた顔の切り傷がじゃまをして、真面目になろうと思っても、もう逆戻りがきかないんだと思ったら、シャバの冷たい視線にさらされるより刑務所の同囚の親しみのほうがどれだけ暖かみがあるかしれないということを酒の酔いにまかせて考えてしまったわけです。トイレとまちがえたその誰もいない部屋から背広上下一着を盗み、渋谷の質店にF越自身の名義で入質させ、その金全部と私の持っていた金を全部F越にあげてしまいました。

そしてF越は北海道に帰ることができました。盗まれてしまった人には申しわけないと思いましたが、そのときはそうしてやらなくちゃならないような、どうしても兄貴といって慕ってくる人間を自分の手で帰してやらなくてはならない感情になってしまっていたのです。F越は涙さえ浮かべて私に感謝していました。そして幾日かしてF越が北海道で母と会えて再度東京へ帰って来ると、すぐに渋谷署に呼び出され、盗品の背広を入質した件について問われたのですが、私はF越に前もって、「私から頼まれて入質した」といって帰ってくるようにいってありましたので、F越はその通りにいって帰ってきました。

私とF越、そしてその友だち、そして私の内妻と弟分たちと別れのパーティーをやりました。これから私がまた暗い生活を送るのかと思うと、さすがにF越も私に対しすまなさそうでしたが、私はそのとき「私はろくに学校も出ていないし、親兄弟からも嫌われている人間なのだから、前途ある学生のために少しでも力になれたことでそれでいいじゃないか……」というちょっとキザっぽい考えもあったのでした。F越が渋谷署に呼び出された翌日、私は逮捕されました。その窃盗事件でたしか八か月の刑をいい渡されたと思います。そのときの刑は府中刑務所に服役しております。この事件は前橋刑務所を出て四か月めのことでした。

府中刑務所で工場に配属されると、前橋の刑務所で私が兄貴分として立てていた新宿W組のビーことA部M雄と偶然一緒の工場になりました。安藤組が解散してフリーとなっている私に、A部は「俺の組に来い」というので、外面的にはいかにもしっかりしていそうな、それでやくざの標本のような刺青を入れた男らしさに私は憧がれて、その男の組へ行く約束をしたのです。

この八か月の刑を務めているあいだに私は、刑務所のなかではもつことのできないはずの現金、それも一万円札をもっていたことがあります。それはどういうことかというと、この府中刑務所の職員が懲役から買収されてタバコを売っていたからです。私がもっていた一万円札は、私の房に一緒にいたM会という現在ではS会になっていますが、その会の顔役からあずかっていたものです。看守がそれらのやくざ者と親しくなり、その人間の留守家族のところや組織の事務所へ行っては金をもらったり酒を飲ましてもらったり、女を抱かしてもらったりして刑務所のなかにいるその人間と特別な関係をもち、一方懲役のほうは面会にきた人間とか、出所していく人間にことづけて何月何日に何々という看守が行くから、酒、女、金をあげるようにと連絡するわけで、看守はそこへ行けばそれなりの接待をしてもらえるというものです。そのときもってきた金を懲役に渡すのですから、金でも何でもはいるわけです。

私がいたころは「いこい」というタバコが十箱で一万円でした（闇の価格）。そのタバコはどうやって舎房のなかにもちこむのかというと、看守が舎房掃検の後、タバコを売ったりしている看守が、取り引きのある人間のいる舎房の布団のなかに入れておいてくれるので、これはなかなかみつかるわけがありません。

こんなこともありました。取り引きをしているそのやくざの顔ききが工場の廊下にいると、取り引きをしている看守が、「お前、そこで何をしている」といいながら懲役の身体検査をしているふりをして懲役のフトコロへタバコのつつみを入れたのです。一見、いかにも看守が懲役を身体検査しているようにみせかけて、タバコを渡しているのだから、これはみつかるはずがないのです。そして十箱一万円で売られたタバコは一箱、あるいは十本とかその半分というふうに分けて各工場に配られ、そのタバコによって反則事故が生まれるわけです。あるときはタバコそのものを吸って、あるときはタバコをとりあっての派ばつ争いがおこり、タバコをめぐる反則事犯は直接的、関接的におこり、そのため独房にぶちこまれる人間が後を断ちませんでした。その縦横のつながりは堅く、私が舎房でその顔役が吸うためにつかうタバコの吸いくちが掃検であげられ、私が身代りになって独房にはいったときなどは、その私がはいっている懲罰房までタバコが届けられて、吸ったものでした。私がもたされていた一万円札は私がその刑をつとめて出所後やはりタバコにかえられて、そのタバコにより数多くの人が懲罰事犯におちて、結局看守がタバコを売っていたことも発覚し、看守はクビになり、懲役は贈賄罪で刑が増え、よその刑務所へ送られたそうです。一人の看守の欲望のために数知れぬ人間が懲罰房のなかで精神と肉体をさいなまれたわけです。

新宿の組へ行く

私は八か月の刑を終えると、約束してある新宿のA部の組へ行ったのでした。その組の事務所が歌舞伎町にあり、新宿区役所通りをいつもブラブラしているのが日課となりました。私はやくざ者とはもっと何かにつけて男らしい稼業だと思っていたのに、毎日毎日何するでもなくブラブラしているそんな状態に少しアキがきたのですが、A部というその兄貴分と堕性になって一緒にいたわけです。そのころ、家にも帰れないので、新宿花園のなかにある風呂屋の筋向いの部屋に兄貴分と二人で寝とまりしていました。その部屋はＡ部の兄弟分のＫ瀬という人の部屋でしたが、Ａ部は私に布団のあげ下げから使い走りまでやらせるだけでちっとも兄貴分らしいところはみせず、奴隷のようにこきつかうだけでした。

私たちは、いつも昼間は勝手に新宿の街をブラブラして親分が街に出てくるとそれにくっついて歩いたり、喫茶店にはいって無意味な時間を過ごすというそんな味気ない毎日でした。そのなかでも一番私がいやだったのは、用もないのに親分や兄貴分のご気嫌をうかがったり、お世辞をいったりすることでした。自分の目上のものにこびへつらう理由は何もないのですから、そんな無意味な時間を過ごすより、たとえ賃仕事でもいいから自分の力で働き、金を稼ぎ兄貴だの親分だのというのに束縛されない生活がほしくなったものです。

人間誰しも、上部にいる人間のために自分のやろうと思ったことを制止されたり、ちがうことを無理にやらされたりすることほどいやなものはありません。そういう気持ちを兄貴という地位、親分という地位によっておさえつけられてしまう毎日が、自分にとってとても虚しく思われてきました。そして自分の汗を流した労力の報酬で生活を支えていくことがどんなに楽しいことかと思うと、堅気の生活がうらやましくなってきました。たまに入った映画館で一家団欒の場面をみたりすると、自分の生まれ育った境遇と自然に比較してしまい、気持ちがとても暗くなるのです。私だって家族そろって夕餉の食卓を囲んで笑顔で語れる、そんな生活にどれだけあこがれてるかしれないのです。しかしたくさんいる兄弟の一人ひとりが真剣になって夜遅くまで働いて、帰る家のなかは生活の苦しさに尻から追われて笑顔で語れるどころか家中がみんな神経をビリビリさせながら気むずかしい顔をしているありさまです。

やくざ者とは弱きを助け強きをくじくという、そんな古いいい伝えの浪曲調が頭のどこかにあったものだから、そんな夢を追って私はやくざの世界へおちこんできたのですが、真の現代やくざのなかからはそんなかっこうのいい男の世界なんて見い出すことはできませんでした。どうせ親兄弟や近所から嫌らわれた人間だから、そしてどうせ真面目に働こうと思ってもままならぬ世の中だから、いっそのこと侠客となって陰で親孝行がしたいなどといきまいてはみたものの、何をするにも世間は私みたいな者を一人前にはしてくれなかった。

私がやくざの世界にいや気がさしたある出来事は、そんなころ起きました。兄貴分のA部とK東組M山の実子分と私の三人が夜ボーリングに行くことになり、タクシーで渋谷を通ったときのことですが、道玄坂付近の大関という寿司屋の前で兄貴分が私に寿司の折詰めを買ってこいというので、私はタクシーから下りて寿し屋にはいったのですが、私たち三人分の寿司を作ってもらうあいだ店内で待っていると、若い男二人がレジ係の若い店員と何かいいあっているので聞いていると、客の二人が五百円札を出し、「千円札を出したのだからつり銭をよこせ」といっているのです。店員は、「たしかに五百円札でした」といって今にも泣きそうな顔をしているのです。私はその店にはいるとき、客の二人が五百円札を渡していたのをたしかにみているので、店員のいうことが正しいと思っていたし、その十五、六歳の寿司屋の小僧さんがかわいそうになって、客の二人に、「汚ないことをするなよ。お前たちが渡したのはたしかに五百円札だったじゃないか、五百円札出してつり銭をもらおうなんて汚ないことするな」といってやったところ、その若い二人の男は何もいわず店の外に出て行きました。寿司屋の小僧さんは私から助け舟を出してもらって感謝していましたし、私は何となくいいことをしてやったような気がして満足していました。

やがて私の三人分の寿司ができたので、代金を払って店の外に出ると、二十歳前後の若い者が十人以上待ちかまえており、私を取り囲んだのです。それらの人間は渋谷にあるK会というやくざ組織の若い衆だったのです。先ほど寿司屋のなかで五百円札を出し、因念をつけてつり銭をもらおうとしていた二人の男もやはりその仲間だったのです。私の兄貴分ともう一人のつれはタクシーからおりてきましたが、その頃は私はもう十数人に殴られたり顔を切られたりしているときでした。私はもちろん殴りかえしたり暴れていましたが、自転車のチェーンで顔を殴られて、その切り口から出る血が目のなかにはいっているのでどうにもならず、この場はひとまず新宿の組の事務所に帰って日本刀でもかりてきて相手側に殴りこみでもかけたら、このときこそ男を売る機会だと一度はいや気がさしはじめたやくざの世界にふたたびひき戻されそうな考えになったのです。それに相手は多くさん人数がいることだし、負ける喧嘩はしたくなかったのです。

私と一緒にいた兄貴分ともう一人の人間は私がやられているのに加勢もしてくれず、普段の強がりはどこへやら、相手の人数が多いものだから、私が血だらけになっているのに手を貸してくれようともせずいるわけです。これが同じ組員であり、兄貴分かと思うと情なくなりました。そして兄貴分たち二人は相手側の組の事務所にさらわれてしまったので、私は隙をみて逃げ、新宿にある私たちの組の事務所に帰ったのです。

そして流れる顔の血を拭きながら親分のところへ電話を入れ、ことの次第を話し、これから一人で殴りこみをしたいから道具（日本刀）を貸してほしいといったところ、親分は「馬鹿野郎、今何時だと思ってるんだ。それに喧嘩なんかしやがって……」といわれ、私は怒られたわけです。普段親分でも兄貴分でも「相手に安値を売ってはいけねえ、堅気の人に迷惑をかけちゃいけねえ」といっておきながら、「相手を本当にやっつける気があるなら、どうしてそこら近所の家へ飛びこんで包丁でもかっぱらってそれでやらねえんだ」といわれたとき、腹のなかでは「やくざものは喧嘩もしちゃいけないし時間にも正確でなくちゃいけないのかよ。そんなやくざものがどこにいる。みんな親兄弟をすねて、世をすねて、こんな世界に飛びこんだ者ばかりじゃないか」と思ったものでした。それでも親分は「俺が話をつけるから」といってN組のM木という人とK組のM山さんという人と三人が渋谷にある相手側の事務所に行って解決をとってくれたのでした。その親分格の三人に対して、「迷惑をかけました」と土下座して謝まれといわれ、新宿のにぎやかな喫茶店の二階で私は大勢の客たちのみている前で、それをやらされました。兄貴分のA部は、私に怒りをぶつけ、「もし一家同志の大喧嘩になったらどうするんだ」といって組の事務所となっているベビーギャングという店のなかで木刀が折れるまで私を正座させて殴りつけたのでした。

私の思っていたのは、兄貴分というものは、いや、やくざ者というのは自分たちの身内の者がどんなまちがいをおこしたにせよ、自分の身内をかばい相手側の組に対し挑んでくれるくらいの気魄と親心があるものと聞いていたし、信じていました。それが、この親分も兄貴もこのうろたえ方といい、セリフといい、ヤキを入れる行動といい、現代のやくざの世界なんてこんなものだったのかと情なく思ったものです。木刀が折れたら今度はバーのドアを押えておくしんばり棒でまた殴りつけられ、およそ五十発くらいまでは私も意識があったが、その後はわからなくなってしまった。

そうして喫茶店の満座のなかで正座させられて詫びをいれさせられたことといい、これでは弱きを助けではなく、強きを助け、弱きをくじくということになるわけです。この世の中と同じくやくざものの世界でも一つの社会ができあがっているわけで、どこの社会にも、弱い者はいつも苛められ泣かされ、強い者はその力のあるにまかせて弱い者をふみ台にしていつものさばっている現実を、私はそこでも体験させられたのでした。

兄貴分はその夜部屋に帰ると、「おいどこかへ行って若い女をみつけてこい」といってとうとう正体を現わしたのでした。私は街に出ると、そのままやくざの世界、そしてこの世に敗北を感じて、私がこの世に生きてきたことがまちがっていたんだと思い、何の役にも立たない人間なら死んでしまおうと思ったのでした。それでももう一つだけ小さい頃から望みにしている船乗りの仕事についてみようと思い、三崎まで行ってみました。船乗りの仕事は、自然と対決するというそのことに魅力を感じていたのです。人が人を金の力によって使ってみたり、人が人を暴力によっておさえつけてみたりする、そのような関係が私にはなじめなかったのです。しかし船乗りになるにはそこでもやはり条件はいろいろとむずかしくて、家を飛び出している私には身分というものを保証するべきものが何もないのです。息をしている人間が確実にそこにあっても、その人間を人間と保証するものが何もないために、人間として通用せず、今日明日にとすぐには雇ってはもらえる状態ではなかったのです。一人で岸壁に立ってはてしない海をみていたら自然とボロボロと涙がこぼれて来ました。

再び死のうとして

今、自分は死のうと決心している。そう思ったら、物心ついてからのことが、あれこれと想い出されてきたわけです。すきっ腹を抱えての登校で金持ちの子どもたちからは〝朝鮮部落〟とはやし立てられ石をぶつけられたこと、しもやけでモチのように膨らんだ手に息をハアハアとかけながら、駅で新聞売りをしていたころのこと、小さな両手に祈りをこめて信じていたキリストにも背を向けられたこと、ボロの服を着ているというだけで、私に寄せられる侮蔑の眼、そして貧しさに打ちひしがれての犯罪、下獄、看守の暴行、出所、さすらいという限りない悪循環……。それらを考えると、なんで俺はこんなにまで苦しみを味わわされなくてはならないのか、そのやり場のない怒りに自分が責められ、それ以上別な考えが思いつかないまでに追いつめられた精神は、生きていくということに完全な絶望を抱いてしまいました。

そしてブロバリンという睡眠薬を二百錠買って横浜にある旅館で自殺を決行したのですが、しかし死んでしまう寸前にその旅館の女中に発見されて警察病院に収容されて一命はとりとめられたわけですが、自分の意識が完全に戻ったのは薬を飲んだ日から一週間たってからでした。私が死にそこなったその日は、昭和三十九年四月二十九日で、天皇ヒロヒトの誕生日でした。私はこの日ヒロヒトの誕生日を祝う軒々の日の丸をみていたらむしょうに腹が立ってきたのです。

どこの家でも、その軒々に日の丸をかかげて、天皇の誕生を祝福してやっているが、その旗をかかげて祝ってやるだけの価値あることを天皇が人びとにやってくれたというのだろうか。天皇の一声によって日本中の人びとが第二次世界大戦につらなる強盗戦争にかり出され、その戦場で殺され、あるいは沖縄、朝鮮、中国で人民を犯し、奪い、殺して、それでもあきたらず、日本人民たちをも地獄のどん底につきおとし、終戦ともなればそれらの罪業の責任をもとらず、ずうずうしくも助命嘆願を人民にさせたそうではないか、そして現在は国民の象徴といって安穏としておさまっているが、よくもまあ恥かしくもなく、自分の責任もとれず、今日までのうのうと恥をさらし生きてこられたものだ。

戦争が終った後、我々が敵国アメリカ野郎の、くい残りの「残パン」を買いあさりすすっているとき、天皇は我々と同じように「残パン」をすすったというのか。何百万、何千万という人びとが焼野原で寒さと飢えに限りない苦しみを味わわされているころ、天皇は一緒になってその苦しみを味わったか？　決してそうではないだろう。暖かいオマンマを食べて、暖かい絹の布団にくるまり、皇后といわれている肉布団とからみあっていたではないか。女とも抱きあい、クソもたれる普通の人間とどこも変わりはしないのだ。

　貧乏人や勤労者たちが血と汗によってツルハシを振りあげているとき、天皇家族は何をしているというんだ？　働く者、貧乏人たちから搾りとったうわまえで、たらふくうまいものを食って、退屈したら植物の御研究だって。笑わせるんじゃないよ。どんな頭の悪い奴だって自由になる金と、もてあます時間があれば、どんな勉強だってできるんだ。そんなころ俺みたいに学校も行けず、人に笑われながら納豆売りをしている人間だっているんだぞ。巷では、一人きりの老人が世の無情をうらみつつ淋しく自殺してゆき、四畳一間のアパートで親子六人というその圧迫拘禁に耐えきれず、子どもを殺す人間が出てくるし、食えなくなったものが盗みをやり、そんな世の中の現象を絵空事のように悠然とあんな広い敷地のなかで、豪華な建物のなかで、何一つ苦労なく生きている。そんな天皇を人びとが何のために日の丸を掲げて祝ってやらなくてはならないのか。考えてみるがいい。きっと馬鹿らしくて国旗を掲げて誕生を祝ってやるどころか、限りない憎しみが湧きあがってくるものと思う。何が国民と苦楽をともにする……だ。

　四月二十九日というのは、国民の祝日なんかではなく、〝ヒロヒト〟という一人の人間がこの世に生れた日というだけのことでごく普通のことであり、何もことさら、その人間を日の丸の旗を揚げて祝ってやることなど、何のいわれもないことであるのだが、普通の人びとはある一部の者たちに「天皇はえらい」日本の君主であり象徴であると生まれながらに耳のなかへ吹きこまれて教育されてきたために、本来は心のなかで個人個人が、「天皇が何だってんだ」という感情をもっているにもかかわらず、それを口に出せば、とてつもない外部からの迫害が自分を攻撃してくるのではないかという不必要な懸念におびやかされ、自分の本来あるべき意識や姿勢を無理に歪曲して、うわべは天皇陛下と周囲の人びとに同調して、欺瞞の愛国心を表現しているだけのことである。天皇を祝ってやり、たてまつってやるくらいなら、人それぞれ自分の誕生日にこそ国旗をかかげて祝ったほうがどれだけ明日に生きる活力となり意義あるものかわからない。

それらを考えたとき、ふつふつと湧きあがる怒りは、同じ人間でありながら、片一方はのうのうと生き、片一方は生きるということに苦しみを強いられるという、生まれでた偶然の運命のちがいで、こうまでも不平等な人生を歩かねばならないのかと思うと、苦しめられながら生きていることが馬鹿らしくなってきた。私はこの社会からつまはじきにされ、家族の者にさえ相手にされなくなった人間だから、このまま死んでしまっても誰も俺の死を哀しんでくれる者などいないだろうということを考えると、世間の人びとが天皇の誕生を祝うその四月二十九日という祝日を俺の死をもって叩きこわしてやれという気持ちになったものです。それが、この社会から、そして家族から嫌われた男の死について、それほどふさわしい命日はないと思ったものでした。

結局は死にそこなってしまったわけですが、その後、自宅で寝たきりの生活を一か月くらいしました。全身に力がはいらず、起きることができなくて、口からみそしるを家の者に呑ませてもらうと、すぐ下から出てしまうというくらい睡眠薬によって「内ぞう」をすっかりやられてしまっていたのです。そして長いあいだまっすぐ足を伸ばしたままの形で寝かされていたために、両足のカカトの肉がくさって二か月くらいは外を歩くこともできなかったのでした。

今でもその傷跡が両足に残っていて、冬になるとズキンズキンと痛みます。私が自殺しそこなったことについては、家族の者は私が狂言自殺をやったんだと聞こえよがしにいう毎日でした。結局ほかの兄弟みたいに働くところがうまくみつかり、金を稼ぎ家に入れることができる人間は大事にされるが、私みたいに前科とか顔の傷とかが災いして就職することもできず、家のために一円の金も稼ぐことができない人間は、体が悪くなっても満足に寝ていられないということです。私が死のうとまで考えたことが何であったか相談にものってくれないし、また私のことを少しも心配してくれないばかりか、〝狂言自殺〟だなどというので、私は意地でも死んでやろうと思ってきかぬ体を無理して近所の薬店まで行き、また睡眠薬を百錠買って来たのでした。

いざ私が飲もうと思ったときには隠しておいたその薬を誰かにすてられてしまって、結局死ぬことができず、そのうちに私も気をとりなおし一度ならず二度までも死にそこなったのだから、死んだつもりになって新らしく生まれ変わった心境で真面目に生きてみようと、仕事を探しはじめたのです。

金もないので職業安定所まで歩いて行き、仕事を探したり、せっかく紹介されたところへ行くのに、電車賃がなく、電車の線路にそってようやく紹介先にとどりつくと、先方では、「後で連絡するから」といって体裁よく断られ、そういう日が何日も続きました。そしてある日、昼めしも食わず、仕事をさがしに歩いた帰りに、家の近所の豪徳寺という駅のところで、私は急に眼の前がまっ暗になり倒れてしまいました。いつ倒れたかわからないのですが、駅の階段を登りはじめたまではわかっていたのですが、私が意識をとり戻してみると、駅前の病院に寝かされておりました。私の寝かされているベッドのかたわらに若い女の人がいて話を聞いてみると、その人が倒れる私をみつけて病院までかつぎこんでくれたそうです。その女の人は私が意識が戻ったのをみて帰っていきましたが、私をその病院の医者が診察するために上半身を裸にしてみると、私の体中に傷があるのをどういうふうに思ったのか知らないが、看護婦を使って交番に連絡させて警官を呼んできたのです。私はその警官が私のところへきたものとは思っていないし、医者に注射代を払って堂々と病院の玄関を出ようとすると、警官は私に職務質問するのです。その傷はどうしたとか、私が何か麻薬でも打っているんではないかと、まるで犯罪者あつかいして住所と名前をいっていけというのです。仕事をさがしに歩きまわってあまり無理をして倒れてしまっているのに、そういう事情も知らず、体の悪いところをみてもらうたびに人それぞれいちいち警官を呼ぶわけでもないだろうに、警官を呼ぶ医者も医者だが、それを聞いてとんでくる警察はよほどひまなのだろうと思うから、「こんななんでもないことに飛んでくるくらいのひまがあったら誘かいされてる吉展ちゃんでもさがしたらどうだ」といってやったのでした。

友人たちに利用され

それからしばらくしてプラスチック工場で働くことができて毎日まじめに会社へ通っておりましたが、少年のころ三軒茶屋で同じグループの仲間だったS木という人間と出会い、その人間が現在小さな工場をやっていてやりくりに困っているという話を聞かされました。私はS木とはとても仲良しだったので、せっかくS木が小さいながらも工場まで出しているなら何とかして力になりたかったのですが、自分はようやくプラスチック工場に就職したばかりなので、何も力になれないと思っていました。

そんなとき、会社の事務所に三枚の小切手があったのに目をつけ、私はその小切手を盗んでS木にやってしまいました。S木は、私に、「あの小切手は金にならない小切手だからダメだよ」といいながら、小切手の十五万円を猫ばばして、私が盗みまでして力を貸してやった気持ちをふみにじりました。そして小切手を金にかえたことで、S木が警察から呼出しをうけたら早速私のところへ飛んできて、「盗んだ小切手をもってきたのはお前だからお前が責任をとれよ」と泣きついてきたのです。私はS木にやった小切手の金は一銭ももらっていなかったのですが、盗んだ行為の責任は私にあるのだし、私は警察に自首しようと思いました。

警察に自首する途中で私はまた盗みをやりました。警察に自首する気持ちの人間がなぜまた罪を重ねたのかと不思議に思うでしょうが、私は自首したからといって、経済的に楽になるわけもないのです。留置場のなかでも自由のあるシャバでも、金がなかったら苦しむのは自分一人です。

面会差し入れなど、私にはきてくれる者などいないのはわかっているので、洗面道具や日用品を買うためにも、どうにかしていくらかの金がほしかったのです。それでもうすでに一つ悪事を働いているのだから、一つも二つも同じじゃないかと、自暴自棄な気にもなり、あき巣にはいりテープレコーダーを一台盗んで質店に入れ、その金をもって北沢署に自首したのです。しかし自分は心のなかではまた悪いことをやってしまったという情ない気持ちに責められてはいたのです。

三鳩学園や少年院で年上の者たちから悪いことをする話を聞いたために、いつまでも盗みグセが出る自分が情なかったし、盗むといっても何から何まで金になるものを盗んでしまうという徹底した悪党にはなれないくせに、いつまでもちょこちょことこそ泥みたいなことをやってしまう自分が本当に情なかったです。

そのときの警察の調べでも自分が自首する前にテープレコーダーを盗んだ理由については、警察のなかでも金が必要だったからその金欲しさにやりましたと私は正直に話しているのに、その通りには書いてくれず、「遊ぶ金がほしかったので……」と調書に書いていってしまうのです。それでも私が自首したことで裁判のとき減刑されて十か月の判決が下り、その刑では新潟刑務所に送られました。その服役の十か月間、私は無事故、無反則で仮釈放を一週間もらいました。

そのころ私にはとてもいいニュースがありました。以前に週刊誌で知りあって文通をしていた尾道市に住んでいる女から、私と結婚したいという内容の手紙が届いたのです。私が二十四歳のころです。

昭和四十年五月にその刑務所を出所した私は七月に尾道市までその女に会いにいくと約束して一心になり働きました。そのころは、やはりK川土建で働いていたのですが、とにかく尾道まで行く旅費やら洋服を作ろうと一生懸命鳶職をして働いておりました。そんなころ、また思わぬ事件にまきこまれてしまいました。

その日は、午前中雨が降って鳶の仕事ができず休んで家にいると、夕方の五時か六時ごろ、K沢という人間がその友人をつれて私のところへ遊びにきました。そのK沢というのは、私がまだ子どものころ近所に住んでいたことがあるのです。何年ぶりかで会ったので、お互いに懐しくて三人連れだって梅ケ丘駅近くのバー「スコッチ」という店へ飲みに行きました。そのうちK沢が私のこと「かずちゃん俺金を貸してある奴のところへ金を返してもらいに行くので、ちょっと一緒に行ってくれないか……」というので、私は人に何か頼まれたら決して嫌といえない性格なので、二つ返事で、「うんいいよ」といって、その店から少し離れたK沢が金を貸してあるというクリーニング店に行ったのです。

私はK沢が本当に貸した金を返してもらいにきたんだと思うから、その家の外で待っていると、急にK沢がその家から飛び出して今まで私たちが飲んでいたバーとは逆の私の家のほうに向かって走りだしたので、私は何がなんだかわからないので、K沢の走っていく後を追いかけ、「おい待てよ、どうしたんだよ」といって呼びとめようとしたのですが、K沢はどんどん先を走っていきます。私は貸した金を一緒にとりにいってくれというから、こうして一緒にきてやったのに、いったいなにごとかと思ったものです。

K沢はどんどん先を走っていき、住宅の角を曲がって姿がみえなくなってしまいました。私はそのとき後ろから誰かが追っかけてくる感じがするので、止まって後ろをふり返ると黒っぽい背広を着た人間がいきなり私に飛びかかってきました。私は「何するんだ」といってもみあっていたら、「俺は警察の者だ」とその人間がいうので、「警察なら手帳をみせろ」といったのですが、ただ私に組みついてくるだけなのです。とっさに私はその二、三日前にウドン製造所の斉藤という男からもらってもっていた刃物で、その人間を脅かしてやるつもりで刃を抜くと、そのとき飛びかかってきた相手の体に刺ってしまったわけです。その後すぐパトカーが来て私は逮捕されたのですが、罪名は「公務執行妨害殺人未遂恐喝」というのがつけられました。

恐喝というのは金を貸してあるのを返してもらいに行くから一緒に行ってくれといっていたK沢が、実際はそのクリーニング店の息子と学校時代の同級生で、金を貸したのではなく借りるつもりで行ったところ、その親から一一〇番通報されて逃げたということでした。私はそんな事情は知らないので当然恐喝という罪名はとれましたが、殺人未遂が傷害に変わり、「公務執行妨害、傷害」となり起訴されました。私はこの公務執行妨害はなんとしても納得がいかなかったのです。私は後ろから飛びかかってきた人間が警察官とは全然知らないし、取り調べのときにいくらその現場の状況を説明をしても、私が警察官ということを知ってて刺したんだろうというわけです。私はK沢がやくざ者だったし、その喧嘩相手が私をK沢の仲間と思って飛びかかってきたのかと思ったし、牽制のために抜いた刃物が刺さったままでのことで、それに警察官ならなぜ、あんなふうに飛びついてきたりする前に、私から「手帳」をみせろと要されているのだから、堂々と警察手帳をみせてしかるべき職務質問の方法をとらなかったのかと訴えて公判でも闘いました。

その事件のときなぜ刃物をもっていたかというと、私がその事件にまきこまれる数日夜、世田谷代田のバーへ飲みに行き、帰り道にチンピラ数人に因縁をつけられたのですが相手にせず立小便していたら、後から石か何かで殴られ、袋だたきにあい、全身血だらけとなり、私は北沢警察署にそのまま行き、事情を説明して訴えたのです。しかし酒を飲んでいる私のことを相手にせず、「たかが酔っ払いどうしの喧嘩だろう」といって受けつけてくれないので、私は警官に、「俺を捕えるときには俺の家族にまでいやがらせをやったのに、俺がやられたときは相手をさがしてもくれないのかよ」といって抗議すると、「あまりうるさいと留置場にぶちこむぞ」などというので、私は留置場にぶちこまれたら次の日、仕事にも行けなくなるので被害を受けたままその相手も捜してもらえず、泣き寝入りで家に帰ったわけです。それ以後、飲みに出るときは、人からもらったその刃物をもって歩くようになったわけです。警察が守ってくれないのであれば、自分で守るよりしかたがないからです。

私はその事件で二年の判決を受けて下獄したわけですが、私はこの刑がとても不満でした。昔なじみの友だちが訪ねてきて一緒に行ってくれといわれ、ついて行ったその挙句、警察官が勝手に犯人とまちがえて私に飛びつき、あやまって傷害事件にまで発展してしまったその真実をとり上げてくれないばかりか、私がその数日前に傷をおわされて警察に訴えても受けつけてくれないから刃物をもっていたということを話すと、今度はそれを逆用し、「警察でそのとき被害を受けつけてくれなくて相手にされなかったので、警察官とわかっていても、そのことに恨みをもっていたから警官を刺したんだろう」とまことに勝手なことばかりだけくっつけていくのです。こんなことをして必要以上の罪人を作りあげてしまう警察なんて、なんのためにあるのかと、それに抗議するだけの頭がない自分はくやしくてしかたがありませんでした。

あのとき警察手帳を出してみせるだけの余裕のない刑事は、私が今度北沢署に殺人罪として逮捕されるまで、新宿署から何度となく北沢署に電話をかけて来て、「矢島のやろうまだ捕まらないか。早く捕えてくれ」とあの事件から七年もたったいまでも、私に対する執念をもっていたそうです。その話は私がこの度北沢署に逮捕された後、K係長から聞きましたが、傷つけた行為は責められても、そのときの刑事が自分自身の軽々しい行動で、「公務執行妨害、傷害」という罪名を作りだしたことを反省もせず、まだ私をうらんでいたということは、警察官の執念の恐ろしさを改ためて知らされた思いでした。その罪名が不服でも私はこの強大な法律というおかしな妖怪におしつつまれてしまったため、抵抗もできず、刑務所に二年間もぶちこまれたわけです。

さて話を戻しますと、私はその「公務執行妨害、傷害罪」の二年という刑は不満でしたが、かねてより文通していた尾道の女が事件を起こして逮捕されたことを知り、今度刑を務め終えて出所したら正式に結婚して二人で出直そうという手紙を私にくれていたから、私も早く服役して一日も早く出所したいので下獄したわけです。昭和四十年の秋から府中刑務所に二度目の入所をしたわけです。

結婚を夢みて獄中生活を耐える

私はこの服役生活が終ったら結婚という新しい人生の門出が待っているんだと思うと、この服役生活のなかでどんなつらいことや迫害があっても我慢しなくてはいけないんだと心にいい聞かせていました。しかし刑務所では、自分がどんなに意思堅固にして無事故を誓っても、いろいろなかたちで事故にひきずりこまれていくものです。

四十一年一月の寒い朝、舎房から工場に向かう長い廊下で、私がこの刑期でつまずく一回目の事件が起きたのです。舎房から各工場まで続く長い廊下はコンクリートでできており、その上に三十センチくらいの幅のシュロで作られたマットが敷かれてあり、その上を裸足で歩かされるのですが、身を切られるような冷たさです。工場ごとに舎房から出されると一列になって無言で歩かされるわけですが、途中要所要所に看守が立っていて、話をしているのがみつかれば、懲罰対象の取り調べとなり独房にぶちこまれるわけです。私が独房行きになったその朝も、コンクリートの上を歩く私のすぐ脇は刑庭で、霜柱が数センチも鋭く先を尖らせて庭の土をもち上げているという状態で、裸足で歩かされている懲役の足は千切れそうな感じの冷たさだったのです。そのとき私のずっと前のほうを歩いている人間が放屁をすると一列に歩いている同囚たちが笑ったところ、誰かが放屁の真似をして口で「プッ」と音を立てると、それぞれの懲役が歩きながらあっちこっちで同じ放屁の真似をする現象が起こったのです。

懲役はいったん塀のなかに入れられてしまえば、朝から晩まで看守たちから「話をするな」「やれ何々をするな」と、するなずくめで出所するまで人間性というものを奪われてしまうので、懲役は一人で何かするのが恐ろしくても、何人か集まると他人に共鳴する心の働きと、群集心理と、抑圧されている毎日の吐け口を何かの形でみつけようとするわけで、そのときの放屁を真似する現象についても、何人もの懲役がやっているから自分一人くらいやってわからないだろうという心の働きが個々の懲役たちに生じたものと思います。でも工場に向かう行列のなかで放屁の真似をする人間があっちこっちで起きたものだから、看守はその行為者を何とかしてつかまえようとするわけです。

私の後ろを歩いていた私より背のうんと低い人間が私の背中に隠れるようにして放屁の真似を口で「プッ」と音をさせたものだから、廊下に立っていた看守は、その男とまちがえて私の腕をつかみ歩行の行列からつまみ出したのでした。私は自分ではないことを弁解しましたが、看守はそれを聞きいれず、「俺はみて知っている」といってきかないのです。これは明らかに看守のまちがいなのに、私が「私はそんなことはしない」といってもきかずに裸足のまま私を零下に下がった冷たいコンクリートの上に立たせ、「気をつけをしてカカトを揃えて立っていろ」といって私のくるぶしを革靴で蹴りつけました。私は松本少年刑務所でも看守からひどい暴行を受けているので、またここでやられてはかなわないと思い、我慢して立っておりました。結局その廊下を使う関係各工場が全部工場に入り終わるまで、冷たいコンクリートの上に裸足で立たせられ、「見せ物」にされたのです。そばを通る懲役たちは口ぐちに「この寒いなかを裸足で立たせ、ひでえことしやがる」と看守に聞こえよがしにいってくれるのがせめてもの慰めでした。このように他の懲役がみて「ひどい」と思うことを看守は平気でやっているわけです。

各工場に懲役たちが全部はいったので私もそのまま工場へ帰されるのかと思ったら、管区という看守たちの集まる所につれて行かれ、その管区前に造られてあるコンクリート造りの取り調べ室に入れられたのです。裸足の足は冷たくてジンジンするし、私はよほど「私の後ろの○○がやったのです」といおうかとも思ったのですが、その人間がいまさら「私です」と出てこないところをみると私がいくら弁解してもはじまらないと思ったのです。その看守は取り調べ室にはいってきてコンクリートの上に正座してどうもすいませんと手をついてあやまれというのです。そうしたら許してやるというのですが、私がやりもしないことをまして土下座なんかして謝まれないし、私はそれに従わなかったのです。

するとその看守は、「そこで頭でも冷やしていろ」というと出て行き、私は午前中そのコンクリート部屋のなかで冷やされてから独房にぶちこまれました。その件は訓戒ですんだのですが、やりきれない気持ちでした。この刑務所にはいることになった事件にしても、自分は事件にまきこまれ傷害事件となってしまってなんとも馬鹿らしいと思っていたのですから、その上、下獄先でまたもや他人の罪をかぶらせられて訓戒とはいえ独房生活を強いられることになり、不満を重ねて感じていましたが、出所後、結婚することになっている彼女からは、毎日手紙が届いていたので、この彼女のためになにごとも我慢しようと思い、私は自分の怒りを押えたのでした。そしてまたもとの工場に戻されたのですが、今度もまた同じようなことが起こりました。

今度も朝のことで、工場に向かう廊下で誰かが寒さを吹き飛ばす威勢のつもりが、「ワッショイワッショイ」といい出すと、一列に歩いているそれぞれの懲役が口ぐちに歩きながら同調していうようになり、管区の前で十五人くらいの懲役が捕まったのですが、私はそれより以前放屁の真似を口で「プッ」としたという看守のまちがいによって独房に入れられて訓戒を受けたことがあるという、ただそれだけの理由で今回も懲罰取り調べのために独房にまた入れられたのでした。私はひき続き二度までも他愛のない他人ごとのために取り調べにかけられ、とても口惜しかった。看守のまちがいでも懲役が看守の「ののしり」と「暴力」を甘受して謝罪すれば、許してもらえたり懲罰も軽くしてもらえたりするわけですが、そういう看守が一方的な独断の自己満足感をえようとするため懲役のいいわけなどはきかず、私の場合も含めてその矛盾をつみ重ねてしまうわけです。

私の場合もそれで二度独房にぶちこまれたわけですが、独房に入れられた以上少しでもさからったことをいえば、工場へなんか出してもらえないので、懲役たちは独房に入れられたら看守たちのいいなりになって、できるだけ猫をかぶり、おとなしいふりをするわけです。私はまた独房に入れられたその日、夕方の点検後薄暗くなっていく空を窓ごしにあながめていると、「このたびの事件」、そして刑務所に来てまで他人のやった行為の責任を私が看守のまちがいによってとらされるのかと思うと、何ともいえぬやりきれぬ気持ちになり、孤独感が襲い、寂寥としたものが押しせまってきたので、気分を紛らすために小さな声で歌を口ずさんでいました。そのとたん、私の房の扉が開けられY田という看守部長が「出てこい」と私を房からひきずりだし、「お前、歌を唄っていたな」「とんでもない奴だ」といって、「めくら房」という独房に入れたのです。

この「めくら房」というのは窓をトタンで覆った房で、一日中、朝だか夜だかわからない暗い部屋で、懲役のあいだで、そう呼ばれている房でした。小さな電灯はついているが、まっ暗に近いその部屋にこれから昼夜の区別もつかずぶちこまれているのかと思ったら気が狂いそうでした。私の意見を何も聞かず、そんな房へ入れられたことは納得いきません。「お前はこういう反則をしたのだからこれから何日間このめくら房で起居させる」といい渡しがあったものなら、まだあきらめもつきますが、看守部長の恣意的な一存で私を犬っころか何かでもあつかうようにそんなめくら房へ入れられたことはとてもくやしかった。

人間なら淋しいときも楽しいときもあるでしょう。淋しい気持ちを転換するために歌を口ずさむことがなぜ悪いのか。看守に対してどんな迷惑がかかるというのか。それも歌を唄ってはいけない、話をしてはいけないという人間の観点からはるかにこえたおかしな規則を勝手にこしらえておき、塀のなかの不自由さを強いられている以上しかたないと思えばこそ、人でなしの看守にみつからないように小さな声で口ずさんでいたものを、鵜の目鷹の目でみつけ、鬼の首でもとたように、それも「とんでもない奴だ」というののしりまでつけて私をブタ小屋のようなめくら房に入れ、その看守部長は手柄顔しているのです。

私は何としても納得がいかないので、その房の扉についているのぞき窓から看守を呼び、話を聞いてもらおうとしたのですが、いくら看守を呼んでも看守はきてくれず、私は看守がいないのかと思いのぞき窓のところに耳をあてがうと、看守たちはすぐそばにいるわけで、私が房のなかから呼んでいる声は当然聞こえているわけです。私をそんな房へ入れた看守部長の声が他の看守に「いいからいいから放っぽっておけ」といっているのが私には聞こえているのです。私はドアを数回蹴って、叩いたわけです。するとようやく看守が来て「何するんだ」とどなるから、「ここを開けてくださいよ。話を聞かしてもらわなくては、こんな房に入れられることが納得いかない」というと、看守は「調べがあるまでそこにはいってりゃいいんだ」というひどいことをいうのです。私は自分がなぜ歌を口ずさんだだけでこんな房に入れられなくてはならないのか、その理由を何とかして聞かせてもらいたいからこの扉を開けてもらいたいといったのですが、どうしても相手にしてくれないので、自分がどこか怪我でもすれば扉を開けるだろうと思ってプラスチックでできた歯みがきケースをこわし、自分の胸を数か所切り、傷をつけたのです。

するとそれをみた看守は急いで扉を開けて私をつれだし、独房の管区に私を連れていったのです。そして管区のなかで「この野郎ドアを蹴りやがった」といって数人の看守が私を床の上にひき倒し、私の顔を革靴の底でふんづけてねじり、他の看守たちは一緒になって私を蹴とばしたのです。私が大きい声を出そうとすると、顔を強くふんづけるから声が出せません。そういうことをされた後、自分が切った傷にアカチンをつけられ、管区の前に造られてある中央保安房というところへ入れられました。その中央保安房というのは一つの大きな部屋のなかに小さな独房が三つ区切られて作ってあります。この房は床板が傾斜して作られてあり、立っても座っても体がなめになっている状態にされてしまうわけです。便所はコンクリートに縦二十五センチ横十センチくらいの長方形に切られたものがフタのないままあって、くみ取り口から吹きこんでくる風に房のなかは汚臭で充満しているありさまです。電灯は小さいのが灯っているのですが、房内は薄暗くて窓なんてないから、昼だか夜だかわからぬ状態です。私はめくら房に入れられた理由をきくつもりがとうとうその目的もはたせず、それどころか看守に暴行されてめくら房以上に悪い「特別視察」という札がさげられた中央保安房に入れられてしまったのです。

運動も何もさせてくれず、その房のなかに入れられたまま四日が過ぎて、一般の独房に帰されたのですが、暗い部屋から急に明るいところへ出されたので目が痛くて涙がポロポロと出て外部の普通の明るさに馴れるまで涙がいつも出ている状態でした。その件も加算されて私は懲罰を受けました。何とも馬鹿らしい話です。他人のことを看守がまちがえて私は取り調べにぶちこまれ、その看守の横暴さと迫りくる孤独感、疎外感をふりきるために歌を口ずさめばめくら房に入れて挑発する。それに抗議すれば看守に暴力をふるわれてしまう。そしてそれら看守の暴力とか不正をあばくことをすれば、出所するまで独房におかれ、ほかの懲役とそれらの話ができないように隔離してしまう。私はそうした看守たち刑務所の汚いやり方を知っているからただひたすら我慢し、社会で私の帰りを待っていてくれている許婚者のことだけを考え、そのために少しくらい自分が苦しくても不正をやられても馬鹿になっていようと思ったのです。

懲罰を四十日科せられたのですが、懲罰中は房のなかで座ったまま立つことも許されず、小便とか洗面のために立っているところを看守にみられると、「早く座れ」といわれるわけです。床板の上にゴザ一枚が敷いてあり、その上に座り扉のほうを向いていないとおこられるわけです。そのままの状態で懲罰の期間はおかれます。運動もなく入浴もないのですから、体力なんか向上するはずはありません。就寝時間がきて横になれるときがいちばん幸福でした。一日中曲げたままの足をぐんと伸ばしたときには、自分の足ではないような気さえします。

懲罰が終わって、もといた工場から別の工場に変えられ配属されました。その工場はやくざ者とか懲罰帰りが多い工場で、喧嘩のない日がめずらしいくらいの荒いところでした。しかし私は、社会で待っている許婚者のことだけを考えて真面目に作業し生活しました。私の許婚者はそのころ彼女の兄が九州でやっている絵葉書の店を手伝い、私が出所するまでそこで世話になっているという話になっており、近々九州から面会に来るという便りがあったので、私は所内の生活面においても一層慎重な行動をとって神経をピリピリさせながら務めていたものです。

私の舎房は十二人の雑居でしたが、なかでも私が毎日許婚者から手紙があるので、房のなかではみんなにうらやましがられ、なかにはそういう私をねたみ極端に私を嫌う者もいたのです。舎房のななで私は弱い者いじめなどはしないばかりか、逆に弱い者いじめしたり他人を馬鹿にしている人間に注意してやったりするので、ふだん娯楽的な気持ちから弱い者いじめや人を馬鹿にして楽しんでいる人間とは自然と対立してしまうのです。そして私はそういう対立のおきることを極力さけるつもりで、なるべく自分以外の他人のことは目に入れないようにしているのですが、弱い者がいじめられたり馬鹿にされている声をたびたび聞くと、どうしても注意をしてやる気持ちになるわけです。

私に注意されたO崎という人間は工場でもチンピラを何人か集めていつもおとなしくしている懲役にいやがらせをする人間で、私にもとかくいやがらせをやり、つっかかってきて、そのたびに私は何度も耐えていたのです。自暴自棄でその人間を殴るのはわけがないけれど、それをやってしまえば九州から面会に許婚者がきても私が懲罰中であったなら、そのあいだは面会もできなくなるし、そのことを考えてより一層小さくなって生活していたのです。

そのO崎という男は狡猾な人間で腹をすかしている人間に己れの飯をあげてはその男を自分の勢力下に納め、一種のファミリーを結束して、己れに反駁《はんばく》する人間には、かねてより飯を食わせて飼っていた人間を煽動して己れの相手に喧嘩をふっかけて懲罰におとしめ、己れの目の前から消えさせるように仕向けるわけです。このO崎という人間に限らず刑務所のなかでは、やくざの顔ききや金があって日用品を不自由なく買える者や頭のいい者は、それぞれもっている力を有効に生かし、力の弱い者や金がなくて日用品の買えない者、そして頭の悪い者を巧みに利用し己れになるべく火の粉がふりかからぬように防禦壁をこしらえ、看守にはいかにも協力しているかにみせかけ刑務所のなかを上手に渡り仮釈放をもらい出所していってしまうのでした。

私が、近々、九州から彼女が面会に来ることを知ってO崎というその男は、それにつけこみ、己れのみにくいところをズバズバと指摘する私をうとましく思い、懲罰におとそうと企み、いやがらせをやり、私を挑発してきたのです。そしてついに私は我慢がしきれなくなり、そのO崎という男を殴りつけてしまったのです。その件でまた独房に入れられましたが、弱い者をいじめたり、頭の弱い人間を馬鹿にして集団生活を乱すO崎のような者はいずれ誰かに殴られるだろうし、自分にとっては、意義ある暴力だったと思っていました。私はその件で懲罰が一か月はうたれると覚悟していたのですが、私がその男を殴った事情を看守たちが少しでもわかってくれたのか、懲罰は十日間ですみました。懲罰の終わった翌日、許婚者は面会に来てあまりにもタイミングがいいので不思議に思いましたが、そのころ私の入れられていた独房の担当看守がめずらしく人情味のある人で、私の許婚者がはるばる九州から面会に来る日を手紙を検閲したときに知っていたので、陰で懲罰が軽くなるように取り計らってくれたものと思います。このように刑務所では看守の恣意的な判断で一つの懲罰事犯でも軽くしたり重くしたりできるわけです。

許婚者との面会で私は励まされ、房に帰ると、「よしこれからどんな迫害を受けても頑張るぞ」と思ったのです。短期間に三度も独居拘禁になっているので工場にはおろさないといわれ、独房で紙袋を作る作業をさせられて、一日中独房におかれるという生活がはじまりました。私は何度も少年院や刑務所にはいっているので、腕に何の職もなく出所後の不安はいつもつきまとい、何とかしなくてはならないと考えるのですが、現実にはどうすることもできない鉄格子のなかであり、刑務所で何か職業技術を教えるどころか独房にぶちこんで、奪うものがないから人間の体力と精神まで奪ってしまうのです。そういう出所後の予期せぬ苦しみに対する不安と一般懲役から分断して隔離されているという寂寞とした孤独感も、この刑さえ何とか務め終えれば、結婚して再出発できるという甘い夢に消されてしまうのでした。そして二年の刑がちょうど半分まできたころ、独居拘禁者のなかでも作業をよくやり長いあいだ反則事犯もないので、来月は三級になれそうだといって看守部長が私にそのことをにおわせてくれたので、私は喜びました。懲役は誰でも進級するのが楽しみなのです。今まで四級のときは月に一度しか手紙が書けなかったのですが、三級になれば月に二度手紙を書けるからです。その月もあと一日限りで明日になれば月も変わり、私も進級ができるととても楽しみでした。そんなときまた看守の挑発に遭い、どん底におとされることになりました。

その日、午後六時ごろ房のなかで寒さをしのぐためと出所後の体力のことを考え、毎日腕立て伏せの運動をやっていたのです。そのとき夜勤の看守にみつかり注意されたので、すぐ私はその行動をやめて謝りゴザの上に座っていたのです。するとその看守は私が謝っているにもかかわらず執拗に文句をいい、「謝ってすむことなら刑務所にはいる必要はないんだ」といって謝っている私をいたぶるわけです。私はそれ以上謝まる方法もないし、どうしていいかわからなくなり扉をけって「それならどう謝ったらいいんだ」といってどなりました。それでせっかく三級になることを楽しみにしていたのが、一瞬のうちに水の泡となってしまったのです。扉を開けられた私は数人の看守によってたかって殴られ、蹴られ、倒されて踏んづけられ、ふたたび、通称あなぐらと呼ばれている中央保安房のなかへ入れられたわけです。自由のある社会から刑事の軽卒な行動が原因で事件を作りだされ、塀のなかにぶちこまれ、まるで手、足、口、耳、目をもぎりとられたような刑務所の独房のなかで、それでも出所後の再出発を備えて体力を維持するために腕立てをしたからといって、それをきつく咎め、謝罪している懲役を挑発していじめ、からかうという、そんな弱い者いじめをする看守が憎かった。

鉄格子のなかにはいっている私は、そういうことを看守たちからされても塀の外の者に訴えられないし、たとえ上司の者に訴えてもそのことはにぎりつぶされ、その後は看守に特別の眼を向けられ、その独房にいるあいだ、刑務所にいるあいだは何かにつけて看守からいじわるされるわけで、やられ損で泣き寝入りをしなくてはならないわけです。

雨の日と入浴日以外は一日に二十分ぐらい外で運動ができますが、その運動時間は毎日何時からと限定されてはいないので、すべて看守たちの都合のいい時間にさせるわけです。昼食時の寸前だと、普段房のなかで動くことを禁じられているので急にグランウドを走ったり運動をすると、食事をしてもすぐ吐いてしまうこともあるので、私は毎朝起床後と就寝前に定期的に腕立て、懸垂をやり、出所してから仕事をするだけの体力を維持するよう心がけていたのです。しかしそれさえも咎められてしまいました。私はこんな塀のなかにいるあいだは蛇ににらまれた蛙だと観念して、早くこの生地獄から出してくれないかなあとそのことばかりを考えていたものです。

二度にわたって私は中央保安房という特殊房に入れられていますが、二度とも管区で数人の看守たちに暴行を受けているのです。私は殴られたり、倒されたり、けられたり、ふんづけられたりされたことを出所したら訴えてやろうと思っていましたが、やられた私は一人だし、訴えても看守がそんなことは知らんといえばそれまでで、悪魔にみいられて悪い夢をみたんだと思い、四十二年十月に出所すると迎えにきてくれた許婚者の笑顔をみたら、いっさい忘れてしまおうと自分にいい聞かせて、これからはじまる二人の新しい生活のことを考えるように気持ちを切替えたのです。

結婚と挫折

新しい生活がはじまる

私と彼女とは、私の母親の家の一部屋を借りて同棲するようになりました。私は毎日K土建で鳶職の仕事をして働いていました。そして刑務所を出た翌月、尾道市にある彼女の実家へ挨拶に行くのをかねて十一月十五日に結婚式を挙げることになりました。私が働いているK土建では何時まで働こうが残業手当なんが出ないので、私は早出残業をするつもりでK土建で仕事を終わってからも、他の会社の現場をまわって金を稼ぎ、彼女の家に行く旅費と結婚式の費用をためたのです。そして四十二年十一月十五日に尾道市の公民館で結婚式を挙げました。この結婚式は二人の出発のために意義ある想い出とならなければいけないはずが、私にとってはとてもいやな思い出となったのでした。それは私にとってただ屈辱以外の何でもありませんでした。

彼女の家は、藤原家の系統をひく由緒ある家柄で金持ちだったから、結婚式には親兄弟親戚関係がたくさん寄せかけてきており、その藤原家控室と書かれてある部屋にはいりきれないほどで廊下にまで人があふれていました。その一方隣の矢島家控室と書かれた部屋には、私一人しかおらず、親兄弟はもちろん私の知っている者は誰もおらず、廊下にはみ出ている彼女の親戚関係の人が私のそんな殺風景な部屋を不思議そうな顔をしてのぞくたびに、私は恥かしいやら情ないやらで、結婚式をやったことをすごく後悔しました。三々九度の盃のときも彼女の方の席は、人で一杯なのに、私の方は彼女の親がたのんでくれ私たちの親代りになってくれた人が一人ついただけでした。

私は家の者が一人も出席してくれなかったことについては場所が遠いだけにしかたないと思っているけど、貧乏人はつくづくいやだと思わされました。そして色直しのとき彼女に、「もう俺は恥をかくのがいやだから逃げだすぞ」といったら、彼女は「私の親や親戚に対してもかっこうがつかないから、もう少し我慢していてほしい」というので、我慢して記念写真の撮影に立ちましたが、写真は私がまじって写してあるものは全部白黒フイルムでとってあり、晴着をきた彼女とか関係者のものはすべてカラーフィルムでとるという差別までつけたのでした。私は写真代までは金が都合できなかったので、その分は彼女の家ではらってくれていたから私は文句もいえませんでしたが、金持ちの人間がいかに打算的で薄情な心をもっているか、ここでもまざまざとみせられました。

そして披露宴のときになると、彼女の親が決めてくれた仲人であり司会者でもある人間が私の経歴も知らないクセに、「エエ……新夫は学校もエリートで卒業し、両人とも高い学歴を持ち……」としゃべりつづける嘘っぱちを聞いて、「なにいっているんだ、貴男たちには私がどれだけ苦しい思いをしてここまできたかわからないクセにいいかげんなことをいうな」と私は心のなかで思い、どうして金持ちたちは「学歴のあるなし」「生活のよしあし」を気にして、実際の姿にメッキをかぶせ外観をとりつくろうのかと、情ないかわいそうな人間だとつくづく思いました。

私たち夫婦は披露宴の末席に座らされ、誰のための催しものなのかわからない思いをさせられました。私という人間一人の存在を完全に無視されたそんな結婚式から早く抜けだしたかったが、私が服務生活を送っている二年ものあいだずっと私を励ましながら帰りを待ちつづけてくれた彼女の気持ちを思うと、親がどうであろうと、親戚がどうであろうと、金持ちがどうであろうと、私たちは二人だけで新しい人生をスタートすればいいんだという気持ちから一応は無事結婚式は終了したのでしたが、帰りにその式場から出るとき、彼女の晴着に合わせて買った草履が盗まれてなくなっていたので、何とついてない門出だろうと思いました。結婚式を終わった私たち夫婦は東京に帰り、新しい生活をはじめました。

四二年十二月の下旬に私の家で兄弟連中と雑談をしているときに、その話の進行状況から自転車で女房の実家である尾道まで行ってこられるかこられないかという話題に飛躍して、私は酒のいきおいで調子にのり、「俺なら女房の実家があるから行ってこられるな」といってしまいました。兄弟たちは「行けるはずがない」というので私はつまらぬ意地を張って、それなら「これから行ってくる」といって、自分の自転車にセーター二、三枚をつんで、女房がとめるのも聞かず、東京から広島の尾道に向けてスタートしたわけです。真冬の寒さと夜の冷たさに、いつか酒の酔いもさめて何度ひき帰そうと思ったか知れませんが、しかしそのつど大きなことをいってしまった手前、尾道まで行かなくてはならぬと思い、どうやら静岡までは走っていったものの、静岡を過ぎてまもなく「まり子」というモーテルの付近で道路を走る大型車の風にあおられて自転車ごと田んぼのなかへ突っこんでしまい、乗れなくなった自転車を売って静岡駅から列車にのり尾道まで一応は行ったわけです。

女房の実家で一泊した後で、東京に帰ってきたのですが、迎えに出た女房の頭をふとみると白い包帯を巻いているので、私はどうしたのか聞くと、台所の流しにぶつけたというので、そのときは大して気にもせずにいたのですが、私に対する親兄弟の視線が何となく私を敬遠しているようなのでおかしいと思ったのです。夕飯のとき、女房にもう一度頭の包帯の件を聞くと、私が尾道に行っている留守に家中でモチつきをやったとき、私の兄が振りおろす杵が手返しをしている私の女房の頭にまちがって当たり、少し怪我をしたとのことでした。最初私がそのことを家のみんなに聞いてまわったときに正直にいってくれず、知らないといって嘘をついたことに私は腹が立ち、兄のところへ行き、「何で本当のことをいってくれないんだ」と口喧嘩をしてしまったのです。そしてこの件以来、またもや私は親兄弟と不仲になってしまいました。そのことが原因で家を出る結果になるのですが、とりあえず頭の傷だから用心のために医者につれて行こうと思いました。

私の家から大して離れていない松陰外科医院へ女房を連れて行きました。年末なので年末休業の札が下がっていましたが、病や怪我に年末も年始もないので治療くらいはしてくれるだろうと思って呼び鈴を押し玄関をあけてもらったのです。出てきたそこの医師に女房の怪我をした経緯を話すと、医師は「旦那さんはそこで待っていてください」といって玄関にある椅子を指差すので、私はそこへ腰かけて待っていますと、医師は私の女房を連れてクモリガラスの向こうにある診察室にはいっていきました。私は女房が怪我をしているところをみてもらうのに一緒についていることを拒否されて医者から私と女房を分離されたことをちょっとおかしいなと思っているところへ診察室の中から医師の声で、「早く脱ぎなさい」という声が聞こえたので、私の女房は頭の怪我をみてもらいにきたのに、「早く脱ぎなさい」というその言葉とはどう考えてみても関係がないので、不安に思った私は席を立って無断で診察室にはいっていくと診察室の奥のカーテンで仕切られたその裏にあるシート張りのベッドの上に私の女房がシュミーズ一枚にされ、それもシュミーズは胸のところまでひきめくられており、下半身はパンティー一枚にされて、障子を張りかえるときに使うような大きな刷毛で体中をその医師にさすられているのです。

医師はその行為に夢中になっているためか、私が診察室にはいって来たのがわからず、依然としてその破廉恥な行為を続けているのです。私は自分の女房が他人に、それも世間から信頼されなくてはならないはずの医師にオモチャにされていると思うと頭にきて、「何してるんだ、このやろう」と医師にいってやり、女房に「お前もお前だ、何のためにこんなことをされているんだ」といったら医師のいうことには「頭を怪我しているから神経をやられていないかをみているんだ」というのです。女房も医者からそのようにいわれたので、それに従ったというのです。無知な女房を怒るよりかわいそうになり、早く服を着ろといってやり、患者をだまして自分の好色の対象にした医者に腹が立ってしかたがありませんでした。そして医師に「妊娠しているひとの女房を裸にして変なことをする」と追及すると医師はその行為をずうずうしくも正当化しようと、「休日なのにみてやったんだぞ」とえばる始末です。

酒の匂いをプンプンさせて看護婦を立ち合いにつけず、そんな行為をする医師は私みたいな無学な者が考えてもまちがっているということがわかるのに、なお私が文句をいうと警察にいうとか何とかいうので、そんなことは私のほうから望むところなので一一〇番させたわけです、しばらくしてパトカーで警官二人がきました。その警官に私はこの医師の不埒を話して糾明してくれということを話すと、警察官は反対に私のことを職務質問するありさまです。医師は警官にお茶を入れ、椅子を出して腰かけさせ、石油ストーブをつけて「寒いところご苦労さまです」といってお世辞をいっているわけです。そして私の女房は腹のなかに子どもがはいっているというのに裸にしてストーブすらつけなかったくせにと思うと怒りがこみあげてきました。警官は私のことを知っているらしく、「お前いつ出て来たんだ、もうはいるようなことするなよ。よく話を聞いといてやるから早く帰れ」と私にいうのです。私は医者の不埒な行為を糾明しない警官にじりじりして、「前科があっても何しても今は私らが不正を受けているんですよ。どうしてそれを調べようとしないのですか」と私は抗議しましたが、そのころようやく医者は看護婦を呼んで薬を調合するようにいっていたのですが、大きな刷毛で体中をさすって何の薬を調合されるかわかったもんじゃないから、私たちは薬はもらいませんでした。

警察官は私に「後でよく調べて報告するので、この場は一時ひきとってくれ」というし、警官がそれ以上医者を突っこんだ調べをしないのでしかたなく家に帰ってきましたが、怒りがおさまらず、兄に話したところ、兄が「ふざけた医者だ」といって医者の所へ電話をかけ抗議してくれたところ、そこの医師の奥さんは平謝りに謝っていたそうです。その件について警察からも医師からも何ともいってこないので、私は警察に訴えてもとり上げてくれないこれらのことをいったい誰に訴えたらいいのかわからないので、学校もろくに行けなかった貧乏人の無知をつくづくあわれだと思いました。

それにしても私たち夫婦は医師によって侮辱を受けてそのままやられ損をしたわけですが、医者があのような変態行為をやっても警察官が何もとがめないどころか、その行為者と一緒にお茶を飲みながら和気藹々としている姿を生々しくみせられたら、法律というものは貧乏人がそれを犯したときだけ用いられて、金持ちたちがこういう不正を働いても用いられないのかと、不公平な世の中だとつくづく思いました。私はそれ以来現在まで、医者というものはいっさい信用していません。

以前にも書いたように豪徳寺駅前で倒れて医院にかつぎこまれて警官を呼ばれたときのことといい、また今度のことといい、安心して医者なんかにかかれないと思いました。そして医者というものは世間一般の人より偉いと自惚れ、高慢ちきになっていることもよくわかりました。診察ひとつするのにも、「休日なのにみてやったんだぞ」といって恩にきせ、自分の職業の責任というものを忘れ一段と高いところにおさまり患者をみくだし、診察のときに書くカルテでも患者のいる前でわざわざ英語だかドイツ語だかわからぬ文字を書き並べ、「医者というものは、お前さんたちとはちがうんだぞ」といわんばかりに気取り、患者をみるのですから、どうして患者にもわかるような文字でカルテにも記入しないのかと不思議に思ったものです。

妻の実家・尾道の暮らし

女房の頭の怪我が原因で私は兄とも不仲となり、家にいづらくなって、私たちは女房の実家がある尾道に引っ越すことになりました。昭和四十三年一月、私が二十七歳のときのことです。女房の実家では最初のうちはとてもよくしてくれました。それは私がとても働き者だったからです。私の生まれ育った家とはちがって女房の家は生活も豊かでした。それでも私が遊んでいてはかっこうがつかないので、尾道の造船所に勤めることになりました。家から山のなかを歩き、バス停まで三十分、そしてバスで街まで三十分、そして船にのって五分という道のりを毎日毎日通ったのです。そして仕事から帰ると畑に出て、畑仕事をやり、休日も私自身の時間はほとんどないくらい、風呂炊きから薪わり、掃除とやり、畑仕事をしていると近所の人は、「東京の人なのによく鍬を使えるものだ」と感心していました。近所では評判だったのでした。そのはずです。私は少年院で農耕をさせられたのですから。

造船所に通うようになって毎日働きに行っていましたが、「よそ者」という偏見が私の周囲の者の心にあり、仕事中でも休憩時でも仲間はずれにされたとき、小学校時代に汚いとかくさいといわれて仲間はずれにされたいやな思い出が生なましくよみがえってきました。「東京の者」というだけで一種独特の差別意識をもって私に仕事も教えてくれないありさまです。そして休憩時間には私に聞こえるように「東京という所は田舎者が行くとケツの毛まで抜かれる恐いところだ」という意味のことをはじめとして、タクシーにぼられた、だまされて金をとられた、金をスラれた、道をきいたらとんでもない所を教えられた、田舎っぺといって馬鹿にされたなどと限りない批判を私はあびせられ、東京の人間がとかく田舎から出てくる人の人間性を軽視し、だましとり馬鹿にし、職場でも押さえつけでしまうという数々の罪業が潜在的にしこりとなって残り、そのシワヨセが私個人に向けられた形となったのです。刑務所生活の多い私は腕に何の技術もないから、三十歳近くなったその年になっても少年見習工のように造船所のなかをウロウロする始末です。私は誰からも仕事を教えてもらえず、東京の者というだけで疎外されてしまったので、毎朝毎晩遠い山の奥からこんな離れ島にこの先孤独のまま何年も通勤することなんかできないと思いました。そしてどうせ遅かれ早かれやめようと思う所ならば、一日も早くやめてほかの職場を捜そうと思い、その造船所をやめてしまったのです。

尾道という街は山と海にかこまれた小さな街ですから、人口も少なく、従って就職することもなかなか困難なのです。やっとみつかった造船所の働き口もやめてしまったから女房の家族は私に対し極端に冷たい態度をとるようになりました。私だって辛抱しようと思ったのですが、体が続かなくなってしまったのです。刑務所のなかでろくに体を動かすこともできずに独房のなかで唯静かに座っていることを強制され、すっかり虚弱な体に改造されてしまっていて、出所していざ働かなくてはならないことになっても体力がそれについて行かないのです。

私は造船所の仕事を終えてから今度は家に帰って雑事をやらされ、畑仕事をやらされ、体がもたないようになると、女房の家族は極端にいやな顔をするようになり、夜に私が自分の部屋にはいって詩とか短歌の勉強していると、「みんなと一緒にテレビでもみればいいのに」といって四六時中家族と一緒にいないと非難を受けるのです。そして私たち夫婦が夜寝ながらいろいろな雑談をしていると彼女の母親は襖ごしに聞き耳を立てているしまつです。私は襖の外で人の気配を感じたので用便に立つふりをして襖を開けると、そこには彼女の母親がいたのです。私たちの寝室は家族の者たちとはかなり離れていたし、夜遅く私たちの隣の部屋へ来る用事なんかないはずですし、私が襖を開けるまで女房の母親は私たちの部屋を窺っていたわけです。私は神経質だから女房との生活を朝から晩までそうやって看視されているのかと思ったらその家に住んでいるのが嫌になりました。母親としても自分の不体裁をみられているから私とは完全に対立し、いよいよ私をその家から追い出しにかかったのです。

私は家族とはどうあろうとも、私の服役中二年ものあいだ毎日毎日手紙をくれて励ましてくれていた女房はどんなことをしても幸福にしてやりたかったし、別れるつもりはありませんが、家のなかが気まずい雰囲気になってしまっているので、私たち夫婦はその家を出るべきと判断し、女房のおじさんにあたる人が尾道の隣の福山市にいるというので、その家に行くことになりました。その人はペンキ屋をやっていて、私もその人と一緒になってペンキの仕事をやりました。一か月そのペンキ屋をやって私たちはその家の居候をしていたのですが、部屋を他にかりると、そこからはペンキ屋まで交通の便も悪くて私はペンキ屋をやめて借家近くの町工場に電機溶接工の見習で就職したのです。

時間つぶしの酒が自分をつぶす

私と女房が福山市内に移ったころ、福山市内にある〝うるわし〟というキャバレーに安藤昇が来演していました。その広告をみたときに私は前橋刑務所のなかで自分の親分安藤に「今度シャバに出たらお前の身が立つようにしてやるから乞食してでもいいからがんばっていろ」という言葉を思い出し、そのとき安藤昇から何かをしてもらおうとか、そういういやしい気持ちはありませんでしたが、私の女房も「安藤さんをみたい」といっているので、私は刑務所以来、自分の親分と会える懐かしさを感じて、会いに行きました。

女房をそのキャバレーの玄関付近で待たせておき、私は店のなかにはいって行くと、忘れもしない私の昔の親分であり一緒に刑務所で灰色の服を着て風呂で背中を流してやった安藤昇が黒いタキシードに身を包み、ステージで「同期の桜」を歌っていました。私はステージの一番前まで歩いて行き、右手をあげて合図をしたのです。目と鼻の先にいる安藤昇は私の存在に気がついたようでしたが、マネージャーが、私のそばに来て「お客さん困りますよ。そんな所にいたら……」というので、「何いってんだ、俺の昔の親分に挨拶してるんじゃないか」というとマネージャーは、裏の三階のマネージャー室で待っていてくれというので、私はその部屋にあとから安藤昇が来るものと思っていたのです。三十分以上待っても安藤昇は来ないので、私は外に待たせてある女房も心配だし、一度玄関まで下りて行き、女房に「安藤さんはまだ来ないよ」というと「あら、今さっき自動車にのってどこかへ行ったわよ」という話を聞いたとき、私はあきれるやら、腹が立つやらでしばらく口も聞けませんでした。

刑務所時代、私が安藤組の一員としてどれだけ自分の身を挺して親分のため、そして安藤組という名を汚すまいといらぬ虚勢を張って親分をもり立ててやったことか。私が事故を起こしたり、宇都宮の親分ともめたときに虚勢を張り身をもって闘いにいどんだこともみな安藤昇の名誉のためじゃないか。それに何よりも私自身が更生という道をきっぱりすててやくざの道を歩くような観念を植えつけたのは、安藤昇のあの私に対する歓喜せしむる誘惑の一言にほかならない。それを会いに行った私を煙にまいて逃げ出すなんていったいどういうつもりなのかわからず、私は女房に会わす顔がなかった。安藤昇は元の親分でいっしょに刑務所に務めたし、今度シャバに出たら身の立つようにしてやるといわれているからと、私はそのキャバレーに行く前、女房に自慢して話していたからです。

刑務所のなかで安藤昇のいった言葉を真にうけて、自分の大事な一生をやくざな道にかけてしまおうなんて軽々しい判断をした私自身が一番悪いのですが、今、安藤昇につきはなされた現実をみせられ、そして後悔したからといって顔や体につけた傷は消えないのです。しかし刑務所のなかであれだけ立派な言葉を吐いておきながら、自分が社会で俳優だか何だか知らないが世にその名を上げ出世すると、かつては自分の身の周囲を守らせた者を煙にまくことを平気でやるという汚い人間になるのかと思うと腹が立ちました。

私が前橋刑務所から出所したときの姿は三年前に着ていたカビくさいGパン一つでした。我が家の逼迫した貧困の状態は、そこからも察しがつくとおり、三年間の刑務所生活の間、家族からの面会は一度もなかったのです。そして、刑務所から、何の技術もなく外に放り出されれば、仕事を探しに行くための電車賃を母親に「五十円借してくれ」「百円借してくれ」と毎日毎日せびり、使ってもらえるあてがみつかるはずもない職業安定所に通わなければならないのであり、仕事がみつからなくて家にこっそり帰る、そのみじめさは、とても辛いものでした。まして、家にありあまるくらいの金があるのなら話は別ですが、金を貸してくれと母にせびるたびに、「家には金のなる木はないんだからネ」といわれたり、仕事がみつからなくて家に帰ると、「電車賃つかってどこを一日中ほっつき歩いていた」といわれるありさまです。自分が仕事を真剣に探す意思とは逆に職場が私を受け入れてくれないそのギャップはどこにあるか、そのときはわからなかったのですが、私の真剣な心もわかってくれない家族にそのように責められ、そんなつらい気持ちを何度も味わっている矢先に、自分の親分から誘いとも激励とも思える言葉をきかせられたら飛びついてしまわない人間はいないと思うのです。しかしけっきょく、私は刑務所を上手に渡っていく安藤という人間が己れの身を守るためにめぐらしている防御の壁の一部に使われたにすぎなかったのです。

さて福山市で溶接工場に就職した話に戻します。この工場でも私はずいぶん泣かされました。たとえば私は数学をきちんと学ぶこともなく、数字に弱かったので、工場での先輩に「おい、テンゴ（〇・五のこと）の鉄板を持って来てくれ」といわれても、テンゴとはいったい何を意味するのかわからず、オロオロしていると、「いい年をして今まで何をやって食っていた」といって恥をかかされました。機械工具の呼び名も知らないので、パイプレンジをとってくれといわれてもその物がわからずウロウロしていると、それを面白がって私に用事をいいつけてからかうわけです。そして昼食時とか三時の休憩時は、ここでも「よそ者」というレッテルをはられ「東京の者は汚い」「都会の者は腹がくろい」と私は仲間には入れてもらえないわけです。そしてひそひそ私の陰ぐちをいうのです。

なぜみんながひそひそと話をして堂々といわないのかというと、私は仕事のことはわからなくても仕事以外のことになったらば、刑務所とか社会の裏道を歩いてきただけに耳学問でいろいろなことを知っているし、ほかからみたらまんざら馬鹿ではないと思ったのでしょう。それでも一種変わった人間にみられていることは疑う余地もありません。私は生まれつき器用なほうだったから、休憩時間も返上して電機溶接を勉強した甲斐があって同僚たちがびっくりするくらい腕を上げたのです。そうなると仕事も面白くなって毎日工場に通うのが楽しくなってきました。

女房の腹もだんだん大きくなってきてこれで丈夫な子どもが生まれたら何もいうことはないと思い、しばらく平和な日が続きましたが、そんな日はいつまでも続かぬもので、またほかから障害物が現われたのです。それは私が会社へ行っている留守に、女房の母親が私たちの住む借家に尋ねてきては、女房に私と別れろというのです。私は腹の大きな女房を大事にしてやっていましたし、布団のあげ下げまで私がしてやるというくらい気を使ってやっていました。それなのに私が仕事から帰るたびに「母が今日も来て別れろといった」なんてことを聞かされると、会社で仕事もおちおちできない気分になってしまうのです。私が前科のあることを承知で結婚を許しておきながら、いまさら「前科者はやはりだめだ」「お前たちはお互がいが育った環境がちがうのだから、うまくゆくはずがないんだ」といって私たち夫婦を別れさせようとする女房の母親を私はうらんだ。私が会社で仕事をしているころ、家では今ごろ女房と母親がどんな話をしているのかと想像すると、電気溶接のような危険な仕事も手につかなくなったのです。そして毎日毎日、酒ばかり飲んでパチンコをやって会社へ行く気がなくなりました。

遊びはじめると、自分の身のまわりの物を入質するようになり、悪いことは重なるもので、ある日福山市内にある質店に自分の着物と帯をもって行ったところ、その質店ではたった千円しか貸さないというので、私はその質店には入れず、他の質店にもって行くと文句もいわず四千円貸してくれたことがありました。そんなことがあった後、女房の母が私たちを別れさせようとしていることや自分の悩みごとを自分の家族とも相談して女房と別れてやるべきかどうか聞きたくて、私は一度東京に帰ろうと思ったのです。そして女房に「俺は一度東京に帰ってくるからお前は実家に帰っているように」といって今まで働いていた会社から自分の働いていた分の給料を払ってもらい、東京に帰るため、福山の駅まできたのですが、私の乗る列車までかなり時間があったので、酒を飲みはじめてしまったのです。そしてこれがまた、私を暗い生活に逆戻りさせるきっかけとなってしまったのです。

その日は四十三年の四月なかばでした。駅前の飲食街で飲み歩いているうちに私はかなり深酒をやってしまい、私が以前福山市に移転してきた当時、東京から松島という私の弟みたいな人間をつれてきていたのですが、この人間が福山市内にあるエンパイヤというキャバレーにボーイとして働いており、私がその日東京に一度帰ってくるからと昼間電話で話をすると松島は店が終わって夜の十二時に福山駅前で会いたいというので、私はそれまで時間つぶしに飲んだはずの酒が自分をつぶしてしまい、駅前の待ち合わせ場所のベンチで酔いつぶれて寝てしまったのです。わずかの時間でしたが気がついたときは、松島はまだきていないので松島が働いているキャバレーまで行ってみようと思って歩きだしました。

松島が働いているキャバレーの筋向いには、以前、私が着物をもって行って他の店では四千円貸すというのに、その店では千円しか貸さないというマルシンという質店があります。松島のいるキャバレーも終わっていて本人とも会えず腹が立っているところへもってきて、その質店の前を通ったら以前の安値をつけられたことを思い出し、腹が立ってきました。その日の昼間も、その質店に行って自分の着ている背広の上着を店のおやじにみせて、「これでいくら貸す」と聞くと、こんども千円といわれたので、そのことが頭にあったからよけい腹が立ったわけです。それでその質店の二メートルくらいある大きなフロントガラスを足で一発蹴飛ばしたらガチャーンという大きな音を立てて入口のガラスはこわれました。その音で当然店のなかから誰かが出てくるものと思っていましたが、誰も出てこないので、私は気抜けしてしまいました。私は店には誰もいないのかなと思ってその店のなかにはいっていきますと、店の奥左側のところに二階に通じる階段がありました。私は何の考えもなしにそれを登っていくと、つき当ったところのベニヤ張りの戸がひらき、人がいるのでびっくりしたものです。

店のガラスを割った音で誰も出てこないので人が住んでいるのか、いないのかくらいの気持でのこのことそこまできてしまい、私自身びっくりしました。それで店のおやじが出てきて、「矢島さん、こんなに遅くどうしたの」というので、私は「昼間この背広を入れる（入質のこと）といったとき千円しか貸さないといったが、この前着物をもってきたときも千円といったじゃないか、あの着物は他の店では四千円貸したぞ」という話をした後、「この背広も千円なんていわずにもっと貸してくれよ」と私がいうと、「こんな遅い時間にダメですよ」とおやじはいうので、「ダメだといったって、もうここまではいってきてしまっているんだからそんなことといわずかしてくれ、飲み代が足りないんだから」と私がいうと、質店のおやじは、「金は下にあるから下におりてくれ」というので私は一緒におりました。

親父はロッカーからサイフをとり出し、「いくらいるの」というので、私はそのサイフをとり上げて、「これ全部貸しとけ」といって、そのサイフのなかにいくらはいっているか知らなかったが、そのサイフをポケットに入れて外に出たのです。外に出てサイフをみると、五万か六万くらいの金がはいっていました。私は女房に会ってこの金を上げてしまおうかと思い女房の実家近くの温泉郷まで行くつもりでタクシーにのり、行く先をそのように告げるとタクシーは温泉郷ちがいの別の場所へ私を連れて行ってしまったのです。私がおろされた場所から女房の実家までは遠くてまるで逆の方向なので、仕方なくまたタクシーに乗り、岡山まで行ってみようと思い走っていると、その途中で逮捕されたわけです。私はこの件で強盗罪がつき、裁判にかけられ五年を求刑されて、三年六か月という判決となりました。

そのときの裁判では、被害者の親子三人が口を揃えて私が質店にはいってきたときのことを偽証したものです。「ポケットのなかに刃物でももっているように右手をポケットのなかに入れていた」と証言するのです。私は刃物などなにももっていないし、あの質店の二階に続く階段はせまくてものすごく急なので、私は自分の体が落ちないように両手で壁につかまりささえていたのに、「右手をポケットに入れてナイフでももっているようなかっこうをした」と親子三人そろっていうのです。そこの娘は布団のなかに顔をもぐらせていたので、私の顔さえみていないであろうし、奥さんは部屋のなかにいたので当然私と顔も合わせていないし、「三人がそろって嘘をいうことは警察にいい含められたのではないか」と私は裁判のときにいいました。被害者はまた「金を出さぬと皆殺しにするぞ」と私がいったと三人がそろって嘘をつくのですが、私についた国選弁護人は、私とは裁判前に五分くらい面会しただけで事件の経緯などをほとんど調べてはくれず、わずか三回の裁判で私の刑期に同意してしまい、事件の真実については厳しい追究はしてくれなかったのでした。

私は質店の親父から金をもってきてしまったこととガラスを割ったことは悪いことだと思うし、警察では警察官が「女房もお前が帰るまで待ってるといっているし、何でも話しなさいといっていたから……」と私にことづけをもってきてくれたので、警官のいうことを信用し、自分の真実のこともいわず、ただひたすら謝って、少しでも罪を軽くしてもらおうと思っていたわけです。しかし警察官のいっていた、「女房も待っているといっていたから何でも話をして……」はまるきり嘘だったのがわかったのは、ずっと後になってからでした。警察官はそのような嘘をいって供述調書をつくり上げてしまうあいだ、私が「真実はこうなのです」ということを主張させないために、そして何とか強盗犯人をつくり上げてしまうために、私がおなかの大きな女房を心配している気持ちを利用したのです。

私が真実を話していることを無視して、警察は一方では被害者に、「ああ、いいなさい」「こう、いいなさい」というふうに強盗犯人像をつくるようにたきつけておき、その言葉を今度は私に「あいったろう」「こういったろう」と押しつけるわけです。そのために警察官が「強盗犯人というものは、こういうものである」と自分らが勝手に筋書きを作った通りの人間を作り、裁判にかけ、刑務所に送りこみ、被害者や世間一般にはまるで嘘の犯人像を公表して、手柄顔しているのです。私はまんまと警察官の詐術によって事件の真実もあばかれないまま強盗犯人に仕立て上げられ、自由のある社会から隔離されてしまいました。

強いられた離婚と中絶

拘置所に入れられた五月初旬のこと、女房の「おじ」にあたる人間と母親は、私が女房にあずけている私の実印を使って、八か月目になっている女房の子どもをおろしてしまうための同意書に私の名前を書いて勝手に捺印してしまいました。私が、「そんなむごいことをしないでくれ」といって子どもをおろすことに反対したのですが、母親はとうとう女房を産院につれて行き子どもを腹からひきずり出してしまいました。そして私と女房の離婚届けの書類も勝手に私の実印を使って作成してしまい、私と女房は別れさせられました。不幸にも腹からひきずり出された子は女の子だったそうです。私がしっかりしなかったばっかりに薄情な人間たちがよってたかって私の血がそして前科者の血が、そして貧乏人の血がつながっているというそのことだけで、お腹のなかからひきずり出され殺されてしまった我が子がかわいそうでならなかったです。

女房が子どもをおろしてしまったことを私は女房に対し全面的に非難する気持ちはないのです。生む生まないは女の権利であり、女房が子どもを生むことを拒否し、おろすことを望んでいるのであれば、その意向を受諾してやらなくてはならないわけです。なぜなら実際に十か月ものあいだ腹のなかに子どもを抱えて心身ともにつらい思いをし、苦労するのは女のほうであり、そのつらさが男にはどの程度のものかわからないばかりか、なかには「子どもさえ作っておけば自分から逃げださないだろう」というクサリのつもりでいる男もいるだろうし、「お前の腹のなかには俺の子どもがはいっているんだぞ」と、女、そして腹のなかの子どもまでがまるで自分個人の持ち物か何かのように考えてしまう観念が男たちの意識構造のなかには古くから潜在しているわけで、「男」とは異なる生殖機能をもっているというだけのことで、女に精神的、肉体的苦痛を与えているのですから。とかく女はそれらをまっとうすることが当然であり、それをしながら男のために生涯男の身の周囲の世話をさせられてしまうことを余儀なくされるという奴隷的な役割をおしつけられてしまうという、一方的な被害者ですから、そのことを考えれば、私がこれから服役中のあいだ女房をただただ、子どもというクサリにしばりつけ、女房のあらゆる意識的行動を抑圧してしまうということは私のまちがいであることも考えて、いちがいに女房が子どもをおろしてしまったことで責めることはできなかったのです。

私が怒っているのは、女房の親兄弟そして親戚連中が「あいつと別れないと、そして子どもを始末しないと、お前とも縁を切る」といって私の女房を脅かしたことです。女房は別れる手紙のなかで、「私は貴方と一緒にいたいが親から別れなかったら親子の縁を切るといわれたし、私は母を捨てることはできない」といって目上の者からおしつけられる難題と、私との板ばさみの苦しさを私に訴えてきました。私と女房の人間関係をひき裂いてゆく人間を私は憎くみました。「お前たちはお互がいが育った環境がちがうのだから、うまく行くはずがないんだよ」といって貧乏家庭で育った人間はたとえ裕福な家庭の者と相愛の仲になっても、しょせんは交わることができないんだという観念を親という特権により子どもへうえつけてしまう。その排他的な考えをもつ親を憎みました。

そして私が彼女たちの上流家庭の一員として、尾道の実家に引っ越した当時は、私自身何とかその家族体制のなかに溶けこもうと思い、貧乏人の心の弱さから、自分の肉体を酷使して与えられた役割を消化してきましたが、そのハードな日常生活に体力的についていけなくなれば、怠け者とか前科者は駄目だとか、貧乏人は駄目だとかいって私たちの夫婦という人間関係までこわすばかりか、腹のなかにある新しい命の芽までをむしりとってしまうのです。優秀な血筋とかあるいは働き者でその家族に強いられたすべてのことを不平不満もいわず素直に従属する人間ならば、その血をうけついだ子どもはこの世に生れる権利を与えられ、前科ある者とか、貧乏人とか、あるいは自分に迫害を加えてくる家族に反感をもち従属しない人間の子どもは、この世に生れる権利は与えられないという現実を私は体験させられたのでした。このとき、私は女房の生まれた、そして育った金持ちの世界と私みたいな貧乏人とではしょせん一緒に人間関係を形成していくことは無理なのだと感じさせられました。

女房はお嬢さん育ちで、高校を出た後、洋裁学院の師範科まで出ていますが、それにひきかえ私は小学校も満足に行ってない。しかしそのハンディがどういう形で出ようとも、私は私なりに生活面でもずい分努力してきたつもりでした。たとえば食事時のおかずにしたって、女房は今までの裕福な生活に馴れきってしまっているから、毎日、肉のてんぷらとか、鳥のモモとかを欲しがり、私はそれを承知してやっても、私自身の食べるものは一段と値の安い「モツ」ということになる。そして工員という仕事の安い賃金で生活がまかなえなくなると、私の前科をひっぱりだしたり、酒を飲んだりパチンコをやってしまうと、悪い面ばかりの過去をとり上げ、生活面の苦しさの原因が私の過去、すなわち前科者であり貧乏人であることに責任を転嫁するのです。そういうやり方の汚なさ、前科がある、貧乏人であるということを「ダシ」につかわれる矛盾を、私は、けっきょく頭の悪い奴は頭の悪い奴同志、前科者は前科者同志、金持ちは金持ち同志、貧乏人は貧乏人同志しか結婚し、かつ生活を営なむことができないのかという無知な諦めによって解決せねばならなかったのです。

そんな苦しみと女房との別離の哀しみ、そして陽の目をみることもなく抹殺された子どもへの愛着を抱き悲しみに暮れる私に、三年六か月の実刑が下りたのです。私は前の服役生活の時に二年も待たせた女房を結果的には幸福にしてやれず、おまけに小さな生命まで奪ってしまう結果を生み出したことに対して自責の念にかられ、もう絶対に悪いことはしないぞと固く誓いました。そのときの私は手も足ももぎとり、目をつぶし耳をハシでこじって自分が何重苦もの人間になって、女房に、そして殺された小さな生命に謝りたかった。そしてその三年半の実刑を何とか自分の人生に完全にプラスとなるように務めたかった。そして今後は困っている人をみたら、できる範囲の親切を施し、協力の手を差しのべて、その行為によって、今まで生きてくる途中で他人に迷惑をかけてしまってきた罪の償いとしようと決心し、裁判でもそのことは申し上げ約束しました。

とうとう私は東京を遠く離れた広島県で、一人ぼっちになってしまいました。刑が確定すると福山の拘置所から広島刑務所に移送されました、私はこの三年半の刑を更生の場にしようと心に決めていたから、前橋刑務所のときみたいにやくざ者とは交際しないように心がけていました。

広島刑務所から岡山刑務所へ

この広島刑務所は厳しいところで驚きました。まず新入房にはいる前にその部屋の前に立たされ、「大きい声ではいりますといえ」と看守がいうので、私は自分がはいるその部屋のなかに向かって「はいります」とかなり大きな声でいうと、看守は「もっと大きな声でいえ」と脅かし何度もやり直しをやらせ楽しんでいるのです。その部屋のなかには数人の先入者がおり、みんなは「またやられているな」くらいの気持ちで黙々と紙袋を貼る作業をやっているわけで、その部屋のなかに向かって「はいります」とどなることを十回以上やらされたのです。

そして毎朝九時ごろになると、検身のために廊下に出され全裸にさせられて後向きの四っん這いになるよう看守から命じられ尻の穴までのぞかれるという恥かしい思いをさせられます。そういう恥かしい動作を強制されて、すぐに従えずモジモジしていると、「早くしろ」「この野郎」「何をぐずぐずしてやがるんだ」とまるでやくざ者のごとく看守がどなりちらすのでした。朝夕の点検のときには部屋のなかで廊下に向かって横に一列となり、正座をして両手と頭をゴザの上につけてひれ伏し点検官がその部屋の前に来るのを待つように指示され、点検官が扉のところへ来ると自分の番号をいって頭を上げるわけですが、その後点検終了の号令があるまで眼をつぶらされているのです。もし眼を明けているのがみつかると、何人もの看守が一勢に大きな声してどなり、それは、言葉にいい現わせない険幕で懲役を脅かします。点検時のその姿は、江戸時代に罪人が大名に向かって命乞いをするときの姿そのままです。点検時など、たえず眼をつぶることを強制される理由は、看守たちが己れの顔を懲役になるべく憶えられないようにするためです。

しばらく雑居房におかれた私は独房に移されました。独房では一枚のゴザの上にマンホールのフタ位の大きさで丸が書かれてあり、その輪のなかに正座して扉のほうに向かって一日中座ることが強制されました。便所に立つときは報知器を出してから看守を呼び、「便所にはいります」ということわりをいってから、自分の部屋についている便所で用を足し、またゴザの上に書かれた丸い輪のなかに座っている、という毎日を強いられるのです。

部屋には窓はついていますが、窓のそばに行ったり部屋のなかで立っていようものならそれこそ大変で、看守に口汚く大声でどなられ、窓は何のためにとりつけられてあるのかその意味がありません。幸い私はその人でなしの寄りあつまりみたいな看守たちが狼のようにウロウロしている刑務所から岡山刑務所に移されることになりました。岡山刑務所につくと古い赤レンガの建物でしたが、広島刑務所のような非人間的な取り扱いがいくぶんか緩和されていたのがせめてもの救いでありました。

岡山刑務所で私がまず一番最初に配属された工場は一工場といって、旋盤を扱っている機械工場でした。私は社会に出たら何をしても食べて行けるように、与えられた仕事はその技術を把握して生かすことだと思って、その旋盤仕事も一生懸命にやりました。仕事を真剣にやり未知の技能に挑戦することによって、別れた女房のことや失われた小さな命のことを少しでも忘れていることができるのでした。そうやって真面目に働いている六か月目のことですが、はじめて私は事故を起こしました。その事故は私が起こさずとも、いずれは誰かの手によってひき起こされるであろうというもので、どこの社会にもある強い者が弱い者を苛めるという対立から起こる必然的なものでありました。

私たちの起居する舎房は扉から向って部屋内は左右に細長い部屋で、五人ないし六人が一緒にはいっている雑居房でした。夜寝るときはその部屋のなかで横一列になって寝るわけですが、部屋のなかには入口からはいって左手に便所があります。この便所はプラスチック製の四角いフタつきの箱で、工場に出役する日は毎朝その汚物の入ったものを部屋の外に出しておくと、便捨係の者がすてておいてくれるようになっていて、日曜日は各房ごとにその部屋のなかの誰かが代表してその汚物を外にすてにいくわけです。

私たちの部屋は五名の懲役がはいっておりましたが、広島市のやくざ者でT島というのが部屋のなかではハバを利かせていました。集団生活にもかかわらず、部屋のなかでは我がもの顔で掃除もせず、官で貸与されているたった一つの娯楽品である将棋を独占し、詰将棋をしてしまい、毎日部屋から出す便器の出し入れもせず、その部屋では天下を盗った顔をしているありさまでした。

私も以前は前橋刑務所で子分を従え肩で風を切って歩いていた愚かしい時代もあったので、そのT島という人間のとる行動が必要以上の虚栄心からのものであることがわからないでもないのですが、このT島という人間は、自分がK会というやくざ組織の一員であるということを絶えず誇示し、部屋のなかではおとなしい人間をいじめるわけです。寝ている人間の上に飛びのっていたずらしたり、その人間が抵抗ができないのを知るといやがらせをする度合がひどくなるので、私はそのいじめられている人間のとなりに寝ました。私はみるにみかねて工場に出役した際T島に「T島さん、集団生活をやっている以上、部屋のなかではみんなと歩調を合せて生活していこうよ」ということを話し、「弱い者をいじめるな」という意味を遠まわしにいってそれとなく注意すると、その後は部屋のなかで私を意識的にボイコットするようになりました。たとえば私がS本というおじさんから仕事についてわからないことを聞いたりしていると、T島はその話のなかに割ってはいりS本さんを自身の話にひき込んでしまい、私とは話をさせないわけです。S本さん自身もそのT島の行為を迷惑がっているのですが、T島に従わないとどんないやがらせをやられないとも限らないので、実際は困っているのです。

T島というこの男は工場内でも何人かのグループを作り、作業責任者のような地位につき、自身に従わない人間は自分が面倒みてる子飼いの兵隊（子分のこと）をつかい、懲罰にでもおとしこむように仕向けて、自分にへつらってくる者には楽な仕事をまわしてやるという、とても汚ない仕事をするのです。そして私はそういうT島には媚びることもしないから、「ゼニもないくせにフラフラ広島あたりまで来るから女房に逃げられるんだ」と私にあてつけのいやがらせをいうのです。それでも私は「今度こそこんな刑務所なんかにはいるようなことはしないんだ」と思って我慢していました。

昭和四十四年の始め頃、もともといた懲役の倍くらいの数の懲役が東京から送られてきて、そのなかにI田という新宿の人間がいました。この人は私の過去のやくざ時代兄貴分だったA部と兄弟分ということだったので、私はもうやくざとは関係はなかったですが、私の兄貴分だった人と兄弟だといわれたので、懐しさもあり、知らない顔もできず、仲良くして何かと気を使っておりました。私が女房と哀しい別れを体験したように、このI田という人間も女房と別れたらしく、工場でT島に女房と別れた愚知をいったらしいのです。それを聞いたT島は部屋に帰って来ると、私に聞こえよがしに「東京のやくざ者はみんなカカアに逃げられて泣きごとをいっているよ」なんてことを話すので、私はかなり腹が立ちましたが、このときにも怒るときはいつでも怒れるんだと我慢しました。

この私にしろ、I田にしろ、懲役として刑務所にはいるとそのほとんどが女房なり彼女なりと別れる哀しい思いをしますが、これは単に刑務所にはいってしまうようなことをした本人が悪いということでは片づけられない問題なのです。それは分厚い壁によって人間関係を分断してしまうということにも一つの問題があるのです。塀のなかに閉じこめられた者には自分の責任だと理解はできても、塀の外にいる人間には何の関係もないことであり、亭主や彼氏が犯罪をおかしたからといって一緒になって精神的、肉体的、経済的な苦しみを強いられる責任はないわけであり、従って塀の内と外との唯一の交流である手紙の発信回数を極少に制限したり、面会時間とかその回数を制限して懲役以外の人間まで苦しめる法律などは即刻改めるべきなのです。

塀のなかにいる懲役にとっては毎日の生活が同じことのくり返しであっても、外にいる家族や女房、彼女にとっては毎日が激動の連続であり、そのめまぐるしく動く社会のなかでおこる抑圧、迫害、誘惑を毎日毎日同じ感情で闘い、乗りきることは至難のわざなのです。心に憂いを感じたとき、そして誰か身近な者に心配事を打ち開けたいとき、月に一度しか手紙が届かないという現実が目の前に立ちふさがれば、塀の外にいる人間のほうが刺激が多いだけに、それに対処することは難しいでしょう。そして塀の内と外との不信感は強まって行き、哀しい分裂となって現われてくるわけです。

さて話を本論に戻します。T島という人間は部屋のなかで誰も文句をいわないのをいいことにして、やりたい放題のことをやり、ある日就寝後に便所のそばで寝ている私の隣にいるW田という温和しい人間の布団の上にまたがり、T島は小便した後の陰茎をふるって小便のシズクをおとしていやがらせをやりました。そのとき小便のシズクが私のほうにも飛んできたので、私はカーッとなりましたが、夜のことだし一晩我慢して眠り、翌日までその怒りが残っていたら文句のひとつもいってやろうと思って、その日は寝ました。

翌日気分が何となくすっきりせず、いつものように日曜祭日は各部屋の者が便器の汚物を外に捨てにいくわけですが、いざ捨てにいく時間になっても、T島は毎度のように将棋をやっていて立とうともせず、昨日の夜T島に小便のシズクをかけられていた温和しいW田という人とS本さんという人がやっているので、私はついに腹にすえかねました。私がその便器を持って外に出ていき汚物をすてて帰ると、ほかの同房者は便所掃除をしているのですが、T島だけは相変わらずまだ一人で将棋をやっているのでした。私は以前にも工場でそれとなくT島に同房者との調和を大事にするよう話したのに、両腕に彫った刺青を誇らしげにみせて、年中いきがって弱い者いじめをし続けました。そんな人間はもう口でいってもわからないんだと思って、私の持っていたプラスチック製の便器を富島の頭からすっぽりかぶせてめちゃくちゃに殴ったり蹴ったりしてやりました。私もT島も汚物だらけになりましたが、便器をかぶせられたという屈辱をT島が感じることができるくらいの人間なら、T島がそれまで他人にかけて来た迷惑な行動も反省できるはずだという私なりの考えから、あえて持っていた便器をかぶせてやったのです。

非常ベルが鳴らされ、飛んできた看守たちに、コンクリートの上にねじ伏せられ体中をギリギリナワで縛られて保安課に連行されましたが、このときも私とT島という懲役同士の出来事であり、いくら看守の立場であるといっても、懲役が看守に手向かったわけでもないのに刑務所の職員が柔道でコンクリートの上に叩きつけ、まるで米俵でもゆわくように体に足をかけてゆわくことは完全にゆきすぎた行為であると思いました。しかしひとたび非常ベルが鳴ると看守たちは、先を競って飛んできて懲役を叩きつけ縛していくわけです。看守たちはなぜ先を競って飛んでくるかというと、現場に到着するのが早い順で一番から何番までかは、賞品とか賞金が出るそうです。そういうことをやる上司の人間もどうかと思うが、そんなことにおどらされてすっ飛んで来る看守も看守である。何と情けない欲望まるだしの人間かと思いました。

保安課で私は長衣といってモメンの青い着物に着換えさせられ、革手錠で胴と両手を固定されて刑務所内の庭の隅にある窓のひとつもない一日中朝だか昼だかわからない鎮静房に投げこまれました。鉄板のはいっている革のベルトで自分の胴のところに両腕を固定されてしまってあるから食事もとれず、布団を敷くこともできず、用便をしても後始末ができないから、私は食事はいっさい食べませんでした。食事をあえてとろうとすればコンクリートの床の上に這いつくばって食べなくてはならず、私はそんなみじめなかっこうをしてまで食事をしようと思わなかったからです。

一度その姿を想像してみてください。ひどいものです。部屋のなかで、さんざん他人に迷惑をかけたT島という人間は何の沙汰もなく工場に帰され、私には暴力をふるったということで懲罰が四十日科せられました。

二度目の懲罰は、T島を殴って懲罰にかかってそれが終了し、洋裁工場に配属されて一か月もしないうちでした。仲のよかった同囚と自前のタオルを交換して使っていたのを看守に咎められ、取り調べで独房に入れられました。懲役同志が自分の持ち物を交換して使っていたからといって刑務所や看守に何の負担がかかるというのでしょうか。ただそれだけの事由で人間を独居拘禁してしまうのですから、無茶もいいところです。

私は独房のなかで紙こよりの仕事をさせられながら、別れた女房のこととか、殺された子どものこと、自分の生い立ちなど考えていたら、自分のこれまでの歩いてきた道が何と灰色にぬりつぶされた人生であったことか、その不運を思うとポロポロと涙が溢れてきたので、あわてて拭いていたら、看守がのぞいて笑っていったのです。私は泣き顔をみられて笑われたという恥かしさと、オリのなかに入れられて泣く捕われ人をオリの外からみて笑う人間とのギャップに怒りがこみあげてきました。でも、「まあ仕事でもやって忘れよう」と思い、作業の材料をもらうため報知器を出して看守を呼んだのですが、なかなか看守が来ないので、のぞき窓から外をみると、看守は独房舎の外に出て陽にあたっているではありませんか。

私が報知器を出して呼んでいるにもかかわらず、看守は怠けているわけです。私はイライラして扉を二、三度手で叩いたのですが、飛んで来た看守はそれを足で蹴ったといって非常ベルを鳴らし、またもや看守たちにコンクリートの上に叩きつけられ、手錠をかけられた上ナワで縛られて保安課につれて行かれました。保安課のなかにある取り調べ室に入れられて、手錠をかけられたまま私は一時間以上も放っておかれたので、「早く調べるなら調べてこんなところに立たせておかないでどうにかしてください」と看守にいうと、「どうせすぐシャバに帰れるわけじゃあないだろう、調べがあるまで黙って立ってればいいんだ」といって看守たちはお茶を飲んだり雑談したりしているのでした。
私は手錠をかけられたまま放っておかれるやり方といい、それについて抗議すれば看守がひどい言葉を発することといい、まるで人間扱いしてくれてない看守の態度に我慢がならなくなって、取り調べ室のなかにあった木製のいすで窓にはってあるガラスを割ってやりました。すると看守は部屋のなかに飛びこんできて私のはめられている手錠をこじり上げ、取り調べ室の外に引きずりだし、柔道で倒されて押えつけ、そのどさくさに紛れて蹴りつける看守もいたのです。
私は長衣に着かえさせられて革手錠で胴と両手を固定されて、刑庭の隅にある鎮静房に入れられました。そしてその件では刑務所では最高の二か月の懲罰を科せられました。その後しばらく独房拘禁させられた後、印刷工場に配属されたのです。この印刷工場の看守はM宅という人で、岡山刑務所で一番口やかましい人ということでしたが、真面目に仕事をする人間は、それ相応にみてくれるという筋の通った人で、私は自分なりに真面目に生活をしていたつもりなので、この看守にはよくしてもらったと思っています。たとえば、私が通信教育を受けて勉学に励んでいるときには、とても協力してくれました。

今度こそ刑期を有意義に……

私はこの三年半の刑期を有意義にしたいと考え、何でもかんでもあらゆるものを勉強したいと思っていました。女房と別れさせられ、子どもの命を奪われ、その代償ともいうべきか別れた女房の兄から更生資金にしろといって十万円が送られて来ていたので、何とかして勉強したいと思いました。いろいろな書籍を買って独学したものの、漠然としたものをがむしゃらに勉強するより、通信講座を受けるほうが良いと考えました。私はブルーコメッツにいたころ、「ダイアナ」とか「クレイジーラブ」とか、一連のポール・アンカの歌を唄っていたことがあるので、英語を少し知っているから英語を勉強して通訳にでもなろうかと思って旺文社の通信英語講座を受けてみました。しかしジュニア科を修了したころ、通訳になるには、まだまだ壁も厚くて奥が深いことを知り、レタリングといってデザイン文字を書く技術を習うことにしたのです（211ページ参照）。そのころ岡山刑務所の古い建物から私たちは新しく建ててある新岡山刑務所へと移されました。私は以前にT島を部屋のなかで便器で殴った一件があるためにそのころは「夜間独房」といって昼間は同囚と一緒に工場で仕事をするけれど、夜は独房に入れられている待遇を受けておりました。

第 3768 号

修了証書

矢島一夫

昭和16年 3月 5日生

あなたは文部科学省認定の本会通信教育調理師講座の全課程を履修し修了試験に合格したことを証します。

平成　年 2月　日

社団法人 全日本司厨士協会

会長 出口 四郎

通信教育修了の賞状をもらった

私は通信教育を受けたことによっ

て心の目標をつかめて毎日仕事をするのも楽しくなり、所内では真面目な生活をしておりました。

私は三級にも進級して、勉強も進んでいて、本当に毎日が充実していたのです。

しかしこの充実した更生意欲もまた、人非人の看守のサディスティックな行為により妨害され

修了證書
ジュニア科
矢島一夫殿
君は本協會の文部省認定通信教育英語カレッジの頭記課程を修了したよつてここに修了證書を授ける
昭和四十五年一月二十日
財団法人日本英語教育協會
会長 赤尾好夫

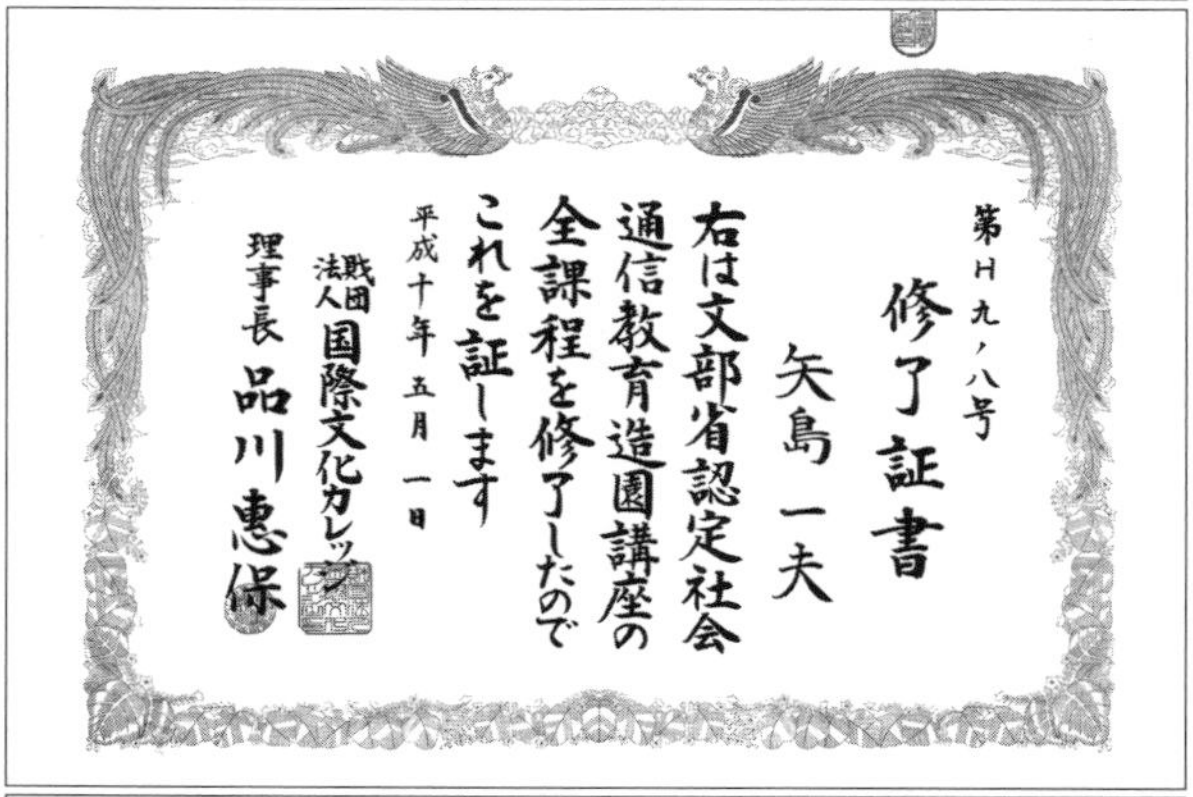
第H九ノ八号
修了証書
矢島一夫
右は文部省認定社会通信教育造園講座の全課程を修了したのでこれを証します
平成十年五月一日
財団法人国際文化カレッジ
理事長 品川恵保

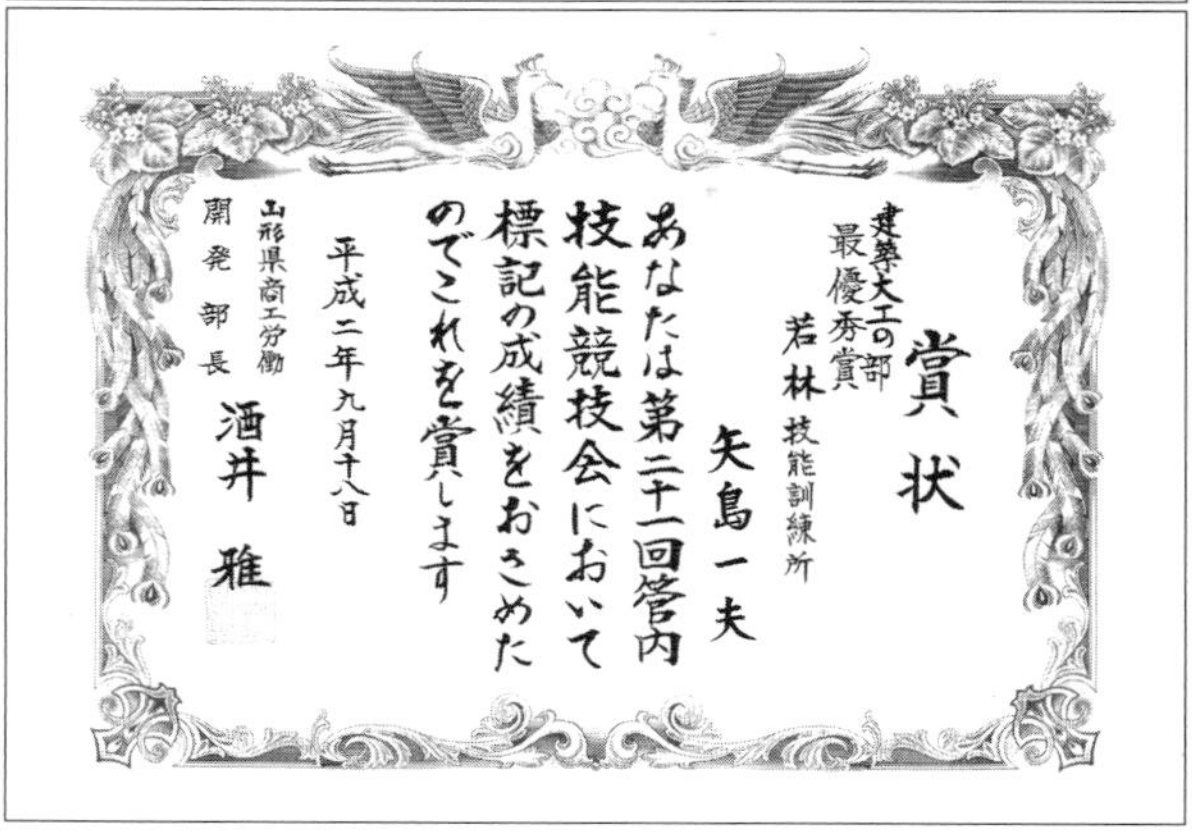
賞状
建築大工の部
最優秀賞
若林技能訓練所
矢島一夫
あなたは第二十一回管内技能競技会において標記の成績をおさめたのでこれを賞します
平成二年九月十八日
山形県商工労働
開発部長 酒井雅

ました。新しい刑務所に移った年の五月のこと、朝、舎房から出された私は、「さあ今日もがんばるぞ」と思い舎房の前に整列して工場に向かって同囚とともに歩き出した。刑務所はまるで軍隊式で、所内を歩くときには、「歩調をとれ」の号令によって懲役は足をそろえ左右の手をまっすぐに肩の高さの位置までふって歩くように強いられています。

私はその朝、隊列の一番先頭でしたから、後ろに続く者が整然と歩けるように特に気を使って歩いていたのですが、廊下に立って懲役が工場にはいるのを看視しているF原という係長が私に、「足が合ってない」と因念をつけたのです。私は一番前なので特に注意して歩いているためまちがっているはずはなく、二番目の人間が歩調が合っていないからといって私に注意するのは筋違いなので、工場もすぐ目の前に来ているし、何をいわれても相手にしたら損をすると思って知らん顔をしていました。そして工場前まで来た隊列は一度座って検身場に入る順番を待つのですが、その私のそばにF原が来て、「このやろう、つばをペッペッと吐きやがって……」といって、今度は私が歩行中にツバを吐いたことを咎めてきました。現在でもそうですが私はかなり前から「タン」が喉につまる症状があるので、その日も無意識のうちに刑庭に吐いてしまったわけですが、自分ではそのことには気がついていませんでした。しかしF原は座っている私の胸ぐらをつかんでゆさぶり、「何とかいえないのか」といって私が謝罪することを要求するのです。私はその係長に何も謝ることはしていないし、まして規律違反をしたわけでもないのにそんな扱いをされる筋合いもないし、同囚の前で恥をかかされたので、「何するんだよ。こんなところつかむなよ」

といって係長の腕を私の胸をつかんでいるところからはずしました。

するとF原係長は「保安課に来い」といって私を連行しました。保安課にはいると、「壁の方に向いて立て」といいながら、私の体を壁にぶつけて、足のくるぶしを蹴ったのです。私の足は革靴で蹴られたためにみるみるうちにむらさき色にはれてきて、「私は何もしてないのになぜこんな仕打ちをされなくちゃいけないんですか」と抗議すると、その係長は「表の看板をみて来たのか、ここは刑務所だぞ、このくらいのことは当然なんだ」というのです。

私はその言葉を聞いて看守たちがそんな考えでいる以上、私が手も足もとられてしまったような状態のこの塀のなかでいくら抗議してもはじまらないと思って、我慢していました。そして保安課のなかにある取り調べ室に入れられ、三十分以上も放っておかれました。そのころ工場では朝食も終わり作業がはじまっているころなのに、私は朝食も与えられず取調べ室のなかに放置されたままになりました。先ほど蹴られた足は、くるぶしがむらさき色にはれて痛みます。それをみたら無性に腹が立ちました。

刑務所のなかにはいるようなことをした私はたしかに悪い。しかし更生しようと、一生懸命過去の悪夢から抜け出そうと、通信教育の勉強をして、未来の生活設計を立てているというのに、その手足をもぎりとられたような弱い立場にある人間を看守という特権がある人間が悪のりをして因念をつけ、その挙句暴力をふるうとは、看守の、まして上司の人間がやることではないでしょう。どうしてこうまで弱い者いじめをしなくてはならないのかとくやしくてしようがありませんでした。真面目になろうとしている懲役を刑務所は真面目にさせてくれないのかと考えると、腹が立って仕方ありません。取調べ室の向こう側から、私を蹴とばしたF原係長の笑い声が聞こえてきます。私はその声でいっそう腹立しさを煽られ、「蹴ることぐらいは当然だ」という言葉を看守が使うなら……と反抗心がわき、そばにある、スチール製折りタタミ式のイスで取り調べ室のガラス窓を割ってやったのです。この行為は、看守に暴行されても何も抵抗出来ない懲役のささやかな抵抗であります。

ガラスを割って散った粉の上に私はひき倒されて七、八人の看守がよってたかって蹴とばしたり、床に頭をぶつけられたり、看守の両足のあいだに頭をはさまれて私の視線を妨害され、看守の顔をわからないようにしておき、めちゃくちゃに暴行されました。ガラスの割れた破片の上にひき倒されたので、両足首にも怪我をしました。そしてまた革手錠で両手を前後に胴腹のところで固定されて、特殊房に入れられました。結局、私は看守による暴力の挑発にのせられて、新しい懲罰事犯をつくり出されてしまい暴行を受けた。そのうえに我が身を苛む懲罰を科せられたのでした。こんな馬鹿なことが大なり小なり刑務所のなかでは日常茶飯のごとくくり返されているのです。

この懲罰事犯は、結局一人の看守がこの特権を悪用して必要以上に懲役を苛めようとしたから、それに対して弱い立場にある懲役が我が身にふりかかる圧迫に耐えきれなくなって現わしたささやかな抗《あらが》いの心から出たものです。岡山刑務所を出所するまで、このF原係長はじめ懲役を人間とも思わず、殴る蹴ると平気でやる看守たちの顔はなるべくみないようにして、自分の通信教育を生かして、社会へ戻ったら独立する夢を描いて、その後の服役生活を送ったのでした。

私はこの三年半の服役生活で一度もくつ下をはいたことはありません。それは真冬の寒いときになおいっそう冷たい思いをして苦しみ、自分なりにこれまで迷惑をかけてきた人たちへの償いをし、たえず自分が人よりつらい思いをして苦しんだりして、反省の糧としていたからです。真冬の寒いときなど何度貸与されたくつ下をはこうと思ったかわかりませんが、そのつど、「人より苦しまなくては俺はだめなんだ」と自分にいいきかせて、無理に冷たさ苦しさを味わい、そのつど今まで迷惑をかけてきた人たちに謝罪していたのでした。そうした気持ちで服役しているときに、心の悪い看守によってその更生への道を妨害されたことはとてもくやしいです。看守が懲役を必要以上にいじめるなんてことのないように、私は訴えたい。私が真冬にくつ下もはかず、工場で仕事をしている姿を私が使われている工場のM宅看守は知っていて、「どうしてくつ下をはかないのか」と毎年冬になるというのでしたが、くつ下をはかない秘密は私一人の謎でした。

岡山刑務所でいくつかの事故がありましたが、自分が起こそうと思って起こした事故は一度もありません。みな看守による挑発行為にのせられたり、人間性を無規されたり、弱い者を強い者がいじめるという不条理に私は我慢がならず起してしまった正義のものです。

Ⅲ　起こしてしまった事件と死刑へのレール

どうして、わたしは、無期懲役の刑を受けて刑務所にいたのか。

一九七〇年代のあるとき、わたしは世田谷の住宅街で解体工事をしていた。施主のA子さんから次のように聞かされた。

「近所のB子さんが、昔、遊んでいた人がまじめになり働いている姿はかっこいい。ああいう人とおつきあいしたいと言っていたわよ。一度電話してみたら。ほら、あの家がそうよ」と教えてくれた。

わたしは二度電話したが、最後にB子さんからこう言われた。

「私には主人がいます。主人はやきもち焼きなので、知られると困るからもう電話しないでくれる?」

その後は電話もしなかった。

B子さん夫妻のあいだでは夫婦げんかが絶えなかったらしい。警察が呼ばれるようなこともあったようだ。わたしをめぐってもいさかいがあったようだ。しかしB子さんは、夫婦げんかの際にやってきたパトカーの警察官に「あんな工事現場で働く人夫に好意をもつはずがない」といい放ったという。

事件当日、わたしは岡山刑務所で同じ工場にいたUHと新宿で偶然会った。正午過ぎから事件直前まで十四時間あまり新宿、三軒茶屋など四つの街ではしご酒をした(下北沢や二子玉川や三軒茶屋のことを下北《しもきた》、二子玉《にこたま》、三茶《さんちゃ》と呼びだしたのはわたしたち鳴戸会グループだった)。ビール二十四本をはじめ酒・ウォッカ・焼酎・ウイスキーなどをバカ飲みし、ぐでんぐでんになっていた。最後の店で飲んでいたときに、そこからB子さんの家が近いこともあり、前年の夏に起きたことをふと思い出した。知りあいと大量の酒を飲んだわたしは、その記憶とも重なる差別とわたしを悪玉のようにいうことに納得がいかないと口走っていた。

どっちの話が筋が通っているかそばで聞いてくれるかといって、二人でB子さんの家に向かった。大量の飲酒で時間の感覚も判断能力もイノシシ並みに低下していた。話をしたいという気持ちだけが先走って行動していた。玄関から「こんばんは」と声をかけドアノブをガチャガチャやった。応答がないので、家の周囲を歩くと無施錠の窓があり、そこからはいりこんで玄関を開けてUHをいれ、いかにも玄関があいているから二人ではいってきたようなことにしようとした。しかし、鍵が開かなかったので、めんどうになったわたしは部屋に向かって「こんばんは、奥さんいる？ 矢島だけど」と声を二回かけている。

すると突然、後ろから誰かに飛びかかられて二人で部屋のなかに倒れこんだ。格闘まがいの状態で内ポケットにあった刃物で刺したのだと思う。それがB子さんの夫Cさんだったことは後で知った。この後、B子さんが血だらけになって倒れているそばでたっていた自分に気がつくまで、まったく何も覚えていない。

これはえらいことをしてしまったと驚いた。わたしは救急車を呼ぼうと思い、「電話はどこだ」と大声を出した。子どもが電気をつけたのかもしれない明るい部屋から「あっち」というように指さして教えてくれた。同時にＢ子さんが子どもたちになにかいったのだろう。子どもがわたしに何かを手渡した。みると、千円札二枚だった。わたしは腹を立てて、「金をもらいに来たんじゃない」といって、その二千円を放り投げている。

そして、電話をかけるために奥に向かっていくなかで、「わたしは盗人にまちがわれている」という思いが湧き、自分に腹が立った。その思いが次には、「どうせ、盗人にまちがわれているなら盗んでやらあ」という気に変わった。電話をかけにいく途中でタンスの小引き出しに目がついたときだった。一番上に給料袋があったのでつかんでしまった。二、三枚あったその袋は、玄関を出た後、すぐに近くの家の庭に捨ててきた。

「話し合いにいったつもりがとんだことになってしまった」。その過程の支離滅裂な思考と分裂した行動、それは人とケダモノが同居している怪物のような人間になっていたのかもしれない。自分勝手な行動は法的にも人道的にも厳しく叱責されて当然のことだ。

だが警察の取調べは、計画的な凶悪犯罪として、最初からわたしを死刑のベルトコンベアに乗せようとしていた。

Ｃさんを刺してしまった刃物をもっていたのは、事件の前年に、わたしがやくざ者から命を狙われていると刑事から聞かされていたので、護身用にもっていたものだった。

事件の経緯や内容を歪曲して尾ひれをつけて似て非なる事件をでっちあげる調書。それを認めるまではトイレに行くことも、食事をすることも、就寝すらもさせない。正直に話したことは調書に書かず、「こうだろう」と押しつけてきたことは、まるで供述したかのように書く。権力の狡猾と自分の無力に怒りを覚える。

事実隠ぺいと証拠の改ざん。もっといえば、凶悪犯罪人にしたてあげる権力犯罪だ。こうした手法で冤罪がたくさん生まれた。わたしは愚鈍にも暴飲による錯乱状態とはいえ、罪を犯してしまったので、ダルマにされてしまった。過去の不正や失態から学ばず省悟せず、警察や検察は数々の冤罪や不当な重刑をあつらえてきた。これでは出所と再犯をくり返してきたわたしのような前科者となにがちがうのか。

繰り言になるが、はっきり言っておきたい。被害者の家に行ったのは、話しあいをするためだった。けっして悪事をするためではない。

「こんばんは、奥さんいる？　矢島だけど」となかに声をかけている。そのとき、となりの部屋から飛びだしてきたＣさんに背後から飛びかかられたショックで、ふだんからもちあるいていた護身用の刃物で刺してしまった。

このことは後に裁判で医学鑑定された。鑑定の結果は、運動暴発（危機状況下で防衛のために激しい運動が起きる本能）による心身耗弱《こうじゃく》状態（善悪の判断に基づき行動する能力が欠如した状態）であった。これはふつうなら減刑の理由にされるそうだが、わたしの場合、そうはならなかった。

それはなぜか。わたしが、この事件の背景を競争原理のこの社会の社会的諸関係によるものだということを明証してほしいと主張したからだ。自分の悪事を社会のせいにして責任転嫁する不届者として検察官はわたしをなんとしても死刑にしたかったのだ。

不本意にも「とんでもないことをやってしまった」という加害者の弱みにつけこんだ司法権力者たち。公僕は全体の奉仕者であるはずなのに、彼らは国家を嵩に法を武器にした国家暴力団だ。司法権力者たちのお手柄・名誉・昇進・昇給のために、金がらみの欲得でわたしと被害者を利用した。

被害者は銀行員夫婦で善良な市民。

加害者は工事現場の人夫で前科者。

このような差別の図式で対峙させ、一方をかわいそうな被害者だとあおり、他方を悪玉として喧伝した。

警察官・検察官が作成した調書の真偽を弁える立場の裁判官が真実を探ろうとせず、ガセネタ、デッチアゲを採用した。そのうえ、「事件を社会の諸関係から分析・研究・究明してください」といっているわたしに、「事件と社会はなんの関係もありません」と恥知らずにもいう。傍聴者たちが失笑していた。

求刑のときに検察官が「死刑が至当」といった。わたしは笑ってやった。退廷で検察官のまえをとおったとき、「よくもあんな嘘が平気でいえるな」といってペッと唾をかけてやった。

無期懲役の判決を書いた一審のときの裁判長は、その後大分の裁判所長に栄転していった。

検察官はどうしても死刑にしろと控訴した。反社会的であり、一般的予防と特別予防のため、というのがその理由であった（特別予防とは犯罪者の再犯を防ぐための更生のために課す処置のことだが、死刑は犯罪者の命を奪うため意味を持たない。したがって国家的な保安処分だとわたしは考えている）。わたしはこうした差別的な裁判が地を這う虫を踏みつぶすような上から下への弾圧として許せなかった。自分の罪犯については、どんな責任もとる。しかし、こんなデタラメ裁判がこれまでもこれからもつづくのであれば、それは公僕の職権乱用であるばかりか、権力の体質や思想・良心の問題だと思ったからだ。

どんな事件でも社会と関係がないはずはない。現に生活上の困難や辛苦はなにから生まれるか考えてみればわかるだろう。責任はぜんぶお前だけにあると言っても、解決はしない。

悪事をした自分はもちろん責任をとる。だが、こうした自分になるまで追いつめた社会もまた責任をとってほしい。それが公平な裁判でしょう。現在のすべての犯罪、そこに至る経緯は資本主義による矛盾から発生している。生産力と生産関係の矛盾は生活の浮き沈みになって現れる。その先に親殺し、子殺し、自殺、いじめが生まれる。

この社会で男女は平等なのか。夫（男）は妻（女）を従属物のように思っているのではないか。被害者宅では夫婦げんかが絶えなかったために、夫以外の男に声をかけるようなことになったのだろうか。ところが、それが夫にわかりそうになってトラブルになりかけると、当の本人はプライドからか、「私は関係ない」「あんな人夫に好意をもつはずがない」などと言ってしまうのだ。

生存競争・優勝劣敗・人生スタートのときからのハンディ戦……。その戦いの敗者が抱える人生の辛苦。「どうして、わたしはいつも敗けてばかりなのか」、やり場のない怒り・絶望・孤独が積もり積もっていく。そこから犯罪が生まれる。このことはちょっと考えれば誰もが理解できることだと思う。

では、競争社会をもたらす資本主義を打倒すれば犯罪はなくなるのか。答えはノーだ。どんな主義やシステムでも犯罪は生まれる。どんな社会でも矛盾は生じるからだ。ただ、現在の社会では、競争原理に基づく貧富の格差と歴史的に固定している不平等のせいで、貧困という社会的弱者が生まれる構造がある。これは誰も否定できない真実だ。

わたしは、周囲の助けもあってそれが理解できるようになった。では、どうすればいいのか。それに、気づく、感づく、思いつくことでわたしは自分個人はまず刑を受ける覚悟を決めた。刑罰をまっとうするなかで自身の省悟と改悛（２１１ページ、この字をまだ知らなかったが）に専念しようと考えた。

高等裁判所の結審の日、法廷で手錠腰縄を打たれ退廷するまぎわに小学生の娘さんが傍聴席から近づいてきた。「矢島さん、がんばって」といって手錠がらみのわたしの手を両手で暖かく包んでくれた。テレビをみて「この人だけが悪いんじゃない」といったということを後になって親から聞かされ、すごく感動して勇気をもらった。なにが、事件は社会と関係ありませんだ。娘さんとわたしは一審の裁判長に勝った。そう思った。

高裁の最終陳述でわたしはこういった。

「俺をどうしても死刑にしたいならするがいい。いまここでやってみろ。八つ裂きにされても受けてやる。その代わり、このような差別裁判はもうやめてくれ。無知の人間、貧しい人間、力の弱い人間をこうした差別裁判で亡き者にするのは俺で最後にしてくれ」

そうまくしたてると、自然に全身が熱くなり、たくさんの傍聴者から拍手が湧きおこった。生涯忘れられない情景だった。これで元気に下獄できる。これからが真正の戦いだ。そう思った。

自反而不縮雖《みずからかえりみてなおなからずんば》　褐寛吾不惴焉《かつかんぱくといえどもわれおそれざらんや》

自反而不縮雖《みずかえりみてなおくんば》　千万人吾住矣《せんまんにんといえどもわれゆかん》

（孟子の言葉）

自分を反省してみて正しくないところがあれば、いやしい相手に対してもびくびくしないわけにはいかない。自分を反省して正しければ、千人万人の敵のなかにでも自分は向かっていく。（『漢和中辞典』旺文社、に学ぶ）

この意味を広く深く学ぶことによって、社会の「泣き虫」が自覚・前進・根性の底力を身につけることができた。

Ⅳ　獄中から生まれた思想

ろくでなし

子を観れば親とおとなと世の質が映し出される匿せぬ事実。

「おかあさーん！」と絶叫する少女。二〇一一年三月十一日東日本大震災の日、避難した高台から津波で変わりはてた市街地に向かって佇み叫ぶ、その悲愴な情景。テレビの臨場感ある報道を観て、わたしはボロボロと涙があふれた。

「どうかこの子の家族が生きていてほしい。もし一人ぼっちになってしまったらこの子の未来はどうなってしまうのだろう。どうか悲しみを克ちぬいてほしい」

心の中でそう言い、流れるに委せる涙が心を濯《あら》ってくれるようだった。

「わたしはこの津波と同じだ。突然押し寄せて他人の命を奪い家庭を壊した。人を傷つけ金を盗んだ。それをみて体験して、子どもたちはどれほどこわい思いをしただろうか。その忌まわしい思い出がその後の人生にどれだけマイナスな影響となるだろうか。ごめんなさい。本当にごめんなさい」

純粋にそう思って、面壁正座し合掌した。

自然は人間に害悪をおよぼしても謝罪はしない。だが万物に万物の恩恵を与え修復に寄与する。これが自然のつぐないだとするなら人間は自分の罪犯のつぐないをどうすればいいのだろうか。

すみません、お許しくださいをいくら重ねても、被害者やご遺族の怒恨の感情はおさまらないだろう。金品を届けても死者は生き帰らず、破壊された家庭や人間関係は元には戻らない。精神的外傷も残る。

獄中生活とは、この謝罪と償いの方法を常に考え実践してゆく課題を背負っている。反省と更生が義務づけられる獄中生活で、それなら何をどうしたらいいのか。それを追求するなかで、「善人は不善人の師、不善人は善人の資」という老子の教訓と出会った。これをわたしは次のように解釈した。

「わたしのような罪人（不善人）は、社会でまっすぐ生きている人（善人）たちから善良な生き方と良質な品格形成を学び摂ること。同時に、善良なる人びとがひとたび生きていくうえでの条件が狂ったり、考えを誤まれば罪人に墜ちる可能性があること。それを自分の省悟と更生の実践によって示すこと。それが善人と悪人の教えあい・助け合いの社会関係でもある」

わたしはこのように学びとった。

自然災害に限らず、いろんな事情やトラブルで親を失う子どもと、家族を失う親が生まれる。生き別れ死に別れが不自然であればあるほどその悲嘆と残酷さは大きくなる。わたしはそれを他人事には思えない。

自然は人間にとって感謝の源だが、罪つくりと脅威の破壊力ももっている。まして自然は人間特有の賢さや愚かさ・善怒哀楽の感情を知る力はない。

しかし人間は、自然の素晴らしさや残酷さを知る力がある。こんな当たり前のことを事件前は知りもしなかったし、考えることもなかった。しかしそういう無知が生み出した自他への害悪や後悔は、「このままではいけない」という知的向上心を刺激した。

自然は、その猛威をもって人間や社会にどんな影響を与えるか考える力が無いように、社会・市民・権力者たちは、わたしのことをよく知ろうとはしなかった。だが、今わたしは社会・市民・権力者たちを知る力がある。だからこの知る力・考える力・行動する力をもって伝えたいと思う。

わたしはなぜ罪を犯すような人間になったのか。その害悪に、いつ、どんなときに気がつき、悪《みにく》い部分をどのように改めてきたか。それを社会・市民・権力者たちにいいのこして往きたいと思っている。

わたしが被害者にお詫びの手紙を書く問題は、同様に国の問題がわたしにどう影響してきたのかという問題でもあるはずだ。わたし個人に現れている「国の育て損い」の問題は、普遍的で社会的に共通する問題だと思う。

終戦時に四歳だったわたしに、どんな罪があるのか。なのに生まれつき愚か者の悪人であるかのように扱い、悪玉化し事件の必然性を捏造した。

開戦の年に生まれ、戦中・戦後と今日まで格差と差別の社会でひもじい思いや恐しい・苦しい体験をさせられた。この国と社会の事情は、ほおかむりしたまま、社会の悪を正当化しているようにみえる。

現代をみてみても、虐待されて怖い思いをして育った子ども、自分を生んだ親も知らず施設で育った子ども、幼児のときに親と別れる離婚の被害児、家庭の不協和音から家を飛び出す少年少女やひきこもり……。その子たちが生まれたのはその子たちに責任があるのではない。国にも責任がある。この差別と格差の蔓延する社会に責任があるのだ。

そういう子どもたちが立派な社会人として成長している例はたくさんあるだろう。でも児童相談所・養護施設・少年院をまわり、囚人として刑務所に悲運の道をたどっている人たちもたくさんいる。

そうしたかつての「少年」たちが、人生の再出発に際して一緒に大切なことを勉強したり、そのための体力づくりをしたり、父のように慕って苦悩を相談してくるとき、わたしは意識する。自分の卑力さと、協力を求めても無視をきめこむ社会人の「社会的良心」をだ。

しかし、ここで負けてたまるかの思いで過去に受けた不利益な体験・屈辱・現にある困難と矛盾を前進のエネルギーに変えるのだ。

自分も含め、不幸な生い立ちから一丁前の懲役囚になって生活する者の所作や姿勢に共通してみられるものは何だと思いますか？　親・おとな・社会に対する万感の念い《おも》だ。自分に貧困の苦悩を与えたり、自分を虐めたり、捨てたり、ネグレクトしたり、辛い思いをさせた者への怒り・悲しみ・恨みだ。

あるいは、親切に育ててくれた人たちへの感謝と、自分がそれを裏切ったがゆえの負い目と引け目、万感折りなす情緒が、ときには粗暴や絶望・自棄になって現れたり、孤独感や負い目から開き直って快楽・虚無・場当たり的な生き様を恥とも思わぬ姿を晒すようになる。また、ときには親愛・協調・未来の安心等を求めたり、他人を安易に信じたり拒んだり、極端に躁と鬱を現わしたりする。

そして利害損得に小利口となり、考えや行動が極端から極端になったりする。オールオアナッシングの判断をして捨て鉢になり、鉄格子のなかではトラブル、社会に出れば再犯ということにつながっているケースはたくさんある。

詰まるところ、つらい思いをして育った子どもたちや囚人の存在は、大震災の後に丘の上から「おかあさーん」と叫べない人々が、いろんな形をとって社会・おとな・権力者たちの負の部分を告発するものなのだ。犯罪は社会への告発と反逆とが無自覚に改革志向を具現化したものともいえる。

現に社会の一事から考えてみてほしい。これほど問題になっているのに教師たちのワイセツ行為、いじめによる子どもたちの自殺はなくならない。そのつど教育関係者が並んで頭を下げても、またすぐにいじめ・自殺・ワイセツ教師がニュースになる。

これらをとってみても、被害・加害の当事者だけじゃなく国・社会・おとなの人間的、生理的(生存する中での理非判断能力)、システム的な不備や欠陥が反映されているのが誰の目にも明らかだと思う。

子どもや罪人に対して、今まっ先にやらなくてはいけないことをやろうとしない。社会性を育て生活向上のために子どもや罪人が感性で訴える改善の要求を力によって黙らせる。どうにでも解釈できる法の力と、支配管理に都合のいい詭弁でねじ伏せる。

何かにつけて黙らせる。泣くなと脅かす。不平不満は言うなと、従順と忍耐だけを強いる。生活では必要不可欠なものを与えない、取りあげる、削る、やらせない。無理するなと言いつつ実質的には無理をさせる。

生活やカネ儲けの技術、その能力を身につけることはたしかに大切だしみんなの関心事だろう。現在の地位や名声にしがみつきたい気持ちもあるだろう。でももっと基本的に大切なのは、どんな人も、どんな人に対しても情理の人情と道理を遂行できる人間になることだ。

「親の因果が子に報い」という諺があるように、自然や社会・おとなたちとの因果関係によってこどもはよくも悪くも育つのだろう。

わたしの蛮行により父が殺され母が深手を負わされた。この無残な場面をみた子どもたちの心には、深い深い傷が残されたことだろう。本当に申しわけない気持ちで一杯だ。

人間に対する不信感や恐怖、生活上でのさまざまな不利益と好奇の眼。生活力と精神力形成に心的障害、その他わたしが想像すらできないマイナス的インフルエンス（影響力）もあっただろう。それを思うとき、生涯「許してください」をくり返すしかない。同時に考えるのだが、「許さなくてもいいのですよ。気がすむまでわたしを怒り、恨み、罵ってください。そして許さない人と許されない人間がそのことによって何を産み出すかも考えてみてください。加害者と被害者のあいだに関係回復の架け橋を架けるのかそれとも憎んだり憎まれたりすることで一生を終えるのか。それが生活上でも精神上にもいいことか否か」という念いもある。親としておとなとして、自分の悪い所《みにく》も誇りに思えるところも正直に晒《さら》すこと。それを瑞々しい子どもの感性が肯否の篩《ふるい》にかけて自分形成の血と肉にしてくれると思う。

おとなは子どもに対して、市民は非市民に対して、権力者は弱い者に対して善人ずらした不善人であってはならない（無期懲役の人間は死ぬまで選挙権や市民権がないのです。獄中者やホームレスなどの人たちも実質的に「非市民」だと思います）。罪人や子どもに対して善を教説する不善人であってはならないのだ。

わたしは、被害者・家族・社会に害悪をおよぼしたろくでなしだ。過去を省みれば申し訳なさと自己嫌悪があり、恥ずかしい、悔しい、情け無い自分であったと思う。

だから「こんな自分のような人間になってはいけないよ」という思いがある。同時に過去のろくでなしを超克して更生を実践して来た自分を晒して「こういう人間になってほしい」という思いもある。

獄中者イコール悪人とされている自分の生き様を、善人なる市民はさらに生きていくための資にしてほしいということだ。

それは同時に市民からも生き様を学ぶということでもある。みんな生まれ育ち・資質・能力・

抱えている事情も異なるでしょう。でも人生をまともに歩いている人たちはたくさんいる。それを師として学ぶ能力のなかったろくでなしだと自分を恥じている。

いじめも犯罪も、それに関わる人たちが自分が当事者ならどうするかと思える感性は大切です。それをぬきに外野席から騒ぐように、詭弁・場当たり的な言い訳・「知らなかった」の逃げ口上・「気づかなかった」の鈍感ぶり等で裁く。それでは師にもなれず資も活かせないろくでなしと同じだ。

師とは、人を教え導いたり手本になるという意味の他に、多くの人びと、大衆という意味もある。その大衆が、苛めや犯罪のなかから人間と社会にとって最も大切なことを気づき、感づき、思いつくことで自身と社会を改善しようとすれば、それはいろんな場面で師になれると思うのだ。

罪人・獄中者の存在は、やってはいけないこととやらなくてはいけないことの大切さを明証している。自力更生の実践は、自らの否定面と肯定面を晒すことで社会に役立てる、防犯や改善事業をたすけるという意味で、師と資の意味を体現しているのではないだろうか。

わびごとを、百万弁となうとも、今亡き人に届くすべなし。

革命家から悖命者へ——ソウルブラザー

永山則夫はすでに処刑された（永山則夫＝北海道の網走という地に生まれた。わたしの事件前に警備員や市民を、盗んだ拳銃で殺した。貧しく育ったがまじめに働き、夜間高校に通った。この好少年が連続射殺魔とラベリングされ全国指名手配となったとき、わたしはまだシャバと高い塀を出たり入ったりしていた。そして永山とわたしは同時期に獄中にいた。手紙を通じて互いに交流があった）。「次は俺が獄死か」。そう思わされた獄中生活だった。連続射殺魔とラベリングされた永山則夫とわたしは事件後に獄中で心と過去を洗った。だが自分を変えるだけじゃなく社会も変わらなくちゃいけないんだということに目覚め、主張した。それが権力の逆鱗に触れ、報復やみせしめのために極刑となった。死刑も無期もすべてを奪われ破壊されるという事実において極刑なのです。

みんなわたしが悪いのよとするなら、よしとされる。こんな簡単なことはない。でも、それじゃいけないのです。永山やわたしのように、事件と社会の諸関係を明確にすること。そのうえで被告人と国家・社会が相応の責任を分担すること。そして同様の事件が起こらないように政治・経済・思想を含む社会構造や人間自身の在り方を改善する必要があること。罪犯者自身は主体的・自律的に改善すること。そのことによって再犯もせず、若い人たちが社会人としてまっすぐ生き、愉しい人生を送っていける道しるべになれること。これらを永山とわたしは体現したのです。その方法と論理は質や量に差異があるかもしれないけれども……。

罪犯者の省悟と自力更生が何よりも大切であることを主張するわたしを、刑務所・法務省・社会は小賢しく思い、うっとおしく思うのかもしれない。だから真面目にお務めしても仮釈にしない。永山も独学自育で自己改善し社会のために生き直そうとした。それでも、いやそれが故に処刑された。自分は生かさず殺さず生殺しの状態におかれている。怒るぞ！

そんな思いの数々を、わたしは刑務所ジャーナリストで写真家の外山ひとみさんに発信した。

「永山は死んでから世間に問題にされるようになった部分がある。生きているうちになぜ活かしてやれる方向で大衆は問題にしてやれなかったのか。人間の生活を奪った者を、その生活を奪うことで解決はできない。永山が生きているうちに活きた力になってあげられなかった俺を省悟している。永山よ安らかに眠るな。お前は俺のなかで生きている。ソウルブラザーだ。友情・愛情、同じ志は、どんな壁をもぶち壊す」

永山則夫は生きて社会に戻ったら、青少年を育成する塾の開設を希望していたようです。そういう活きた形の償いができるように、なぜ社会は協力をしてやれなかったのか。

これは、わたしが獄中から社会に発信している更生の全方位的な問題提起を無視されて来た状況と酷似している。

囚人自身が、真誠の省悟と自力更生を克ちとることによって、被害者や社会と関係回復の架け橋をかける必要があるのです。

そのためにも、獄中者たちへの真誠な教導と援助を要《もと》めても無視される。

法律や裁判システムに暗い自分だが、永山裁判は、法衣の権力による魔女狩りであり永山殺し裁判だったのだろう。

一審死刑・二審無期懲役・三審では永山のことを「殺し直し」をした。何とも卑劣なやり方だろう。永山を希望と絶望のあいだで、精神的に苦しめて弄《もてあそ》んだ。「殺害された被害者が複数」という「永山基準」を作り、死刑の正当化に永山を利用した。

「生まれ育ちの禍酷な事情があったにしてもそれが死刑を回避する理由にはならない」という論法なのだ。これは社会諸関係から切り離して、社会の不備・欠陥・弱点までも永山個人に転嫁する狡猾な詭弁論法なのだ。

わたしの場合もそうだった。育成のプロセスや事件前の生活は悪玉化の資料にされた。いうもいったり「事件と社会は何の関係もありません」といい放った。傍聴席は笑っていた。

永山と矢島は扇子でいえば要《かなめ》のところを問題にしているのに、司直は骨の部分のみを論《あげつら》い、幕引きにする棄民処理の儀式にすぎません。永山則夫も矢島一夫も自身を変え、社会をも変えようとした悖命者になった。それ故にみせしめの口封じをされたのだろう。

ここで革ではなく「悖」という字を用いたのは、心をこめてかわるという意味で用いたのだ。当時、学生運動から飛躍しようとした革命家たちは革の字に「りっしんべん」をつけて活動できなかったから先細りした。そうやって衰退した運動への反省から用いた字だ。

真の悖命者は、言葉の洪水ではなく心を込めて実動するのだと思う。

警察官や検察官たちの事実を歪曲した調書や尾ヒレをつけた証言ばかり採用して不正不当なやき直しをする裁判。これでは弁護士や鑑定人不在で検事と判事だけで裁判をしているようなものなのだ。

ペンで殺されていく者の痛みがどんなものか教えてやる。そういって証言台の椅子を振り上げ検察官に突進したわたしだった。これをみていた傍聴者やジャーナリストは社会に正しく真相を

＊牡丹（ぼたん）文字
牡丹の花を形模したもの。外側の丸い線は子持罫といって、社会と市民・親子を意味づけた。牡丹の花を嫌う人はいない。社会や人生で花を咲かせるためにも、人みなこころを込めて自分を変えることが自得になるという思いでわたしが創作した。リクエストがあればどんな姓名や個人的に好きな文字でも書きます。

＊「愅」とは…
人は変わる、社会も変わる。よくも悪くも変わる。だが、テロ・ゲバ・戦争・独裁で、人びとが安心生活を満喫できているか。何をするにも、無視・裏切り・無責任を捨て、心をこめて悪《みにく》いところを愅《か》えるようにすれば、人は愅《か》わる。社会は愅わる。今よりもずっとずっと好く愅わる。
政治家や自称革命家たちが、変革・改革・革命などど革の字を口にしているうちは何も変わらない。それは、歴史と現実が証明してくれている。

伝えただろうか。

検察官・弁護士のいない法廷で、裁判官に増刑の暗黒判決を受けた無力者の怒りと哀しみを、誰が解るだろうか。

不正献金と暴力団との交際が発覚して辞任させられた田中けいしゅう（慶秋）という法務大臣がいた。民主党政権になり、八人もの法相が交代するお粗末。犯罪者・獄中者・行刑問題などを軽々しくみている事の証左とはいえないだろうか。

戦中戦後の混乱した社会的貧困のなかで、生まれながらの金なし・学無し・器量なしが人生のハンディ戦を死にもの狂いで生きてきた。

自然の生活環境を人間に奪われた動物たちは生きるために必要な餌を要めて人里に現れる。人間は自らの生活スタイルを反省することもなく熊が出た猿が出たと騒ぎ、殺す。これとおなじ。言葉をもたぬが故に、つらい・苦しい・痛い・それはやめてくれ……が人間に伝えられず、より過酷な状態に追いやられたり殺される。

無学故に、身の危険を感じたら感じるままの反射神経で反撃する。吠える・噛みつく・とびかかる。法廷で暴れた自由をそこにみるのだ。

永山則夫は生育のプロセスで凄惨な体験をして、自分の無力さを知り、盗んだピストルを持つことで「強者」に変身した。

矢島は戦後の人生ハンディ戦で無力者の屈辱を体験した。そして護身用に所持した刃物によって「強者」に変身した。しかし拳銃や刃物を持ってもそれで真の自信や安心が得られるものではない。変身の「強者」には法と権力が捻じ伏せるだけ。

地を這う虫や野生動物ではないのに、つらい・苦しい・助けてとか、何とかして、それは不当だ、もっとこうしてというべき言葉がない。いうべき場所がない。いってもとりあげてくれない社会。それは種々さまざまなトラブル・犯罪・自殺になって具現される。それは言葉を奪われている者たちが、言葉を奪っている者とその社会システムに向けた異議申し立てであり一身を賭した告発なのだ。

戦中・戦後の混乱社会に翻弄され、骨細の体と貧困の精神が人生の礎石になった自分。だから裁判や獄中では、走ってくる列車と素手で取っ組むような無理をしたのだ。

永山則夫は、それをみて拳銃や刃物の代わりに学問や勉強による自己改善がいかに大切かリードしてくれたのだと思う。『無知の涙』『人民を忘れたカナリヤ』等の永山の本を獄中で誰かがまわしてくれた。だが正直にいうとそのどれもがむずかしくて読めなかった。永山は貧困で育っても夜学の高校で委員長にまでなった才能を持っていた。矢島は無知の涙は流さずに、体を張って裁判と獄中問題にぶつかっていった。さながら高倉健さんの「不惜身命」を地で行くように……。

永山はそういう激突主義の戦いはせず、文筆作業による論理形成と支援者たちとの関係に専念しているんだとわたしは感じていた。

周囲は当時こういっていた。

「永山則夫は天狗になっている。獄中闘争を一緒にやらず自分の殻に閉じこもって言うだけだ」という人たちもいれば、他方に、「言葉ではなく体を張った戦いがものごとを前進させる人だ。矢島さんの戦いは正しい。矢島さんの戦いに続け！」などもあった。

世間知らずで童蒙《どうもう》のわたしは、そのおだてる力に乗り、革命とか犯罪者解放とかの旗振りをすることとなった。日本赤軍との関係でもおだてられ、利用されたといえるだろう。

最悪のことをした人間が、最善の生き方ができるようになって社会貢献する。それができる人間になろうと永山と矢島は各々の立場で戦っていた。

永山とはそういう意味から、犯罪者同胞や社会のためにも何をどうするかという話を時間をかけてする必要があったと悔まれる。

ともあれ姿勢や作風の違いがあり、「矢島は夜郎自大になっている」と非難され腹立しかったのを今も憶えている。

「何いっているんだ。獄中闘争という大流に身を投じて現前の問題と対峙せず、自分天下の運動のなかで得意になり天狗になっているのはお前じゃねえか」。赤軍などの運動に対し反発心に火が点いた。

自分の思うようにならなければ、それまで自分の力になってくれた人をスパイだと決めつけ因縁をつけて永山は切り捨てた。

手紙をやった矢島が自分の思惑どおりにならないから夜郎自大だと突き離す。そんなことで大同団結ができるのか、と腹が立った。

わたしはどう思われようと「いずれ解るときがくる」と思い、永山を相手にしないことにした。わたしが東京拘置所で邂逅した当時は、思想・姿勢・所作が、永山からみれば夜郎自大で狭量に思えたのかもしれない。そうだったと思う。だが読解力や表現力こそ乏しかったが感性として持っていたものがあった。それは互助互恵、相互教導の基本的意味と、実践での必要性に感づいていたこと。それが活用できていなかったり理解しあえていないとどうなるか。一面をみて全面かのように言及したり柔軟性や弾力性の欠けた是々非々の態度を表現してしまうことになる。人間を自分の事情・気分・好みで選り分けてしまう。傲慢と差別の反面教師は身の周りによく見受けられた。


写真家で罪犯者の更生問題に理解と熱情を注いでくださった外山ひとみさん。その人が文通するなかでこういってくださった。

「矢島さんが一回目の手紙の最後にしたためてあった永山則夫。わたしは今回『死刑について』を書くにあたって八月二十三日に彼の膨大な遺品とも逢ってきました。管理されているのが永山さんが死刑執行される三日前＝最後に逢った方で話にふけりました。ナント、この方に矢島一夫さんのお名前を出したところ知っていて永山さんの遺品の書簡の中に手紙をみていたようです。その書簡はそこにありませんでしたが、知っているということでした。予感はありましたがリンクしました。生と死……。矢島さんから届いたお手紙二通は持参して永山さんの遺影の前において合掌してきましたよ！ウン、永山さん、喜んでいたと思います。遺影が笑っていた……」

外山さんからの、この手紙を読んで、心づかいと永山に対して熱いものがこみ上げてきた。それを飲みこんで永い獄中生活は無駄じゃなかったと念《おも》った。

永山よ安らかに眠るな！　の思いは、「永山則夫が東京拘置所の独房ではやりたくてもできなかったことを、ちゃんとやって来てあげたぞ！」という熱い連帯感があったからだった。

批判をありがとう！　ソウルブラザー！

赤軍派の総括について――まちがっていたらごめんなさい

永山則夫・矢島一夫はどちらも、自分・人間・社会にとって一番ラディカル（根本的でもっとも重要的）なことを徹底的にくらいついていたと思う。

無知とルサンチマンと、やられたままでいられるか！と捲土重来《けんどちょうらい》（一度は世間や権力からうちのめされてきた者が勇気と根性でにぎりこぶしを振り上げ、巻き返しの戦いをする様）の熱情でヒートしていた。

イケイケドンドンで体を張った戦いをしていた俺に永山はこう言った。「謝罪の言葉がない」と。たしかにそのとおりだし俺も判っていた。しかし謝ることより事件を歪曲して弱い立場にある俺を死刑にしようとしている巨大な力に怒り抗議と弁明を先走りするしかない自分知らずで世間知らずであった。

それを傍らでみていた永山は、ピストルや刃物を捨てて学問や勉強による自己改善がいかに大切かをリードしてくれたのだと思う。永山も矢島も時と場所・質量は違っていても、相互扶助・相互教導の共生観は同志的なものであったと念う。

そんな永山と矢島が共通しているのは、無知から有知への戦いでもあった。無知は対外的に害毒を及ぼすだけじゃなく自分をも傷つける。人間は知っていることより知らないことのほうが多い。できることよりできないことのほうが多い。だから上昇志向する。

だが、何でも知っている、できると過信すると他者を見下しあぐらをかき、他者を利用するようになる。利用できなくなるとボロ雑巾のように捨てるか殺す。下層労働者や獄中の無賃金労働の末路を観れば判然とすることだ。資本主義社会構造とその権力者たちがやって来たそういう利用主義は真似すべきではない。

激戦していた俺にどれだけの党派や革命家や人民づらした赤カブさんたちが近づいてきたことか。俺を利用できないと思って去り今はどうしているやら……。人と人のあいだに情理（人情と道理）がこもってなければ、必ず害悪を産む。

獄中では待遇改善や非人間的な管理に抗議したり要求するたび懲罰にかけられた。その都度転房させられた。そこで奇しくも、隣房や近房に赤軍派の人と出会った。彼ら彼女らは革命に熱情を燃やし、心熱い心やさしい、みんないい人だった。衣類や金を差入れてくれたりした。資本主義構造の害悪性を教えてくれた。マルクスがルンペンプロレタリアと差別する俺のような社会のクズを、同志だの戦士だのと持ち上げてくれた。

赤軍派の役割と革命の素晴らしさを教えた。共産主義に変わる社会の必然性を語った。搾取の構造と下層労働者が生れる必然性を説き、俺のような者こそが戦士になるべきだと語った。そして永田洋子と坂東國男が推薦人となり、塩見孝也の承認で俺は同志となった。塩見以外に獄内外の同志がどれほどいるのか俺にはどうでもいいことだった。それは次の意味で。

彼ら赤軍派の人は俺をオルグしたと思っている。教育しなおして立派な兵士にしようと思っていたのであろうか。だが、俺はオルグされたのではない。俺は俺で彼らと出会う前から、独学自育しながら反権力の立場で孤軍奮闘していたのだ。

つまり赤軍という組織と自然発生的に権力と戦っていた個人が、獄中闘争のなかで連帯感を持ち、俺自身の判断で合流したまでのこと。

心優しい革命に熱い彼ら彼女らであったのは事実。だが、手紙や通達でいってくる内容は、上から目線のこむずかしいことばかり。

すすめられるままに、『共産党宣言』という本を読んだ。そこで皮肉にも下層民差別の論理を見破ってしまった。要するに、乞食・売春婦・やくざものなどをルンペンプロレタリアートというそうだ。そういう人たちを「旧社会の腐敗物」と言い「革命運動に投げ込むしか利用価値がない」と書いてある。唖然とした。こういう教典の教条を忠実に実践したからこそ、現在の赤軍派があるのではないかと実感した。

金や衣類をもらえばホロッとするし、感謝もする。俺もこれに応えなきゃと思った。隣房の坂東が「インターナショナル」の歌を教えてくれればともに唄って看守にパクられ、一緒に懲罰を受ける。そこに親近感や同志的気分も生まれる。そのあいだも階級社会の構造や、生産関係の矛盾・害悪に立ち向かって当然だのというイロハが累々と連続的に送られてくる。

永田洋子は俺の家族にも下着を援助していたが、人の使った物なんていらない。失礼よと家族に怒られた。同時に俺にもイチゴ柄のタオルハンカチをくれた。わたしも色ちがいで同柄のも持っていますよと心がくすぐられる。

永田洋子とは裁判所地下の仮監で奇しくも隣房になったことがある。壁を叩き合い一緒にインターナショナルを唄った。連行されるときにチラッと目が合った。優しい笑顔を、俺にではなく権力に追い詰められた山で同志たちにみせてあげてほしかった。そうすれば同志殺しは生まれなかったかもしれない。ふとそう思った。


とまれ、連合赤軍として悲惨な事件を生み、日本赤軍プロレタリア派を立ち上げたのが総括と反省のつもりだったのか。でもそれは、自らを俺の様に深く省悟して自分を作り悍えるのではなく、マルクスの焼き直しであり革命の二番煎じでしかない。

そう思ったのには理由《わけ》がある。

自分らのプチブル性、その小市民性を超克するなら革命家ではなく、りっしんべんをつけ、心をこめた悻命家になることに気づくべきだった。

捕えられ獄中で、俺は革命家だ政治犯だ、他の刑事犯とはちがうなどという。そんな姿勢は観念的であり傲慢であり、プチブル性を金魚のくそみたいにひきずっているようでぶざまだ。

下層に依拠するとか、獄中者は団結せよとか、監獄解体を叫んでも、その意気ごみと良心は総括の空転であり焦操の具現でしかない。現に俺の周囲にいた何人もの刑事犯に赤軍派への入党を俺は党員として呼びかけた。そのときの反応は、「いやあそれはちょっと……」であり、「俺はまだ殺されるのいやだ」だからであった。

俺と一緒に赤軍派に入党した刑事犯のOは、すぐ辞め、離党した。そのわけは「あいつらいっていることとやっていることがちがうよ。俺たちは利用されるだけだよ。規約が送られて来たけど、こんなわけのわからないものを守らなければ、俺たちも粛清されちゃうんだろ。そんなのご免だ」であった。

自殺房を撤去せよの抗議行動でもそうだ（自殺房とは、正しくは自殺防止房だそうだが、重厚な作りで実際に自殺者も出ているからみんなは自殺房と言っていた）。ハンストを三日とか五日やったときのこと。下部の同志が俺の近房にいて運動・入浴・房点検のときに断食を忠実にやっているから青白い顔とひげ面でそのことがみてとれる。なのにどうだ！　運動時に運動場へ連行する際、赤軍派トップ塩見孝也の房前を通ると房扉の脇には「自弁」の小札がかかっている。ハンストを呼びかけておきながらてめえは女房（学校の先生）が差入れてくれた差入れ屋の弁当を食っている。何てこった！　俺は奴にも自分にも腹が立った。友人のOが赤軍派を離党する際に「利用されるだけだよ」といっていたことが明証された一例でもある。これだけではない。

ハイジャック戦術で同志を超法規的に釈放させた戦いで、二人の刑事犯も釈放させ他国へ連れて行った。なぜ泉水博《せんすいひろし》と仁平映《にへいあきら》であり当時ラディカルに戦っていた矢島や永山則夫ではないのか。腹のうちは読めた。

二人ともズブの刑事犯だ。つれて行き戦士として革命思想を注入し、内戦のなかでコマンドとして実践を仕込めばどうだ。下層に依拠するとか、獄中者の団結・監獄解体の大義が成り立つ。矢島と永山はすでに獄中で戦っているのだから同志としてとりこんだり、連帯していれば利用価値はある。とまれ、くそったれ〜！だ。

よくもいいもいったり、やるもやったりだ！『共産党宣言』のなかでマルクスがいった俺たちのような「旧社会の腐敗物」を「革命運動の中に投げ込む」を実践したんだね。でも成功はしなかった。「旧社会の革命家」は新社会を標榜する永山則夫や矢島一夫のような悍命者に超克されたと思う。

俺たちは人を殺しているんだ。人生の総括は、他者に厳しく自分には優しくではない。独房で元旦に首をくくったり、シャバに出れば市民という退路の穴ぐらにもぐったり、わけの判らない集会やサークルでシコシコやっているわけにはいかないだろう。

「抜棘之志《ばっきょくしし》」これは獄中での自作の詞だ。意味は「心に刺る棘を抜き、良心と情理でふるい立つ志を持って人生の大道をゆく」だ。

いい加減さ、ごまかし、ミスリード、無視、黙殺、無責任をやりっぱなしにすると、刺った棘と同じく、抜くまで気になるものだ。

棘を抜こう！　あなたもわたしも……。

まけるなよ！――善玉と悪玉がいる戦場は浮き世と己れの心の在りや

連合赤軍による「あさま山荘」事件は、当日の夕方テレビでみていた。権力が鉄の玉で山荘をぶち壊したり、この寒いのに放水で水攻めにしている光景をみたわたしは「これから助っ人に行ってくる」といった。今亡き母は「バカいってるんじゃないよ。お前が捕まっちゃうよ」といったのを思いだす。

獄中で近房の坂口弘とは何度も顔を合わせ言葉を交わしたこともあるが、好印象をもっていた。だが、獄内外の人たちが統一行動で戦っているのに連帯共闘している様子はなかった。「がんばっているね」の一言が耳に残る。

下獄先で坂口に著書をまわし読みする機会があった。何人かの感想を集約する。

(1)すごいなあ。

学生たちが物事に損得を考えず自己を犠牲にして、最高権力と闘い社会のためになろうとした考えと行動についての感嘆であった。

(2)女ってこわいな。

おもに永田洋子の自己顕示欲や嫉妬の強さ、独善的な実行力に異常なほどの加害性が感じられ、恐いとのことであった。

(3)同志をこんなことで簡単に殺してしまう。おっそろしいで……。わしらようやらん。

これは革命志行と実行力を賞讃すると同時に逆の意味で恐怖感を現したもの。

(4)上下・強弱の位置関係について。

この坂口弘著『あさま山荘1972(上下巻、続)』(彩流社)を買ったのは現役の渡世人だった。彼の生活は官権といえども獄中同胞であろうと、強い者に媚びず弱い者いじめはしないというものであった。彼の感想は「なぜ同志であるはずなのに下の同志が上の者に何もいえなかったのか。いうとおりにしなかったら虐待したり殺すのは、本当に心のつながった同志関係じゃないんだな。共産主義の悪い点ばかりが著わされている。共産主義でももっといい面もあるだろうに……」であった。

わたしの読後感を述べておきたい。

読み終えて物足りなさが残り、残念に思った。それは何か肝心なものが欠けていると感じたからだ。

わたしは、自覚的に世のため、人のために何かを言動したという経験はなく犯罪という形で世の中に害悪をおよぼした。いわば家族にも社会にも無頼漢（頼りに無らない漢《オトコ》）だったからその限りにおいては坂口氏たち「革命家」から比較されれば質的に桁落ちのろくでなしであったろう。だが、自分を省悟し「これじゃいけないんだ」と気づき、自分をつくりかえる必要に感づき内外の害悪と戦うことこそ新しい第一歩だと思いついた。

坂口氏の著書を読みながら、ふと自分が東京拘置所で『独房から人民へ』（田畑書店、一九七六年）という本を出版したこととオーバーラップした。出版は自己満足や暴露趣味ではいけないし、佑啓の内実が大切だと思った。

「俺をこんなにしたのは、社会が悪い、親が悪い、学校や先生が悪いからだ。そういう他罰的なものだった」

そのため、いかに自分が虐げられてきたかを表現するために悲惨な事例のオンパレードとなった。資本主義・国家権力、それらのシステムの非道・弾圧・搾取ぶりを対極化していたと思う。事実、過去の弱さ悪さを克服するためにはそんなエスタブリッシュメントと勇敢に戦うことで免罪符になるかのような幻想と、革命家たちの注入に甘んじてきた傾向があった。ある側面と別の側面が抜けていたのだ。

だから永山則夫から、「矢島は小市民的な居直りをしており反省点が欠けている」と批判され、当時はそれに反発した。だが本質的な省悟が欠けていたのはたしかだと思う。同様に、坂口氏の本を読んで物足りなさと残念さを覚えたのは、本質的な省悟を期待していたからであった。

同志殺し・あさま山荘の銃撃戦それに至る学生運動の経過や運動の変遷、それらのどれを読んでもそこから感じられるものは、「暴露趣味」の真実はこうなんだ、俺はこういう点を知っているという類の内容であった。

これではいくら警察で完全黙秘をつらぬき共産主義者としての節義を運動で示しても、自供のしなおしであり「資料提供者」としての貢献者になってしまうと思う。

活動者のオルグ・組織づくり・会議・アジト・連絡・規律・資金づくり・もろさ等々を詳しく公表したことは、国家権力から表彰されてもいいほどだろう。こういうものを参考にして（現実にある活動やこれから生まれ育つであろう新潮流の運動について）「この場合はこういうことが考えられるだろうからそれをさせないためにはこうするべきだ」というステトラジーを打ち出すのに利用される場合もあるだろう。この一点において国家は坂口氏の罪一等を減じ死刑をやめなくては可哀想だ！（皮肉）

内外からの志操を混迷させる条件・命のかかる不安・自己形成の質と量・熱情を冷やす事情その他が作用して戦線離脱や転向が生じるのだろうか。

いろんな局面で垣間みせた優柔不断さとが殺した同志やあさま山荘の被害者に対する「すまない気持ち」はたしかに書かれていた。しかしそれは皮相的なものであってたんなる「後悔」の域を出ていないと思った。

事件後に自分はどう変わったのか、どのように独房で自分をつくりかえるように努力と工夫をしたのか。そうした地に足のついた省悟が読みとれなかった。それはわたしの勉強不足と見識の浅さを露呈しているのかもしれないが、マルクスやレーニンが墓の中で泣いているだろうと思った。

わたしは、人間の特性が創造と悼善の実践能力を保有するものであることを認識したから、つくり・考え・つくりかえりというプリンシプルをもって生活してきた。

生活のなかに、自己検考・自己治療・自己啓迪・自己格闘という四本柱を立てた。

自己の中にある悪《みにく》い部分を過去と現在の生活にみつけ、情理に悖《もと》らぬ生き方を理想とし、実践にリンクさせてきた。そのことにより周囲の同胞を元気づけ佑啓できるようにと心がけてきた。

それだけに坂口氏の著書と出会ったとき、もっともっと人間弁証法の法則が、自らを語ることで根本的に発展的な叙述がされているだろうと期待していたのだった。

死刑という重荷を背負った者だからこそ、もっと人間と社会の問題を自己切開するなかから建設的に展開する。そのことにより、たとえ死んでも多くの人が頷ける謝罪と勇気と教えを届けることができるのではないだろうか。

細かいことにも拘って、大きなことには油断せず、身近なことから焦らずに、遠い先まで計画し、活学活用し愉しむ、ズボラに生きた過去を恥じて、理知と仁恕を志の核にする。

狂ったライオン

死刑と宣告されたら、人はどういう気持ちになるだろうか。恐悚《きょうしょう》（おそれすくむ）として震えたり、泣いたり、呆然としたり、落胆する人もいるだろう。なのに、わたしが冷静でいられたのはなぜだろうか。検事がいうように「冷酷」であり「悪鬼」だからなのか。ちがう！　断じて否だ！

死刑と検事に告げられた後、裁判所地下の通称「仮監」の独房に戻された。その中で、灰色の壁をみて天井をみて何度「死刑か……」とつぶやいたか。だが実感は無かった。

単純に考えても、犯意や殺意もなかった事件で、こうも簡単に被告人を死刑にできるのか……と誰だって思うはずなんだ。だが、これは甘い考えであり、法廷は事実それを証明した。

拘置所の独房に戻され、とたんに看守たちの態度が柔軟で同情的ないい回しに変わったとき、死刑というものの迫真性が見に感じられた。夜中まで獄内外の同胞たちへ手紙やアドバイスを書く仕事がかかり、布団に儽臥《はいが》しても目は冴えた。

「犯意もなかった事件なのに、その真実を明らかにし権力の不正と圧迫に抗ったからといって、こうも簡単に殺されてしまうのか。そんなことが国家正義と法の神聖の名目で行われる。こんなことが許されていいのか」

「社会における市民意識についても問題だ。冤罪にならら目を向けるが既罪（やってしまった事件）

には目を向けないのか」

「たしかに事件はわたしが犯した。それは誠に申しわけないことです。でも事実はこうなのです。しかし官権はこういうデタラメをやり、水増しをやり、尾ヒレをつけて歪曲したのです。それをマスコミはもっともらしく興味本位で市民受けする報道をしているのです」

それを訴えたくても獄中で、訴えを受けとめてくれる手蔓も無く、くやし涙を流したり、社会に絶望しさらに自棄になってゆく。そういう囚人たちは無数にいる。

わたしは呆然とした。憤懣やる方なく天井をにらんだ。死刑や無期刑の者は自殺防止という名目で普通の独房とは異質仕様の特殊房（自殺房）に放りこまれる。そこは鉄格子だけでは飽き足らずメタルパンチの穴が無数にあいた鉄板まで打ちつけている。太陽と風をわたしから奪っている力に激怒した。その鉄板を、壁を挙から血が流れるほどわたしは殴りつけた。そして夜空に向かって叫んだ。

「ごくつぶしども！　世界のウジ虫ども出てこい！　殺すんなら殺せ！　何度でも生まれ変わって勝つまで闘うぞ！　闘うぞ！　真実は勝利するのだ！」

夜勤の看守が視察孔からのぞき「何をどなっているんだ」といった。「わからなければもう一度叫んでやろうか」とわたしは応えた。「わかったわかった。もう寝ろよ」看守はそう言うと房の前から去った。

言葉に柔軟性をもたせたその看守がみせた憐憫の片影は、自分が社会と人生そのものから確実に一定のディスタンス（へだたり）がおかれたことを感じさせた。

ウォーというわけも判らぬ獣のような叫び声、バカヤローと誰を対象にするのか腹から絞り出すような怒声、おかあさ〜んと夜風にのって嫋嫋《じょうじょう》と流れる哀号、そうした絶叫をわたしは何度も聞いた。

絶叫の背景、絶叫の社会的本質を、社会にいる人たちが慎慮におよぶなら決して自分たちの生きざまと無関係ではないだろうに……と思わずにはいられなかった。わたしは市民社会との接点と断絶を考えずにはおられなかった。

自殺房を廃止しろ！　人間としてあつかえ！　所長は出てこい！　メタルパンチを破壊し鉄格子との狭い空間に身を滑りこませたわたしは叫びつづけた。見返りは獄中で最高の懲罰（六十日）と「あいつは狂ったライオンだ」のレッテルであった。

心では、わたしのために母子寮に収容された母妻子に、ごめんな、ごめんなと詫びていた。

運命

暗き世の魁《さきがけ》となれ過去燃やし
身を焦がす現《いま》われは螢火《ほたるび》。

好むと好まざるとにかかわらず、人間の運命は変遷する。自分の命は自分で運ぶ。その運び方によって自分の質も周囲も変わっていく。

わたしは極貧の家庭と戦中戦後の社会的な貧窮の環境で生育した。「俺をこんなろくでなしにしたのは誰なんだ」という思いが言葉にならず埋もれたままの過去。ところが自分を理解し、認め、応援共闘してくれる人が現れた。そうすると運ぶ命の使い方はどんどん変わっていく。

矢島一夫救援会というのができ、山谷救援の人たちが加わり、裁判と獄中闘争が活発になった。当時、大阪拘置所に収監されていた若宮・宮本の両赤軍派の人や獄内外の理解で、矢島一夫救援会は、獄中者組合へと発展していった。しかし、所詮は獄内外のインテリたちが刑事犯たちを少しでも多く組合に入れ闘わせようとする「利用主義」の第二幕でしかなかった。刑事犯に近づき、親切と同情でリンクすると戦闘第一にリードしていく。それを批判すると無視・疎遠になっていく。赤軍派のころにまるで戦う刑事犯の見本でもあるかのように、旗振りをさせた二番煎じをやっている。矛盾と戦うなかで自分に内在する矛盾とも戦い、刑事犯が省悟のなかから燃えあがる熱情こそが一つひとつの戦いを前に進める力になるのだ。このまま激突至上主義で行くなら、刑事犯には他罰主義の開き直りを温存させる。それだけじゃなく刑事犯一人ひとりが権力に葬られていく。現に保安房（保護房という名の密室）では何人もの刑事犯が、戦うが故に殺されている。結果として左から権力の暴虐に肩入れするような命の運び方はできない。だから獄中者組合から脱け出した。

現在では、法廷で被告人がメモをとることが当たり前のようになっている。だが、そういう人たちは、わたしたちが法廷と獄中で体を張って要求し勝ちとったことを知っているだろうか。それを含めて、ノートやペンが房内所持できるようになった経緯を遺しておこう。

当時、わたしら「普通」の刑事犯は居房で手紙やその他の書き物はできなかった。筆記室という監房に入れられ、とくに独房の住人は電話ボックスのような空間に入れられて時間をせかされながら書き物をした。

だからわたしは、「ノートやボールペン等筆記具を部屋で所持できるようにしろ」と拘置所の所長に要求した。でも許可しないので、法廷で訴えた。裁判所は「管轄外だから拘置所のほうへ話しなさい」であった。何度も拘置所長に要求したが無視された。その都度、鉄扉を蹴り続け「所長は出てこい。話を聞け」と叫びつづけた。すると警備隊や夜勤の看守たちが駆けつけ、連行され後手錠で保安房（鎮静房）に放りこまれた。そのなかはコンクリ造りで床はロンリウムが張られ水道もない。トイレは房の隅にコンクリの打ちっ放しで十センチ×二十センチくらいの長方形が開けられており、そこで用を足す。テレビカメラは二十四時間作動している。後ろ手錠だから衣類も脱げない。脱いで用便をしたとしてもズボンを引き上げることができない。だから水・めしはとらないようにして用便をしないようにする。二、三日で手錠は外され取調べ室に移される。そして後日、懲罰が科される。

もとの房に戻されるが、筆記具の獲得はあきらめたわけじゃない。昼間、おなじような要求をおだやかに話してものれんに腕押しの状態であった。なのでまた「ノートを許可しろ。ペンを持たせろ！」を叫んで鉄扉をガンガン蹴とばしつづける。二階一階の刑事犯たちは各房の窓にすずなり状態。「うるせえ！」という人たちがいる。看守は「やめろ、みんなが眠れない」という。「俺だって眠ってねえ。静かな夜にしたかったら要求に応えろ」といい蹴りつづける。そしてまたもや保安房入り、懲罰のコースであった。彼ら官権側の回答はこうだった。

死刑囚と学生運動の政治犯にだけは房内所持を許可しているが、一般刑事犯には許可していない。このような理屈であった。わたしは官側にとっての屁理屈をいった。そんなの理屈がとおっていないだろう。学校もろくに行ってない者が、シャバでは食うのに精一杯で働き、こんななかに入れば裁判でいうべきことも満足にいえない。書類も満足に書くことができない。いったいどこで学びどこで書けばいいのか。筆記具をあんな狭い所で時間も不自由にさせるなんて、これでは学ぶ権利や裁判準備の妨害だ。公僕は人間に差別なく全体の奉仕者であるはずだ。これ以上妨害すると人権侵害で国会に訴えるぞ。

そういうやりとりを大声でしていると、二階の刑事犯たちは窓から、両手をメガホンにして「ガンバレ」と声なき応援をくれたり、音を立てないでパチパチと両手を叩き笑顔を送ってくれた。「これだけ言ってもまだわからないなら今夜も蹴りつづけるぞ」と言った。

その日の夕方、事務所に呼び出された。そして、やっとノートとボールペンの房内所持が許可になった。わたしはそれでストップしなかった。自己満足は向こう側からの口封じになる。現に、この時すでに永山則夫や石川一雄や革命家たちは房内で気ままに筆記活動をしていたからだ。永山は、そのペンでわたしを「夜郎自大」だと批判し突き離していたのだ。わたしはどう思われようと「いずれわかるときがくる」と思い、永山則夫を相手にしないことにした。

わたし一人に許可するのではなくすべての獄中者にノートと筆記具を許可すること。手紙や裁判書類は筆記室ではなく房内で自由に書かせること。彼らはこういうのを屁理屈といっていたが、わたしの理屈と存在は屁のように臭くいっとき顔を背けていれば消えてゆくと思っていたのだろう。

そんなことがあって一週間もたたないうちにすべての獄中者に房内筆記の許可が出た。

そのことを裁判所で話し、「裁判官・検事・弁護士・書記官だけが筆記具を使用し、被告人だけがメモをとることも許されないのは裁判の不公性だ。メモとペンを許可するようにして下さい」と要求した。

これも次の法廷からはOKの報告が弁護士からあった。今では、こういう戦いがあったことも知らないで、当たり前のように法廷や獄中でみんな筆記具を使ってる。ヨカッタ、ヨカッタ。次はそういう人たちが自分にふりかかる矛盾や不正と戦い新しい道をまた切り開いてくれるだろう。

雨の日は戸外で運動ができない。長年独房にいると足腰が弱くなる。なのでパンツ一枚になって筋トレやストレッチをやる。それを巡回の幹部職員がみつけ咎めた。

「おいっ！　何やってんだ。部屋で運動しちゃいかんぞ。座ってろ！」

それに対しわたしは完全無視。そしてスクワットしながら、自分のカラダは、自分でまもる、一二三四、一二三四♪♪とリズムを口にしながら運動をしていた。

駆けつけた看守に「おいっ、こいつは何なんだ」といっている。看守は何かボソボソ説明していたが「何しろ狂ったライオンみたいな奴で……」というのが耳にはいった。

「なにい、狂ったライオンだと！」といって鉄扉を二回蹴った。「雨の日は運動もさせねえじゃねえか。座りっ放しで足腰が痛いから運動してどこが悪い！」そういった頃には非常ベルで駆けつけた看守たちに連れ出され、そのまま保安房へ直行。懲罰会議に引き出されたわたしはこういった。

「粗暴な言動をしてすいませんでした。何しろ狂ったライオンなんていわれたもんで。俺だって人間ですよ。人並に扱ってほしいんです。なにしろ立つな座ってろばかりはキツイですよ。雨が降りゃ表で運動ができない。入浴日もダメ。長い暮らしで、もう足腰はヨレヨレなんですよ。後で所長さんに要望書を提出しますが、毎日午前と午後の二回ラジオ体操の曲を流し運動できるようにして下さい」

それから二、三か月のちに、十時と三時の二回、体操タイムができ、全国の刑務所でも実施されるようになった。だが、どこまで理髪店の看板みたいにねじくれているのか。要求した国民周知のラジオ体操ではなくおかみ特製の仕様曲になっていた。それでも「まあいいか……」でした。

子どもと獄中者の面会を勝ちとる戦い！

子どもが生後二十日目にパクラレたわたし。警察の取調べ室でも赤ん坊のおむつを替えていた。その後も拘置所に移されてからも妻は子どもを面会に連れて来ていた。ところが息子が保育園に行くようになると、「十四歳以下の子どもは教育上よろしくない」との屁理屈で面会させないということになった。面会させないという面会受付の看守によほど非情理な扱いをされたのだろう。妻と面会所に入って来た息子は、「お父さん、この悪いおじさん棒でぶって！」といった。「よしっ！」といった。そして「てめえら俺の子どもに何をしたんだ！」と怒鳴り、スチールパイプの椅子で面会室の仕切り窓をぶち壊そうと連打した。非常ベルで駆けつけた看守たちに連行されながら、「子どもと面会させないなんておかしいだろう」とくり返しいいつづけた。面会控え室の人や往復する獄中同胞に聞こえるように……。

その当時、永山則夫の支援から離れ「矢島一夫とともにたたかう会」を結成した同志たちは、官権のこの非情理を許さなかった。「子どもと獄中者の面会を実現する実行委員会」を設立し、獄内外に呼びかけた。

「子どもと親をひき離すのが教育法なら、そんなおためごかしの法律をこそ変えるべきです。刑

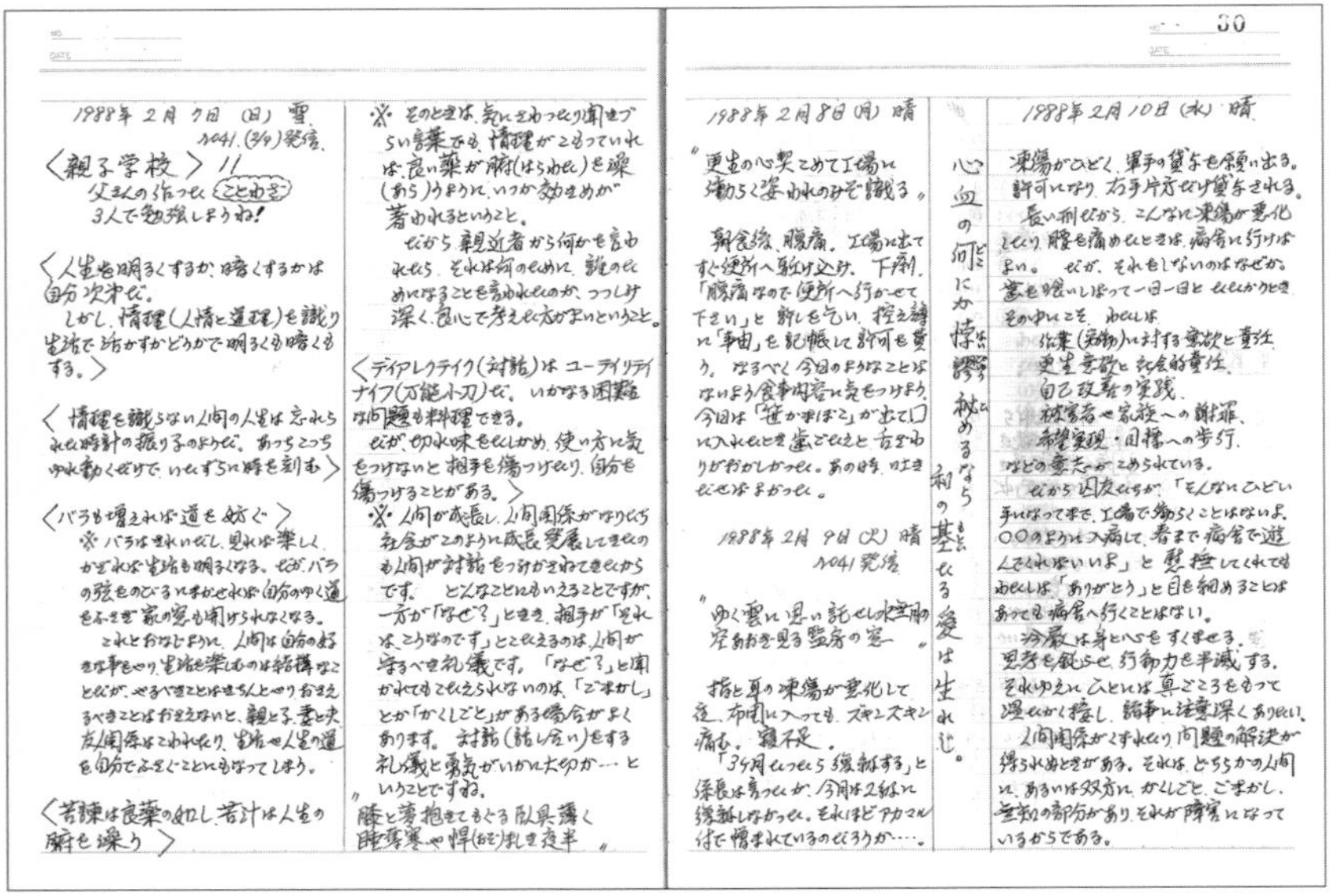
30

1988年2月7日（日）雪。
A041.（3/4）発信。

〈親子学校〉11
父さんの作ったことわざ
3人で勉強しようね！

〈人生を明るくするか、暗くするかは自分次第だ。
しかし、情理（人情と道理）を識り生活で活かすかどうかで明るくも暗くもする。〉

〈情理を識らない人間の人生は忘れられた時計の振り子のようだ。あっちこっちゆれ動くだけで、いたずらに時を刻む〉

〈バラも増えれば道を妨ぐ〉
※バラはきれいだし、見れば楽しく、かげれば生活も明るくなる。だが、バラの弦をのびるにまかせれば自分のゆく道をふさぎ家の窓も開けられなくなる。
これとおなじように、人間は自分の好きな事をやり、生活を楽しむのは結構なことだが、やるべきことはきちんとやり、おさえるべきことはおさえないと、親と子、妻と夫、友人関係はこわれたり、生活や人生の道を自分でふさぐことにもなってしまう。

〈苦諫は良薬の如し、苦汁は人生の腑を操う〉
※そのときは、気にさわったり聞きづらい言葉でも、情理がこもっていれば、良い薬が腑（はらわた）を操（あら）うように、いつか効きめが着われるということ。
だから親近者から何かを言われたら、それは何のために、誰のためになることを言われたのか、つつしみ深く、良心で考えた方がよいということ。

〈ディアレクティク（討論）はユーティリティナイフ（万能小刀）だ。いかなる困難な問題も料理できる。
だが、切れ味をためしかめ、使い方に気をつけないと相手を傷つけたり、自分を傷つけることがある。〉
※人間が成長し、人間関係が成りたち社会がこのように成長発展してきたのも人間が討論をつみかさねてきたからです。どんなことにもいえることですが、一方が「なぜ？」ときき、相手が「それは、こうなのです」とこたえるのは、人間が守るべき礼儀です。「なぜ？」と聞かれてもこたえられないのは、「ごまかし」とか「かくしごと」がある場合がよくあります。討論（話し合い）をする礼儀と勇気がいかに大切か……ということですね。

〃膝と夢抱きてもぐる臥具薄く
睡奪寒や悍（おそ）ましき夜半　〃

1988年2月8日（月）晴

〃更生の心契こめて工場に
働らく姿われのみぞ識る。〃

朝食後、腹痛。工場に出てすぐ便所へ駆け込み、下痢。「腹痛なので便所へ行かせて下さい」と許しを乞い、控え簿に「事由」を記帳して許可を貰う。なるべく今回のようなことはないよう食事内容に気をつけよう。
今回は「笹かまぼこ」が出て口に入れたとき塩ざわりと舌ざわりがおかしかった。あの時、吐きだせばよかった。

1988年2月9日（火）晴
A041発信

〃ゆく雲に思い託せし水無月の
空あおぎ見る監房の窓　〃

指と耳の凍傷が悪化して夜、布団に入っても、ズキンズキン痛む。寝不足。
「3ヶ月たったら緩解する」と係長は言ったが、今月は2回目に緩解しなかった。それほどアカマル付で憎まれているのだろうか……。

心血の何処にか悖謬秘めるなら
和の基なる愛は生れじ。

1988年2月10日（水）晴

凍傷がひどく、軍手の貸与を願い出る。
許可になり、右手片方だけ貸与される。
長い刑だから、こんなに凍傷が悪化したり、腰を痛めたときは、病舎に行けばよい。だが、それをしないのはなぜか。
歯を喰いしばって一日一日とたたかうときそのゆえこそ、わたしは
作業（労働）に対する意欲と責任、
更生意欲と社会的責任、
自己改善の実践、
被害者や家族への謝罪、
希望実現・目標への歩行、
などの意志がこめられている。
だから囚友たちが「そんなにひどい手になってまで、工場で働らくことはないよ。○○のように入病して、春まで病舎で遊んでくればいいよ」と懇論してくれても、わたしは「ありがとう」と目を細めることはあっても病舎へ行くことはない。
冷厳は身と心をすくませる。
思考を鈍らせ、行動力を半減する。
それゆえに、ひとには真ごころをもって温たかく接し、諸事に注意深くありたい。
人間関係がくずれたり、問題の解決が得られぬときがある。それは、どちらかの人間に、あるいは双方に、かくしごと、ごまかし、無知の部分があり、それが障害になっているからである。

務所に自分のこどもを教育してもらおうとは思っちゃいない。自分のこどもは自分で教育する！　すべての面会者にこういう妨害行為をしないように要求します」

懲罰審査会でわたしはこのようにいった（下獄後わたしは「親子学校」や「きずな通信」というものを始めたのだが、それはこのような気持ちがあったから）。

この戦いは獄内外の人たちに理解されみんなの力で、子どもと獄中者が面会できるようになった。

虐待や子殺しが絶えない社会。親たちは施設や官頼みにする前に、自分の子は自分で育てるという気概をもたねばならない。そのためには、親のろくでもない「権威」で躾・操作するのではなく、子どもから学び、子どもと一緒に苦学力行したり愉しめる力量を身

につけることが大切。そう、気づく、感づく、思いついたわたし。「親子学校」と名づけて出獄するまでの四十年お互い育てあってきた。みたい人は誰にでもその手紙の交換をみせたい（右ページ参照）。

検察官との対話

行くもまた引くも勇気と決断し
人知れず往く真の勇者よ。

高等裁判所の三百二号法廷は、静寂からさざ波のようなざわめきに変わる。自分らに都合悪い場面になると、裁判という儀式は一時中断に入る。

三名の裁判官は証拠調べの採否を決定する合議室へ姿を消した。法廷に残ったのは弁護士、被告人、書記官、廷吏検事、傍聴席にはわたしを支え共闘して来てくれた「矢島一夫とともにたたかう会」のメンバーや市民たち、そして法廷警備員と看守たちがいた。この人たちのいる前で何とか真実の欠片でも明らかにしたい気持ちが昴まってくる。

被告人が少しでも不利になるような検事側の証拠申請は採用され、逆の意味をもつ被告人側の証拠申請はそのほとんどが却下される場合が多い。

だから裁判長が「合議します」といって席を立ったとき、傍聴席から聞こえる溜息まじりのざわめきは「ああ〜、また茶番劇か……」という告発に聞こえた。しかしそのざわめきは「どんな結論をもってどんな表情で入廷するのだろう」という期待感と緊張感から生じる静けさへと漸次的に移していく。

西に傾いた太陽が色褪せた証言台のニスが剥げている部分を照らしている。「この証言台で立つ人に本当のことを話す勇気はあるのか」「どのくらい真実が語られ、どれほど虚飾が語られたのだろうか」「どれほどの無告の人びとが自己の微力と無念さに口唇を噛んだろうか」。そう思うといたずらに時間が経過するのがもったいなく思えた。

わたしの正面には、わたしと顔を合わせないように意識して避ける検事が手持ち無沙汰に机上の書類をくったり、左右の手をモジモジさせ目を机の上に落としていた。

その姿をみてわたしは心のなかでつぶやいた。「そうだろう、たんなる誤ちの事件を殺人事件へと捏造し、権力を悪用したその不正を正当化するために、貧乏人や前科者だからやりかねないという詭弁をつらぬいた。そして一般予防と特別予防のため死刑だと主張している奴らだ。まともに俺の顔はみられまい」

法廷の壁にある掛け時計の時を刻む音、法廷に流れる独得の空気。それがわたしにはなんとなく白々しいものに思えた。

思えば法廷で初めて「この裁判はデタラメだ!」と叫び起ちあがったとき、独房に帰ってから自分は何を感じたか。

自分は真実をいい、権力側の不正を糾明してきた。傍聴者たちも賛同と激励の拍手をくれた。しかし帰りの護送バスからみたシャバの光景はどうだ。奇抜な服装と化粧の若者たち、エロ映画の看板に虚飾の銀座通り、日本は平和ボケしふやけていると思った。トタン屋根や団地の路地を急ぎ足で歩いている仕事帰りの人びと。法廷で社会の最下層から糾明に起ち上がった者の声は、これらの社会的な実情に届くのだろうか。街の情景のあれこれは、わたしの眼にいまいましく写り、白々しく感じさせた。

そしてまた法廷で「この白々しいときの流れはいったい何だ」と思わせた。

ゴムのように伸縮自在の法律。それをもって真実解明よりも捕らえた獲物を逃がさないために開かれているとさえ思える裁判という儀式。そのお膳だてをする検事たち。そうした国家的不正を糾弾し、さらにそうした機関を必要とする社会構造、経済・政治・思想までに問題を敷衍《ふえん》させ、社会変革と人間の改善の必要性を唱えたわたし。それが悪いとして、改悛の情が無いとか悪鬼だと罵る検事。それらを資本主義社会特有の不正と抑圧であり棄民処理だといい、その政治的裁判を刑事裁判という名に託《かこつ》ける国家悪の具現化したものだと明言したわたし。その報復としてなお、わたしを死刑にしようとしている。

検事とわたしの主張が対立し、どちらの主張が正しいか、前向きであるかを明らかにし事件にまつわる諸々の証拠調べが必要であることをわたしは裁判所と社会に向けて訴えてきた。

そんなわたしを法廷全体が鉄の爪のようにガッシリと捉えている。たかが刑事犯一人裁くのに、拘置所の看守と法廷警備員を二十人も三十人も配置しなければ開けない法廷は、いったい何を物語っているのか？　まさに階級法廷だ。

裁判官たちは審議が長くなったり、法の矛盾や裁判官の姿勢にごまかしをみつけて追求すると合議するという形をとる。再度開廷のときはタバコの匂いをさせて席につき、九官鳥か壊れたテープレコーダーのように「却下します」を口にする。そうした成り行きをすでに知っている検事は、合議タイムをなんと長く感じることだろう。この時間が、被告人を刻々と処刑台や獄中深く閉じこめるための一里塚なのだ。

わたしの反省は、事件後、自分をつくり変えることであり、社会に無用の存在から有用の存在に転生すること。そのためにはどんな時間も死や冒瀆のために使わせてはいけない。

そう考えても、小心者で臆病な自分は権力者に抗議一つするにも心臓はドキドキする。しかし、いうにいえず。あなたまかせにして来たが故に不利益を被っている今がある。そう思ったら退くも勇気、進むも勇気という先達の教えを思いだした。

「よしっ、かねてより納得のいかなかった件について、この際検事に直接訊ねてみよう。どちらに情理があるか、法廷にいる総ての人たちが生き証人であり判定者となるだろう。自分は戦うが故に死刑か一生現代の遠島になるかも知れない。だが一つひとつの真実と不正に怯むことなく強権に立ち向かう前進的な姿勢は、心ある傍聴者の一人ひとりがきっと市民に、若者に、子どもに語りついでくれるだろう」

このように考えたわたしは穏やかに「検事さん」と声をかけた。法廷の静寂を破って発せられたわたしの言葉に検事は一瞬ギクッとした感じで顔を上げた。法廷に止まっていた脈が鼓動を始めたかのように思えた。

傍聴者たちは何事がはじめるのかという面持ちで、わたしと検事の両方をみつめていた。

真剣の二字ほど強いものはない。真剣でありさえすれば小心にも熱い血がどっと流れこむ。どんなに困難な壁でも突き破ることができる。真実を明証することほど強いものはない。どんな害毒の壁が厚くても楔を打ちこみ浄化剤を投入することができる。

わたしはこう確信しており、これまでは多くの人びとに迷惑をかけた人間だが、真の自力更生に努力と斎戒をかさねてきているという誇りがある。だから物怖じせず検事へ冷静に言葉を発することができた。

検事との質疑応答は次のとおり。

「ちょっとお聴きしたいことがあるのです。わたしたち刑事犯に『反省していない』とか『改悛の情がない』とかいいますが、あれはどういうことですか？　わたしの場合も論告文や控訴趣意書のなかで検事さんが言っています」

「あれは私が書いたものではない」

「しかし、あの内容をもってあなたがここに座り、わたしの死刑を裁判所に要請している以上、誰が書いたかということが問題なのではありません。獄中でわたしたちがどのように苦しみ、涙を流し反省しているか、検事さんや塀の外にいる市民たちはわからないでしょ？　わかるのですか？」

「わからない」

「わからないのであれば安易に『反省していない』なんていわないほうがいいですよ」

「……（沈黙、顔を赤らめている）」

「反省していないというからにはどういうことが反省なのか言ってみてください。これまで一度でもあなたたちや裁判官はこれこれこのようにするのが反省ですよと被告人に手本を示した事はありますか？　それを今ここで示してください。その反省の方法が正しければわたしは感謝して受けとめ、今すぐこの場からその方法をもって反省するし、獄中の人たちにも検事さんはこういういいことを教えてくれたと伝え広く活かします」

「そういわれても今すぐここで述べるだけの力が私には無い」

「そうであれば、むやみやたらと『反省していない』だの『悪鬼』だのと無責任なことはいわないほうがいいですよ」

「……（沈黙、赤面）」

「だいたい反省していないだの悪鬼だのといって死刑にするが、人を殺すことで問題が解決するのですか？　人を殺して解決するなら誤ちにせよわたしだって人を殺しているのですよ。でも解決していないでしょ！」

「私も死刑に立ち会ったことがあるけど、もう二度と立ち会いたくないほどだ。死刑にしても解決はしない」

「解決しないと判っているのに、なぜデタラメやってでも死刑にしようとするのか！」

「責任をとってもらうのです」

「責任なんてものはそんなことではないはずです。人を殺すのではなく生かす方向で社会的なつぐないをするのが本当の責任ではありませんか？　今後は法廷に立たされている刑事犯たちに無責任にも反省していないだの改悛の情がないだのと言わないで下さい」

「……（沈黙）」

この時、検事の姿はとても小さくみえた。気の毒にさえ思った。正直な気持ちと仕事のあいだで、きっと苦しむ司直のかたもいるのだろう。

合議が終わり三人も裁判官が入廷したので検事との応答は尻切れトンボになった。しかしこのやりとりをじっと見聞きしてくれた傍聴者たちとわたしは一体感をたしかに感じた。

それともこうしたわたしの態度は被告人として傲慢だという人が多いだろうか。もしそうなら、わたしはいいたい。

裁かれながら、いつも自分のいいぶんもいえず一方的に処断される被告人やそれをみている傍聴人・弁護人がこうした現場で直接いったり、社会中に事実を知らせなければ、いったいいつ、誰がどんな方法で明らかにしてくれるのだろうか。

わたしたちも、事件後自分がどう変わったのか自力更生の内実を明らかにできる努力をし、社会的な償いをすることで責任を果たす。しかし社会的な弱い立場につけこみ、社会から排斥や亡き者にする権力側の罪は、糾弾しなければ自主性ある人間とはいえないと思うのだ。

誰もが真剣に考えれば思い当たる。ひとたび事件が起きれば、警察・検察・裁判所・刑務所というベルトコンベアーにのせられていく過程で、反省しろという言葉はうんざりするほど聞かされる。だが、何のためにどんな質をもってどこに向けてどういうふうに反省するのかということを教えてもらったことがあるだろうか。

いつどこで誰が何をしたかは、被害・加害の関係で社会的・相対的な問題です。それは今日の科学と人智と物理的な総合力によればさほどむずかしいことではないはずだ。

すなわち、最も大切なのは犯罪を当事者個人の原因や責任にして真実かくしをするのではなく、原因を社会的諸関係から究明し、その前段階に存在する生活上・人生上のトラブルを生み出す根源こそ無くしていくために努力することが大切ではないのだろうか。

その仕事は公僕・学識経験者・法律家・政治家たちだけの仕事ではない。加害者・被害者を含め誰もが事件後に更《さら》に生き方を更《か》えるかという努力がともなうものだろう。これが責任ある社会的態度とはいえないだろうか。

人間は創造と変革の実践能力をもっていることが歴史的にも明証されている。物事や人間そのものをつくり・考え・つくりかえる能力があるという真実を学び自信がついてきた。だから手と頭を使って死刑や刑務所に放りこんで無賃金奴隷を作るのではなく、人間として恥じない人となり、社会的に有用な自由人へと教導し、ともに素晴らしい日本にしていく。そうした生産的で建設的な手と頭の使い方をしたいと、わたしは考える。

信条としては、

一、人生とその活動面において人間主義。
二、思想面においては日本を愛するがゆえの真実主義
三、人間関係において情理主義。

である。

生を観て、是非進退を問うるとき
誤り迷わず情理一筋。

高倉健さん、ありがとう！

この一文をわが師匠に捧げる。

『映画「鉄道員」 高倉健とすばらしき男の世界』（ホーム社、一九九九年）という本を購求した。そのなかにはオトコ高倉健の人間像がいろんな角度から語り著わされている。オトコ健サン、人間的に正直な健サンが清々しく躍動していた。

そのなかにある言葉に共感を強く持ち一人でうなずいている。俳優の小林稔侍さんはいう。

「楽なほうに流されずに一生懸命に踏んばっている人を変人というなら健さんはやっぱり変人かもしれません。それに正直です。情も深い方です。人に会いたがらないのはそのせいもあると思います」

この言葉にはまさに実感した。つまらないろくでなしとして生きてきた自分の場合、まともな人間に自己再建することが生活の基本であり原則だった。

刑に満期のある人間は「くう・ねる・あそぶ」の生活をしていても無期囚はそれができない。したいとも思わなかった。なぜなら自分は「つまらない」将棋の歩《ふ》みたいな存在であったからだ。ひたすらに生を求め、がむしゃらに運動暴発し、成り金にもなれず、結局は自分が社会から詰まされ（将棋で八方ふさがりとなり敵から王将を取られる状態に追い詰められてしまうこと）罰される人になった。そのろくでなしがこれ以下に詰まされないためにも知的好奇心を旺盛にして内外の障害と戦う実戦をしてきた。

自分ではよかれと思ってした行為でも、とんでもない方向に行ったり、自分に禍となってはね返ることもある。温厚にしていれば愚弄してかかり、行動や言葉尻をつかんで絡み、情理をつらぬけば疎んじられ、ままにならないことがたくさんある日常生活。その結果、すごい人だ、信頼できる人だ、手本にできる姿勢だといってくれる人が一方にいる。他方には、変人だ、変わり者だ、足を引っぱってやれという人もいる。

人間は、誰もが模倣するという本能をもっている。いいことも悪いこともお手本をみてならう。一時は快・楽・エゴ・ナンセンスなど社会の道徳公害にのめりこむ。これはいけないことだとわかっていても抜きさしならない事情や自己の弱さがある。しかしまともなお手本・人間像が頭に焼きついていれば、かならずいつかは理屈ぬきに軌道修正ができる。

それを信じているからわたしは誰が何を言おうと、自分惇善（自分を心こめて善くつくりかえてゆくこと）の一本道を歩いてきた。この熱情は囚僚の一灯になればいいが……という念《おも》いがあったからだ。

それというのも、再犯で死刑になっている多くの囚僚は、その過程で何回もシャバと塀のなかを出たり入ったりしている。だから再犯とは、その性根が悪いんじゃなく、言葉に表現できない告発であり社会変惇の要求だとは考えられないだろうか。

管理側はどういう力をもって囚人たちに精神的外傷を与え、人生の時間を搾取してきたか。更生のためにどんな内容の教導をしたのか。社会は出所者を物質的・精神的にもどのように援助したのか。それが問われている。

わたしたちろくでなしと健さんを、もちろん同列に置いて語るつもりはない。しかし健さんのいう次の言葉には心うたれる。

「俳優という職業についてなかったらどうなっているかわからないと思うことがある。僕の中にある激しいものを感じるときです。自分の中に走る凶器みたいなものが自分でも怖いときがありますね。こんな仕事をしているから何とか抑えられているというか。走り出したら止まらないんですよ、ぼくは。もしかりに自分が愛を感じるものに本当に何かあったら、やっぱり人を殺しにでも行くでしょう。自分の血の中にそれを感じます」

(『映画「鉄道員」　高倉健とすばらしき男の世界』より)

健さんのこうした正直な心情の吐露に、自分は力強さと感謝の思いを受けた。

健さんの映画はほとんど観ている。またマスコミ報道により健さんの人柄というのも自分なりに把握していた。正義感の強い人、礼儀正しい人、ストイックな面をもちながら貧乏臭くない人、弱い者いじめができないような人、男も女も惚れさす人。それらを総合すると、まさに自分が実践している情理主義(人情と道理をつらぬく姿勢)に厚い人だとつくづく思った。

今だからこのようにまとめることができる。しかし自分は事件後、権力による差別と抑圧に自然発生的な怒りを暴発させていたころは、単純に、オトコとして義理人情に強いかっこいい男とか、俺も見習わなくてはならないという偶像的存在だった。

男！高倉健さんは、スクリーンのなかとはいえどんなことにも決して泣きごとはいわなかった。言葉少なく、礼儀正しく、自分より強い者たちとか不条理には不惜身命で戦いに挑んだ。

それに比べ情け無い自分。生れ育ちが極貧だからといって、自分を苦境に追いこんでいる元凶を知ろうとせず、目先の場当たり的な欲求に振りまわされ最後には殺人者となり死刑とまで告げられた。でも、泣き寝入りはゴメンだ。これまでの人生よりこれからの人生を健さんのように生き直してみようと思った。悪漢（悪《みに》くい生き様の漢《おとこ》）から好漢（女子供に好かれる好ましい漢）に改悛する。

だから差別裁判で鎧を黒衣で隠し、法の武力で下層民を亡き者にしようとする法廷には、自分のなかに健さんがいた。悪党どもの非道な巣窟や修羅場にドス一本で斬りこんでいく。

自分もそうする！　そう考えた自分は、自分のことは自分で弁護する、弁護士は法的な手続きだけやってくれればいいとした。そして獄中では待遇の改善を要求したり、弾圧と人でなし管理に抗して刑罰をかさねているときなど、健さんは自分にとって心の支柱となった。

健さんの「唐獅子牡丹」という歌の歌詞に「やがて夜明けの来るそれまでは意地でささえる夢ひとつ……」とあるように、自分の希望の華《はな》が開くまでは泣きごとをいわないようにした。

たんに健さんのかっこいいものを自分のデコレーションやメッキにするのではない。健さんの猿まねをしたってしょせんは健さんにはなれない。でも健さんをみならって、人間としてはずかしくないように生き直しはできるはず。わたしはわたしなのだし、健さんのようにどんな場面でも情理をつらぬくだけ。人として二つとない自分特有の仁に生きる。それからの獄中生活はまさに強者と対峙し弱者とともに前進する実践の展開だった。

今、自分はこう考えている。

「わたしのまねをして生活習慣を愅えれば再犯の轍を踏まないですむだろう」と。

「ぼくら同世代にとって健さんはほんとうに優しいお兄さんなんですよね。だから健さんが出演される作品はスタッフがみんないい人になってしまう。なうての暴れん坊まで。何か健さんの気持ちが以心伝心するのか、スタッフに対する思いやりが深いですから。健さんの作品につくと悪い人がいなくなっちゃうんですよ」とスタッフの一人である大町さんという人が語っていました。

わたしも獄中四十年の生活で似たようなことを言われる人間になれただけに、いっそう自力更生の実践に熱情が炎となる思いだ。

更生とは、どんな人がどんな立場にあっても、どんな生き方をしていようと、そこから更に生きていかなくてはならないということ。そのためには更《こもごも》が生きてゆく道や質や方法を更えて生きるということ。

健さんは自身と周囲を変えてきた愅命者。

右だ左だと口にしないが日本文化を大切にした愛国者。情理主義の体現者だと思う。健さんを慕う人やファンが、健さんをみならった言動を心がければ、この市民社会、この日本はもっともっと改悌されていくだろう。

健さんありがとう。「つもり重ねた不幸の数々」を気づかせてもらいました。合掌。

情理のきずな——囚人と看守の溝を埋めるには

つらぬけ情理一筋の道。

赤軍派や獄中者組合とも訣別したわたしは、獄外の理解者たちとともに、不死鳥社という政治結社を創った。主婦・労働者・公務員・教職員・出所者・子育てママ、その他種々な人たちによる結成であった。とりわけ「矢島一夫とともにたたかう会」のメンバーは活発でした。会議や集会を開いたり、他の戦いにも参加した。「差別裁判粉粋！　矢島さんを権力に殺させるな！」を掲げ、駅前の商店街や裁判所前でビラ配り、街宣活動をしてくれた。裁判の時は夜行バスで傍聴に来てくれた。

法廷で検事に、「ペンで事実をねじ曲げられるその痛みがわかるか？　わからなきゃ教えてやる！」といって、証言台にある椅子を振り上げ検事に突進したわたし。それを法廷警備員や看守がダンゴになってのしかかる。どさくさに紛れて腹や尻を蹴る、足腰の関節を痛めつける。手足を不自由にさせられたわたしは看守の手に噛みつき放さなかった。そのとき、「矢島さんに何するんだ！　暴行をやめろ！」と叫び傍聴者が柵を越え助けにはいってくれた。彼女・彼たちは四人が逮捕された。弁護士や検事もいない密室法廷で、「法廷の秩序を乱した」という科で、最高二十日間、拘置所の囚人にされた。わたしも二十日間の増刑で拘置所の保安房まで単独直行され、その後二か月の懲罰を受けた。

痛く苦しいときばかりではなかった。たくさんの人びとと出逢い元気をもらった。いくつかの例。

(1)仕事に行く前に寄るんだから気にしないでいいよといい、たびたび面会に来て励ましてくれる左官屋のKさん。毎月五百円のカンパをしてくれた。

(2)石川さんのところへ面会に来たのだけど先客があり、おなじかずおさんなので来ましたといってはは笑顔のステキなおばさん。

(3)クロポトキンの著書を差入れて自然科学の優しさとミカン一個を差入れてくれた黒色戦線社のOさん。

(4)学校や仕事・買い物のついでといいながら面会や差入れをしてくれた学生さん・労働者・主婦の皆さん。

(5)一週間飯場《はんば》に行って稼いできたからお裾分けだといって食料や中古の衣服を差し入れてくれた山谷の日雇い労働者同胞。

(6)矢島さんの本をなかにいるときに買って読んだよ。怒りごもっともだ。刑務所に送られる日が決まったら教えてな。奪還してやるといった現役のやくざの親分。

(7)夜勤の巡回時にそおっとわたしの房に来て、矢島さんたちのたたかいは凄いよ。俺も仲間に入るから出てきたら連絡してよ。それまでは看守やってめし食ってるからさ。でも弱い者いじめはしないよ。待ってるからね！といってくれた平看守の若者。

(8)拘置所での懲罰は十日間から始まり、二十日、三十日、四十日、五十日、そして最高の六十日までをすべて体験した。六十日の懲罰を再び受けて五十日目の日、突然事務所に呼び出され、後十日は免除するといい渡された。そのとき四十歳台の幹部職員はこういった。「監獄法に触れる行為をすれば懲罰をかけねばならんのが俺たちの仕事だ。しかし矢島の要求や抗議はいつも筋が通っているんだよな。だから憎めないいんだ」と温和な表情でいったのが印象的だった。

(9)下獄先では鬼の再来や、バカの化けたような抑圧看守ばかりではなかった。「拘置所で経験し学んだ力を今度はここで、収容者たちが事故なく生活しまじめになって出所できるよう指導力を発揮してほしい」。そういった分類審議室長。

死刑のコンベアーにのせられたわたしは下獄すれば指導員のコンベアーに乗せられるのかと苦笑した。しかし、さらなる独学自育と同胞たちとの苦学力行を腹に決めた。無知・粗暴・自棄・道徳的堕落を絵に描いたような獄中同胞たちの、いやがらせ・挑発・足のひっぱり・いじめと戦いつつ、班長・検査工・衛生係の指導的コンベアーに乗ってきた。トラブルやいじめで逃げ場のなくなった人が担当に密告や相談に行く。そうすると「そんなむずかしいことはわからん。矢島の所へ相談に行け」であった。

仮出所が近づき、「更生教育」なるものが新規に導入され第一回目として五～六人の収容者がピックアップされた。厚生教育は、教育課の職員や外部からの有識者・心理学者が指導教育の立場になって開かれる。しかし、被害者感情を押しつけ一生反省する必要に結論づけ、収容者に負い目をもたせつづける式の「反省・更生」のレベルであった。

ディスカッションを重ねた最終日、わたしは何かが欠けていることを表明した。

反省とは、自他ともに少ししか目が届かなかったために事故や事件が起きてしまうのだから、それをふり返って新しい自分や関係をつくり直してゆくことに、気づく・感づく・思いつくこと。それが加害者と被害者・まわりをとりまく人たちの反省であること。不備・欠陥・弱点をつけこまれたりつけこんだのが犯罪となって現われるのだから、被害者も加害者も、怨み続け、憎まれ続ける精神的な気の毒から脱皮すること。そのためには、生活に五本柱を建てること。

一、自分検考《けんこう》。自分のなかみと過去・現在の在り方を検《しら》べ考えます。

二、自分抉剔《けってき》。自分のよくない処を抉《あぶ》り出します。

三、自分格闘《かくとう》。自分と生活のなかにある矛盾（良いところとよくないところ）をたたかわせます。

四、自分治療《ちりょう》。自分で自分のよくない部分を剔《えぐ》り出し治していきます。
五、自分啓迪《けいてき》。自分の無知な部分を自分の努力と工夫で克ち超えてゆきます。

このような真正の反省をすることが大切だ。
自力更生とは、現在の自分がどうあれ更《さら》に生きるためには自らの力で自らを更《か》え生き直すこと。そのような自覚と実践力をもつことが気の毒に対して必ず気の薬になること。それらを、わたしはホワイトボードに書き獄外から来た有識者や心理学のカウンセラー警務職員・獄中同胞にレクチャーしたのだった。

終わったときにみんなが感心していた。いいことを教わったと異口同音であった。仮出所の当日、囚人服からシャバの服に着替えているとき、何人もの看守・部長・係長らが「おめでとう、よかったな、がんばれよ」といいにきてくれた。とりわけY係長は平看守・部長を経て係長になるまでの年月わたしは陰に陽にお世話になった。正義漢で、弱い立場の人には心をこめて、教え励まし力になった。まちがっていたり正しくないことには、獄中者や上司職員にでもものの情と理を説いて是正させた。剣道は七段で街の青少年に指導したり大会の師範審判員もしている。まるで高倉健さんのような情理一筋の好漢だった。そのYさんが一番最後に来てくれた。二人は両手で熱く握りあうだけで言葉にならなかった。二人ともボロボロと漢《おとこ》の涙を拭うこともしなかった。「矢島、信じている。はいってくるなよ」というYさんにわたしは、「ありがとうございました。忘れません」と、直立不動から深く腰を折り心から別れの挨拶をした。

有知の涙——ねがわくば非情人情あやをなす　シャバと知獄の橋を架けたし

連続射殺犯永山則夫は、獄中から『無知の涙』を公刊した。一定の学識がある人は読破できたろう。しかし当時、無知蒙昧であったわたしは読解力がなく、共有して無知の涙を流すことはできなかった。でも今は違う。獄中で学を楽しみ力強く行動することで、人智の価値を知った。獄中獄外の人たちと心の絆ができ、手をとりあって流した憙びの涙がここにある。

◎獄にいる者だからこそやらなくてはいけないこと。

◎社会にいる人だからできること。

その力と心を併せて問題の本質に迫っていく大切さ。そこに猿を超えた知恵のある憙びの涙を観るのです。

漢《おとこ》の門出《かどで》

その1、もと暴走族の若者。

仮釈放にかんする保護観察官との面接があったT君との想い出。わたしたちにとって人生建て直しに大切なイロハを話してあげたのが懐かしい。

五年以上もの年月、自分再建の勉強を偕《とも》にして来た若者であり、わたしを師父と呼び人生の相談もした。

この収容生活で何を学んだか、を観察官から聞かれた彼はこう答えたと報告した。彼は堂々とわたしの存在を話したという。

「人生の哲学を教わり自分を作り変えるための勉強をしています」というT君に、「その人は年輩の人ですか？　いい人に出会いましたね」と観察官はいったそうです。T君に限らず常日頃から若い人たちにはこう言って来た。

◎どこで・誰に・何を聞かれても、人間として恥ないことを勉強しているのだから、矢島からこういうことを教わっていますといっていい。わたしは何を教えているのか？　それは、「このなかにはいってきたときより、出ていくときは自分を心からつくりかえて、社会や家族に顔向けできる人間になること」ということ。

◎そして、このなかも社会も同じく、生活とは問題の連続だし、人間関係が常につきまとうのだから、社会生活の能力と問題解決の能力をしっかりと身につけることが大切だ。

この教えをT君は観察官に話したときに「いい人に出会いましたね」といわれたようだ。

その2、現役の渡世人。

◎「永いあいだいろいろお世話になりました。ありがとうございました。矢島さんにはその後ろ姿からたくさんのものを学ばせてもらいました。厳しい状況で大変だと思いますが、がまんして早く出ることだけを考えてください。矢島さんのたたかいを社会で応援していますから……」

このように別れの挨拶をしてくれた彼は、十五年の刑を満期で出た。だからといって肩肘張って生活することもなく黙々とお務めをした。

◎「俺は出てからもやくざをやるんだ。だから仮釈をもらうために権力にペコペコしたり、みみっちい務め方はしない。いうべきことはいい、やるべきことはやって、堂々と出ていく。弱い者いじめはしちゃいけないというが、刑務所や権力そのものが弱い者いじめをしている。俺たちは暴力団じゃねえ。本当の義理や人情も知っている。これからは権力だろうと何だろうと弱い者いじめする奴とは堂々と向かいあい、力の弱い者を助ける生き方をするんだ。それが本当のオトコだと思う。俺はオトコとして生きる。だから仮釈なんていらねえ!」

このような渡世の漢《おとこ》たちが増えている。それでいいのか悪いのかは、誰が決める?

その3、これも現役の渡世人。

◎「私が矢島さんと初めて会ったとき、正直いって堅ぶつの人かと思いましたが、人一倍やさしい人柄の人物であり、心が熱い志士といった人でした。そして共通の知人がいたため仲良く接してもらい、初めての懲役がぐっと楽になりました。矢島さんには学ぶことばかりで本当に頭が下がる思いです。私には真似のできない人生を歩んできた人だと思いました。私も矢島さんと知りあったおかげで私自身が一周りも二周りも大きくなれたような気がします。なかなかシャバで会いたくなるような人にはめぐり会えませんが、矢島さんは外で会って私の相談役になってもらいたいものです。外に出ても今の志を忘れないで、今の若者たちに伝えてほしいと思います。矢島さんこれからもよろしくお願い致します」

彼は現役の渡世人で芸能人もしのぐほどのいい男。温故知新の熟語を好み、歴史や伝記を学び人づきあいも年齢以上の器量をもっていた。

その4、よかオトコ、巧《たく》ちゃん。

「前略、変わりないですか？　私は五月一日無事に出所いたしました。思っていたよりときの流れがはるかに早く先のほうまで流れていて少しとまどいました、が持ち前の負けん気ですぐに追いつき追いこすつもりです。

ところで、その節はいろいろと作業面、人生面と教えて頂き、ありがとうございました。お陰様で私の人生は二十年前とは百八十度も変わった人生となりました。矢島さんのような人と出会えて本当にうれしく思っています。矢島さんのような人は早く社会に復帰されて人のためにたくさんのことができる人です。私とは歩く道はちがいますが、私も人のため社会のために少しでも役に立てる人間になります。矢島さんを見習って。私はそのなかで我慢と辛抱を矢島さんに教えていただいたので社会でもその教えを守ります。とにかく、矢島さんもくれぐれも身体には十分

気をつけてお務めください。では一日も早い社会復帰を心よりお祈り申し上げます。乱筆乱文にて

矢島一夫様、　平成二十年五月十一日、記　　　　　　　　　　巧　」

彼の獄中姿勢はすごかった。人情の道理に悖《もと》ることは一切しなかった。強権にはものともせず、弱い立場の同胞には温厚でつねに寄りそっていた。「俺は人を殺して来たのだから仮釈放をもらうつもりはない。きっちり務める」といって二十年満期で出所した。

そんな彼を支えて来た奥さんと子どもたちも感謝状ものだと思う。わたしの妻も二十歳から四十二年間も支えつつ帰りを待っていただけに、彼や奥さんと電話するときなど本当に親しい会話ができるのでした。人間まっすぐ生きていればかならず心の輪は広がるもんだ、と彼や奥さんから学ばせてもらいました。

昨夜、彼と電話でお互いの近況を話し合ったときに、彼はこう言ってました。「俺、やくざはやめたけどオトコはやめてないからね」と。彼もわたしも高倉健サン大好き人間です。

その5、新風志士。

「ほんとうの絆は心の鉄格子を自らがとっぱらう。耳寄りな話。

矢島君のような考えや姿勢の人は収容者にいない。職員にもいない。収容者のみんなが矢島君のような考え方や姿勢で務めてくれるのをボクは望んでいる」

このようにいったのは宮城刑務所の所長に次ぐ高官でした。そのとき、わたしはこういった。

「わたしを考査寮の新入教育係にしてください。職員が立ち合いのもとで大切な事をレクチャーします。たとえば、同囚にも担当さんにも好かれ信頼されてお務めする大切さ。むずかしい人間関係を簡単な人間関係にする方法。それによってトラブルを回避する方法。仕事をしながら自分を改善してゆく方法。反省と更生の仕方。それら全体を含めて愉しく生活する方法。これらを新入りのときに、おなじ囚僚のわたしから話を聞くのと、看守職員からひな型のような「新入者の心得」をレクチャーされるのとでは、後の生活でその効果はちがってくると思うのです」

このように提案したことがあります。そのことには感心していたが、「そういうことになれば、いろんな面で矢島を護ってやらなくてはならないので今の状況では無理だな」とのことだった。その後、わたしは三回ほどＮＨＫや仙台放送などテレビ局の撮影やインタビューにかり出されている。これらは刑務所管理のオブラートに利用しただけだったのか。

最悪のことをした者が、最善の生き方ができるようになる。そのために忍耐《がまん》・努力《がんばり》・我《が》を張《は》らずの年月を重ねる。そして四十二年の歳月を消耗しシャバに出る朝を迎えた。

看守と収容者の壁を超克して男と男が無言の流涙。刑務所の玄関には一台の車が待っていた。シャバには出たものの社会生活に馴れるためのリハビリが一か月以上行われる。東華会という保護施設の職員にわたしは渡されたのだった。男と男の新しい出会いは、まさにわたしが獄中と獄外に虹の架け橋を架けたい希望を叶えてくれた人でもある。

更生保護法人・宮城東華会の保護司であり補導員である中鉢善雄さん。もとは東北高等学校の教諭であり、柔道部の監督もした人です。国体では柔道で二位になった人で、心も体も優秀な人ということが今のわたしで明証されている。四十二年の獄中生活で、すっかり浦島太郎になったわたしを、男同志としてリードしてくれた。当時の東華会は宮城刑務所から天下りした元看守が多く、オイッコラッをはずしただけの、まるで鉄格子のない刑務所みたいな感じだった。だから出所者も刑務所の延長とみて、規律違反や脱出する者もいるし面従腹背が日常だった。その東華会から社会に復帰する収容者と職員とは、社会的な接触をしてはいけないという規定がある。それはおかしいと思っている中鉢先生は、今もってわたしとかかわってくれている。

収容者・出所者に慕われ信頼されている中鉢先生だが、先生が「目の上のたん瘤」になったらしく、天下り組の職員たちは先生にいじめ・難癖・厭がらせ・挑発・足の引っ張り・上司への歪曲した密告など下劣なことをして、東華会から追放する仕掛けをした。しかし中鉢先生は看守の天下り組には屈しなかった。「出所者のその後も見守り、ともに社会で社会のために努力するのがなぜ悪い！」という信念で、今も改善をもとめている。

看守を天下りさせれば、オイッコラッ座ってろをはずしただけの延長刑務所になってしまう。だから中鉢先生のような学識経験者や心理カウンセラー、ケースワーカーなど一般市民からの職員に代えていくことが大切だと、そのことを中鉢先生にわたしは提案した。中鉢先生は刑務所や東華会のような保護施設が収容者を出所と同時に見限るのではなく、可能な範囲で収容者とともに社会貢献する。その実践をつらぬいているから現在のわたしがあるともいえると思う。

新しい漢の旅立

憂き世・人生・心と世界、たとえていうなら荒野とおなじ。掘って耕し整えて、石・井戸・誠を掘り起こす。原石採ればダイヤモンドのように輝き、汲めどもつきぬ井戸を掘る。足腰弱い人らのために、作る敷石・石畳。石の階段昇降扶《たす》け、石の架け橋、福招く。吾が存在は小石にあらず、どんな力に蹴られても、転ばず・裂けず・腐らない。石にも似たる意志を持ち、石にも負けぬ、友情育て情理をつらぬく人生礎石。岩間の湧き水、掘る井戸の水、同胞《はらから》生かし、自分も活かす。真心・真実・大切にして、自分を慎み、つくろわない。ファミリー同胞、親切にして、礼節つくし、真面目に生きる。嘘と誠を弁《わきま》えて、真実のある世界を創《つく》る。この世に生まれて善き名をもらい、手塩にかけて育ててくれた、かけがえの無い両親に、感謝の心を忘れない。たった一度の人生を、自分と家族と社会のために、情理ひと筋、わが道を行く。こんな矢島を中鉢先生はこういってくださる。

「中鉢も毎日が修行中で、ほっとしたときが、人生の幕引きと思ってます。その中で男のなかの男、矢島さんに出逢えたことに感謝しております。男が男に惚れることはめったにない中鉢です。が

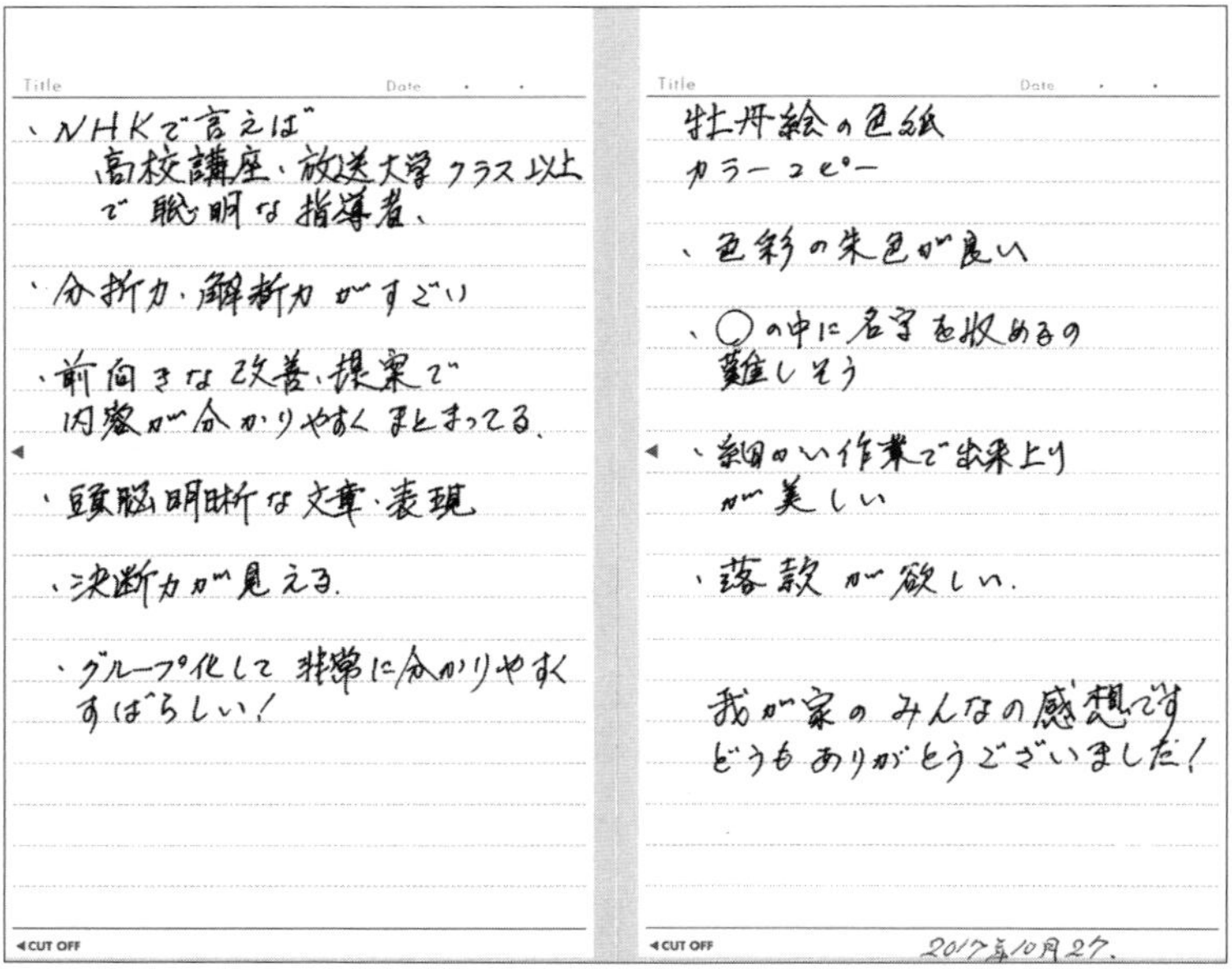
Title　Date

、NHKで言えば
高校講座・放送大学クラス以上
で聡明な指導者、

・分析力・解析力がすごい

・前向きな改善・提案で
内容が分かりやすくまとまってる。

・頭脳明晰な文章・表現

・決断力が見える。

・グループ化して非常に分かりやすく
すばらしい！

CUT OFF

Title　Date

牡丹絵の色紙
カラーコピー

・色彩の朱色が良い

・○の中に名字を収めるの
難しそう

・細かい作業で出来上り
が美しい

・落款が欲しい。

我が家のみんなの感想です
どうもありがとうございました！

CUT OFF　2017年10月27.

家族ぐるみでおつきあいいただいているＹさんからいただいた、次ページ以降の私の「反省の科学」や牡丹文字（211 ページ、276 ページ参照）への感想です。

矢島さんのような男の人は貴重です」

わたしは恐縮するのですが、心が熱くなった。中鉢先生と素敵な奥様が先日、遠路遥々ご来宅下された。慰問と激励を頂く談笑のなかに、獄中者と市民の虹の架け橋をみた。

　喜びと感謝の思いをこめて一つの牡丹文字を描いた。

　人に恵まれ、生活に恵まれ、健康に恵まれ、未来に恵まれた、そんな社会でありたい。と。

　額に飾ってある写真を送ってくれました。

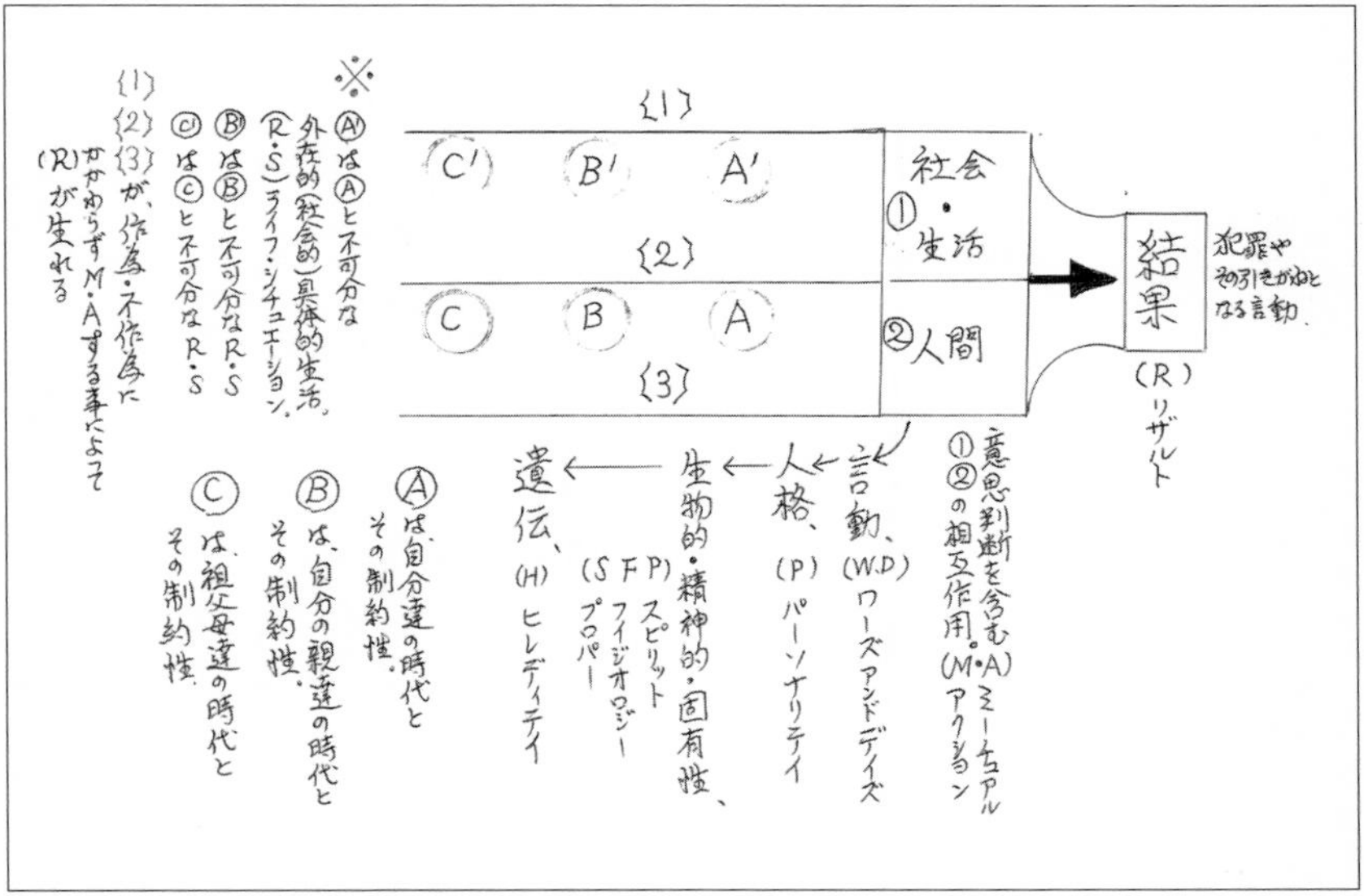

わたしが考えた「責任の科学的分析」

資本主義社会の構造が、けっして善正全能ではなく、不備・欠陥・弱点を含有するものなら、社会そのものと、そんな社会を支えてきた私たちの一人ひとりが罰を分担すべきでしょう。社会も責任をとる。私も責任をとる。被害者も責任をとる。

その内容と方法の比重は異なっても、責任的共有という真理は、誰も否定できないと考察した。

ゲームやスマホ、クロスワードにのめりこむより、簡単で愉《たの》しくためになりませんか？

いいすぎやまちがいがあれば、私を批判し、ご教導ください。

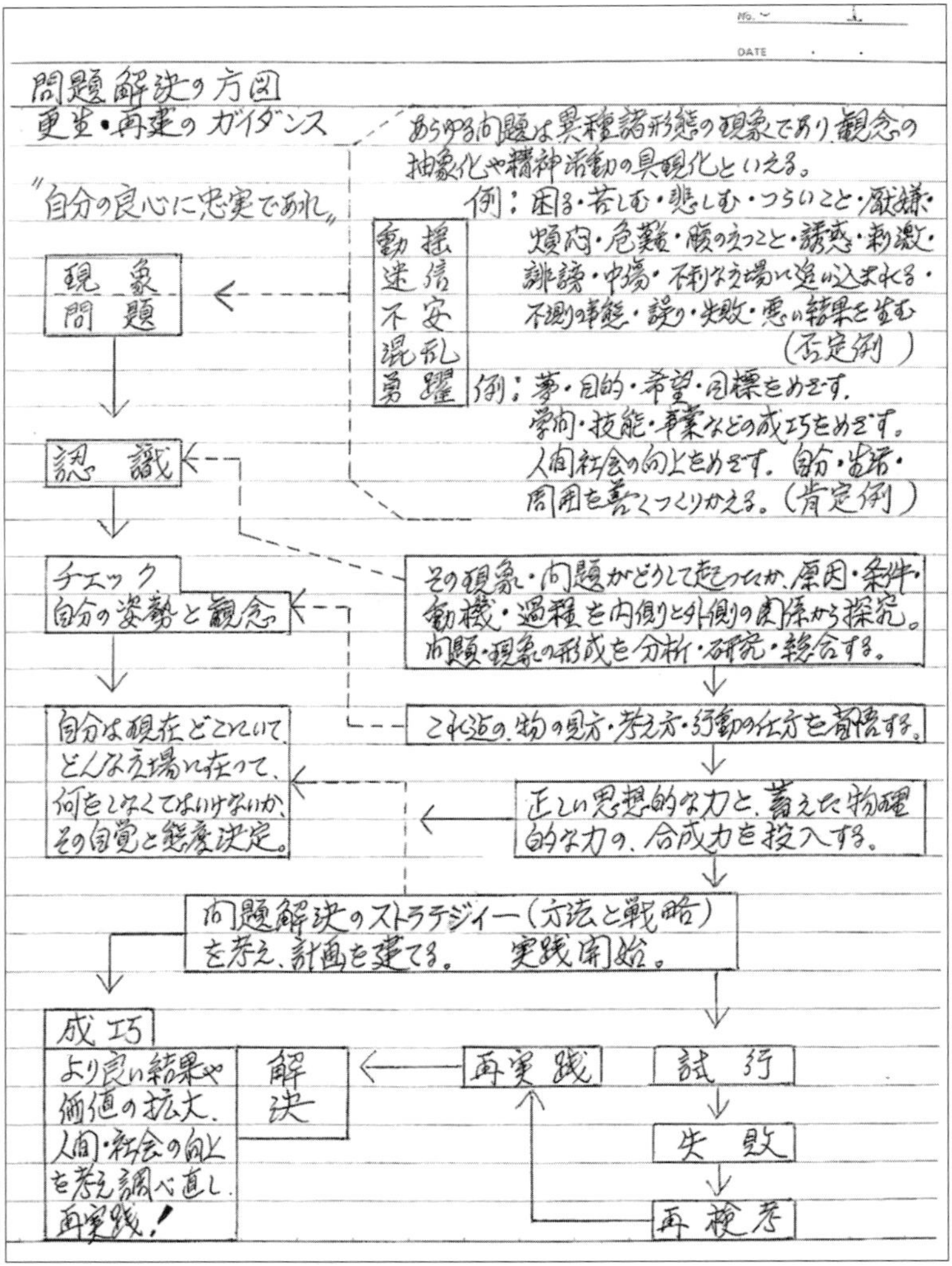

No.
DATE
問題解決の方図
更生・再建のガイダンス
"自分の良心に忠実であれ"
あらゆる問題は異種諸形態の現象であり観念の抽象化や精神活動の具現化といえる。
例：困る・苦しむ・悲しむ・つらいこと・厭嫌・煩悶・危難・腹の立つこと・誘惑・刺激・誹謗・中傷・不利な立場に追い込まれる・不測の事態・誤り・失敗・悪い結果を生む
(否定例)
動揺
迷信
不安
混乱
勇躍
例：夢・目的・希望・目標をめざす。学問・技能・事業などの成功をめざす。人間社会の向上をめざす。自分・他者・周囲を善くつくりかえる。(肯定例)
現象
問題
認識
チェック
自分の姿勢と観念
その現象・問題がどうして起ったか、原因・条件・動機・過程を内側と外側の関係から探究。問題・現象の形成を分析・研究・総合する。
これ迄の物の見方・考え方・行動の仕方を省悟する。
自分は現在どこにいてどんな立場に在って、何をしなくてはいけないか、その自覚と態度決定。
正しい思想的な力と、蓄えた物理的な力の、合成力を投入する。
問題解決のストラテジイー(方法と戦略)を考え、計画を建てる。実践開始。
成功
より良い結果や価値の拡大、人間・社会の向上を考え調べ直し、再実践！
解決
再実践
試行
失敗
再検考

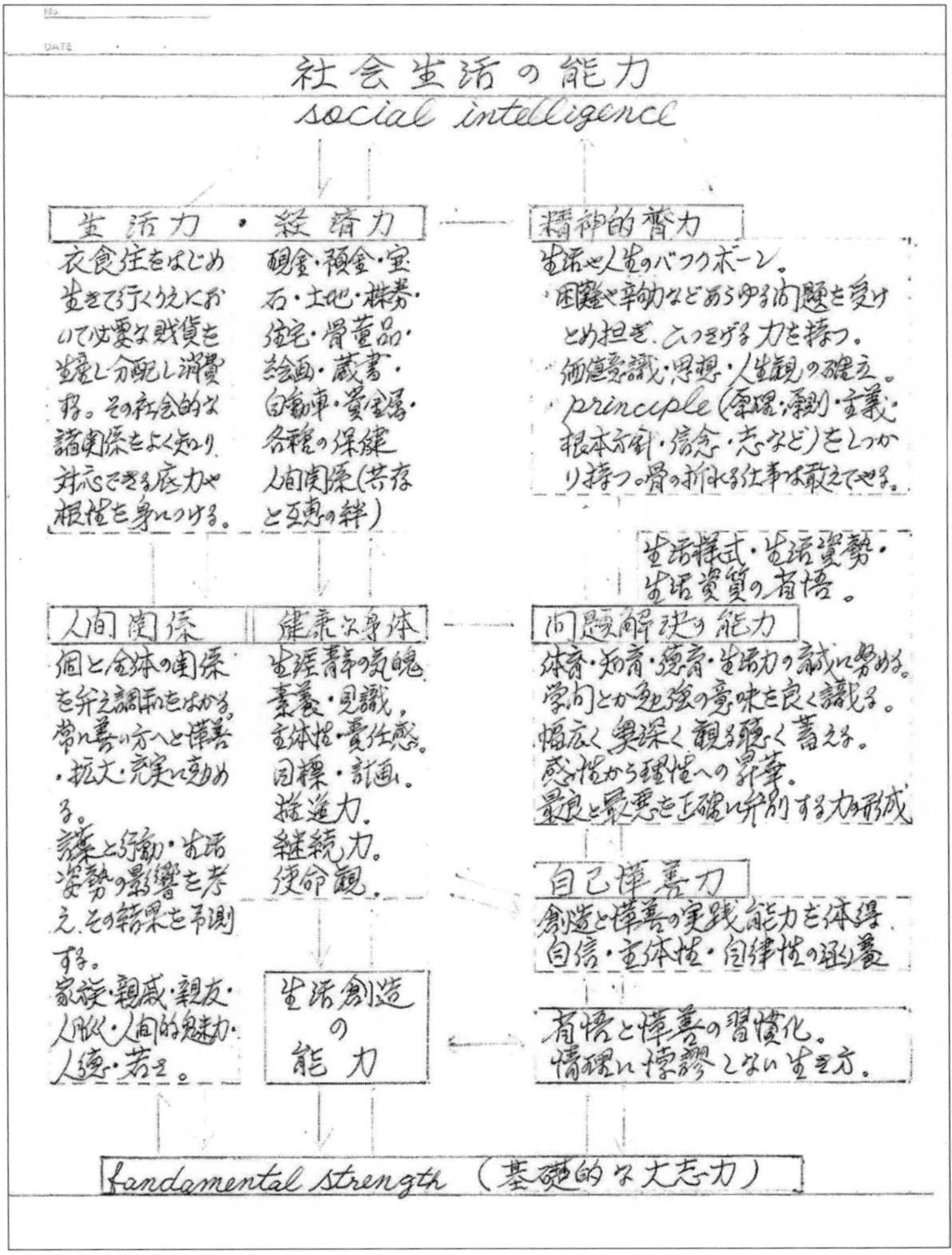
社会生活の能力
social intelligence
生活力・経済力
衣食住をはじめ生きて行くうえにおいて必要な財貨を生産し分配し消費する。その社会的な諸関係をよく知り、対応できる底力や根性を身につける。
現金・預金・宝石・土地・株券・住宅・骨董品・絵画・蔵書・自動車・貴金属・各種の保健
人間関係(共存と互恵の絆)
精神的能力
生活や人生のバックボーン。
困難や辛苦などあらゆる問題を受けとめ担ぎ、立ちむかう力を持つ。
価値意識・思想・人生観の確立。
principle(原理・原則・主義・根本方針・信念・志など)をしっかり持つ。骨の折れる仕事に敢えて挑む。
生活様式・生活姿勢・生活資質の有情。
人間関係
健康な身体
個と全体の関係を弁え調和をはかる。常に善の方へと陶冶・拡大・充実に努める。
言葉と行動・生活姿勢の影響を考え、その結果を予測する。
家族・親戚・親友・人脈・人間的魅力・人徳・若さ。
生涯青年の気魄、素養・見識、主体性・責任感。目標・計画。推進力。継続力。使命観。
問題解決の能力
体育・知育・徳育・生活力の育成に努める。
学問とか勉強の意味を良く識る。
幅広く奥深く観る聴く蓄える。
感性から理性への昇華。
最良と最悪を正確に弁別する力の形成
自己陶冶力
創造と陶冶の実践能力を体得
自信・主体性・自律性の涵養
有情と陶冶の習慣化。
情理に悖謬しない生き方。
生活創造の能力
fundamental strength(基礎的な大志力)

あとがき

再犯防止のためのたたき台

検事から「悪鬼の所業」といわれても否定できません。被害者とそのご遺族や自分の家族・社会に対して、本当に申しわけないことをしました。朝から朝まで、すみません・どうか許してくださいの念《おも》いをもってすごした永い獄中生活でした。しかし、唯々ペシミスティックやストイックな態度に溺れるのではありませんでした。生産的で建設的な省悟を、獄中同胞や社会的に活かす方途として実践して来ました。

その更生の美学・獄中の美学を、咎人《とがにん》の戯言《ざれごと》と誹謗されてもいい。この自省録の内実を出版してもらいたい。わたしの事件後も無くならない犯罪や、自殺の一歩手前で「待った！」をかけてあげたい。その縁《よすが》にしてほしい。こうした謝罪の方法は誤りでしょうか。

そこに、言葉足らずや不備欠陥があれば、謝罪方法の理想を説き教えるだけの力がある人に登場をお願いしたい。

わたしは、貧乏人・働く人びと・罪を犯した人びとの立場と利益だけを問題にしているのではありません。怨み節やおかどちがいを口にしているのでもありません。

社会・世界・人類のためにならないことをやって、罰されることもなく、甘い汁を吸いつづけ肥え太り財産を蓄積する人たちがいる。

それを擁護するような政治・経済・思想・軍事力のせいで働く多くの人びとがそうした歪みの反映としての貧困化に喘いでいる。この不公平と大きな利用主義が、あらゆる領域に存在し、法の権力によってまるであたり前のように居座っている。

他者に何かいわれて腹が立つのは、相手を見下しているから。いわれたことがズバリ当たっているから。いわれたことが忌々しく思えるから。相手を責めず、自分を責める。これが省悟の出発点。

咎人《とがにん》に戯言をいわれ、競争社会の善良なる市民たちは怒りますか？ どんな人にも生活や人生のうちに、被害性と加害性があることを認めてほしいのです。これを認めず止揚しないときは、往々にして、下へ向けて上のキレイごとがいわれます。こうした格差社会の解毒剤がわたしの憎まれ口だと思ってください。


読者のみなさんへ、特に再犯を無くすためお力をお貸し下さい。

出所すれば、社会にはいろんな形の誘惑・刺激・困難・不測の事態があります。それに直面したとき、獄中で何を学び自分をどうやって作り変えたか、変えなかったかが試されます。そのとき、解決方法は人間と猿ほどのちがいが出ます。過去は猿のようだったわたしだったから、それを超克してきた全存在を披瀝することで再犯防止の叩き台にしてほしいのです。故に出版関係者や市民の皆様に出版のお赦しを、伏してお願いしたしだいです。「青少年の育成問題や、いじめ・自殺・犯罪の一歩手前で「待った」をかけてあげられる術があれば、誰でも声をかけてください」という思いです。

犯罪とは「有責違法の行為」というだけでは、何もいっていないに等しいのです。社会の不況は、犯罪者や獄中者が産み出したものではありません。資本主義の経済構造を分析・研究・総合すればそれがわかります。

景気というものが、活況・停滞・不況・恐慌という四つの形になって現われます。この四つが周期的に現われ、特に不況や恐慌のときは、企業倒産・失業・犯罪が増化していることも社会的事実となって明証されています。

資本主義社会の構造と生存競争のシステムはどうしても力の弱い所やピラミッド型の最底辺にそのひずみをおよぼします。

貧乏人だけが罪を犯すわけではありません。昨日までは善良なる市民といわれた人たちが今日は犯罪者になりうるのです。階層の低い人たちだけではなく、中流や上流の人たちとか支配・管理する階級の人たちも、いろんな形の罪を犯している事実も、すでに社会的に明証されています。だから、金持ち・有名人・権力者・市民は善人で正義の体現者。貧乏人・肉体労働者・罪人は悪人と定めてしまう。これは、固定観念・因習的偏見・人間差別の誤りです。

極論すれば、市民・国民は、犯罪者予備軍のような状態にされているのと同じです。なぜなら、金がものいう社会では、万人と万人、一人と万人が金と地位と生活安定を獲得するために人生のハンディ戦をやっています。必然的に産み出される失業者や生活・人間関係に疲弊した人たちは犯罪者予備軍として管理されているのです。地域のテレビカメラの増大、通報や密告の奨励、マイナンバーカード等で市民管理。すなわち格差社会で人生のハンディ戦をやっている市民、失業や窮地に立たされた人は、自殺・発狂・犯罪の予備軍といえます。ひとたび罪を犯せば社会で生活の回復能力がない者として刑務所で管理するという案配なのでしょう。しかも刑務所は治安の最後の防波堤としている。だが、獄中者は無賃奴隷のように働かされ、労働価値は被害者に還元されるのではなく国庫に納まる。すなわちキャピックという事業所が囚人労働の成果を牛耳っているように、刑務所そのものが一つの企業体になって機能しているのではないでしょうか。

善良なる市民は、たんに犯罪の「被害者」なのではありません。競争原理の社会では「明日は我が身」なのです。それと同時に、自分たちの利益だけを考えているなら、それは罪人を産む社会的な「未必の故意」の共犯者として存在することになってしまうのです。

犯罪が起こることなどもちろん望んではいないでしょう。しかし競争原理に基づいた社会で政治・経済・文化（思想）の面で、「このままではいけない」ということが判っているのに、放置しておいたり風潮や時流に加担しているなら、それは「未必の故意」であり、罪つくりの共犯者といわれてもしようがないのです。罪人だって市民になりたがっています。市民は罪人になりたくないでしょ！

罪犯者や困窮者が産まれるのは、資本主義の不備・欠陥・弱点が現著したものです。被害者の不備・欠陥・弱点を衝いたものが犯罪となって現著します。それは同時に加害者がもっている不備・欠陥・弱点が現著したものです。でも事件のたびに世間は被害者へは同情を、加害者への怒りと憎悪を強調して煽り立てます。

死刑は犯罪の抑止力になると国家的殺害を正義とする人びとがいますが、火炙り・釜茹で・磔・獄門……、そういう公開処刑が犯罪の抑止力になっていたなら、とうの昔に犯罪は無くなっているはずです。

誤っていると判っていてもやめない。やめられない。そこに人間と社会の、嘘とごまかしがある。人間と社会の不備・欠陥・弱点がある。これを超克しなければ、善人づらはできない。矢島一夫の自力更生は、この否定面の超克であり、人びとと社会に、全存在をかけて、超克のヒントを投げているのです。

ひとりはみんなのために、みんなはひとりのために

フランスの小説家、アレクサンドル・デュマが著した『三銃士』という小説があります。その中でアトス、ポルトス、アラミスの三人は団結と規律の原則をこういっている。

ひとりはみんなのために、みんなはひとりのために……と。

この格言は後にソビエト連邦時代にレーニン婦人であったクルプスカヤが著した『教育論』の中でもとりあげられました。そして最近は、日本の学校で同じ言葉を見聞きするようになりました。けだし名言だと思います。

お父さんはお母さんのために、
お母さんはお父さんのために、
子どもはお父さんとお母さんのために、
お父さんとお母さんは子どものために、

力と心をあわせ、無理はせず、自分ができる限りのことを、情理をこめてやる。このことを実際にやって来たから、わたしたちは獄内外四十二年間の相互扶助が成り立ったのです。

獄中生活も家庭でも、学校や職場でもひいては地域・社会でもそうです。

一人と万人、万人と万人が、戦わされている侮辱と搾取に怒り、やめる・やめさせるには、「全体は個人のために、個人は全体のために」の実践で超克できると思います。そうすれば、いじめ・自殺・犯罪なんかぐ~んと減ります。獄中者の更生率も上がります。

九州のよか漢《おとこ》、巧ちゃんへのわたしからの返信を読んでください。

「拝復、お手紙ありがとうございました。二十年にも及ぶ長いお務め、本当に、ご苦労さまでした。お元気で社会復帰されたことを知り安心しました。

近年収容人員も増え、生活の煩雑さと囚僚たちの質的低下が相乗してか、トラブル・反則・喧嘩が増大するなかで、ひときわ輝《ひか》っていた貴兄の印象がわたしの歴史にも刻まれております。

仕事中の真剣な顔。怠け者やいいかげんな務め方をしている者たちとは一線を引き、前向きで良心的な作業姿勢・責任感の強さ。囚僚たちに接するときの優しい面立ち。不正と圧迫には決して同調や妥協を許さない気構え。そんな貴兄の生活姿はもうみられないのが残念です。でも、貴兄のそうした生活のプリンシプルはかならずこれからの人生で、自分を守り、家族を護り、社会のために貢献する力となって花開くとわたしは信じています。

わたしたちは、社会に害悪をおよぼした人間ですが、今度は社会に貢献できる人間になることで、本当の更生が克ちとれるものと思います。わたしは今だに獄中人。貴兄は社会人。おかれている場所は異なってもやるべきことは自力更生です。

社会に出たらもう更生の二文字は関係ないと思っている人がいます。しかしそういう人は必ず再犯で戻って来ます。過去のわたしもそうだったし、貴兄もこのなかでたくさんの再入者をみて来たと思います。一緒に生活していたときも話しましたが、自力更生の意味について、矢島の信念に基づいた意味づけを書きますね。自力更生とは自らの力で更に生き方をかえること。人間が誰もが、今のままでいいわけではなく更《さら》に生きていくためには、自分の努力と工夫と勇気によって、生き方の質と道、生きるスタイルを更《か》える必要があります。最善の道を常に選んで更えていくということです。

社会が悪い、家族がどうしたこうした、誰それがどうのこうの……ではなく、まずは悪いことやろくでもないことをした自分が一番悪いのだから。その自分の「悪さ」、自分勝手によって、他人・被害者・家族・社会に害悪をおよぼしたのですから。自分がまっ先に自分の良心に基づいて力の入れどころを更えて生き直しするのが、ものごとの道理であり人の情だと考えます。自分が生き方の質と道を更えれば、自分に関わる周囲の人・環境・人生そのものが更わるはずです。つまり自分が更われば、周囲の人びと更《こもごも》がかわるということです。省悟できない人は「人でなし」といわれるのですから。これは貴兄とわたしの出逢いの現実をみれば判ると思います。

貴兄もわたしと出逢うことで「私の人生は百八十度も変わった」といってくださっているように、わたしも貴兄から、柔軟性・弾力性・一所懸命・信念・オトコを学ばせてもらいましたよ。そして多くの囚僚たちが「矢島さんや巧さんを見習って生活していればまちがいないんだ」といって、このなかで頑張っているのも事実です。頑張りましょう。自力更生は一生の仕事です。貴兄が手紙のなかでいっておられる「私も人のため、社会のために少しでも役に立てる人間になります」という信念をうれしく元気をもらいました。貴兄ならできます。貴兄の好漢(好ましい漢《おとこ》)力で、人生の再建・社会での自力更生に邁進してください。──後略──」

この日、奇しくも高い塀をまたいで美しい虹が架かっていました。胸が熱くなり、うれしかった。犯罪とか罪人の問題は、この市民社会から生まれています。だから加害者と被害者・獄中者と社会人との関係を回復させるには、何としても拙著の出版が虹のかけ橋になってほしい。このブリッジングをこれまでたくさんの有識者に呼びかけて来ました。そのなかの一人で刑務所ジャーナリストの外山ひとみさんは手紙のなかで次のようにいってくださいました。

「お手紙のなかから、強い想いが伝わってきました。再犯は入り口で減らす。行き場がない高齢者や障害者など受け皿をつくる。一番問題なのはやはり犯罪を重ねていく人たちです。矢島さんのような方が増えれば、再犯は確実に減ります。増えてほしいと願います。」

白血病で自分は無菌室にいながら、獄中のわたしに、目くばり・心づかい・気配りをしてくれた外山ひとみさん。ひとりはみんなのために、みんなはひとりのために、を明証し高い塀を越えた虹の架け橋を架けてくださいました。

みなさまが、
人間に恵まれ、
生活に恵まれ、
健康に恵まれ、
倖せに恵まれ、
平和に恵まれ
未来に恵まれ、
自然に恵まれますように、
お祈りいたします。

著者が深く学んだ本

アインシュタイン『相対性理論』岩波文庫
アラン『定義集』岩波文庫
アリストテレス『ニコマコス倫理学』岩波文庫
エンゲルス『フォイエルバッハ論』岩波文庫
エンゲルス『空想から科学へ』岩波文庫
金子文子『何が私をこうさせたか』岩波文庫
河上肇『貧乏物語』岩波文庫、青空文庫
カント『啓蒙とは何か』岩波文庫、光文社古典新訳文庫
カンパネッラ『太陽の都』岩波文庫
キルケゴール『死に至る病』岩波文庫、ちくま学芸文庫
クルプスカヤ『国民教育と民主主義』岩波文庫
クロポトキン『倫理学』黒色戦線社
クロポトキン『相互扶助論』同時代社
幸徳秋水『帝国主義』岩波文庫
ゴーリキー『母』岩波文庫
サザーランド『ホワイトカラーの犯罪』岩波書店
ダーウィン『進化論』岩波文庫
田辺元『ヘーゲル哲学と弁証法』筑摩書房
ディドロ『ラモーの甥』岩波文庫
デカルト『方法序説』岩波文庫、ちくま文庫
デュマ『三銃士』岩波文庫ほか
外山ひとみ『ニッポンの刑務所』講談社新書
外山ひとみ『女子刑務所』中央公論新社
ニーチェ『善悪の彼岸』岩波文庫、ちくま文庫ほか
パスカル『パンセ』岩波文庫、中公文庫
ヒルティ『幸福論』岩波文庫
ベッカリーア『犯罪と刑罰』岩波文庫
ホルクハイマー『啓蒙の弁証法』岩波文庫
マルクス『資本論』岩波文庫ほか
マルクス『共産党宣言』岩波文庫ほか
マルクス・アウレリウス『自省録』岩波文庫
ミル『女性の解放』岩波文庫
毛沢東『実践論・矛盾論』岩波文庫ほか
ユゴー『レ・ミゼラブル』岩波文庫ほか
ルソー『エミール』岩波文庫
ルソー『人間不平等起源論』岩波文庫、中公文庫
和辻哲郎『倫理学』岩波文庫
『仏教聖典』岩波文庫、ちくま文庫ほか
『新旧約聖書』岩波文庫ほか
『四書五経』岩波文庫ほか
『漢和中辞典』旺文社

矢島一夫（やじま・かずお）

出所前、東日本大震災の津波後の施設外教育で石巻市を訪れた（日和山公園にて、2012 年 11 月）

1941 年、東京世田谷生まれ。極貧家庭で育ち、小学生のころから新聞・納豆の販売などで働いた。弁当も持参できず、学習から疎外されたまま、遠足などにもほとんど参加できなかった。中学卒業後に就職するが、弁当代、交通費にも事欠き、長続きしなかった。少年事件を起こして少年院に入院したのをはじめ、成人後も刑事事件や警官の偏見による誤認逮捕などでたびたび投獄された。1973 年におこした殺人事件によって、強盗殺人の判決を受け、無期懲役が確定。少年院を含め投獄された年数を合わせると、約 50 年を拘禁されたなかで過ごした。現在、仮出所中。獄中で出会った人びとの影響を受けながら、独学で読み書きを獲得した。現在も、常に辞書を傍らに置いて文章を書きつづけている。
主著：『独房から人民へ——無産者の論理』（全２巻、田畑書店、1976 年）。

＊初出＝本書のⅡは 1974 年 4 月 24 日第 20 回公判に提出、裁判上申書、および『独房から人民へ—無産者の論理 1 』（田畑書店、1976 年）を再編集して収録した。Ⅰは出所直前に書かれた手記。序・Ⅲ・Ⅳは本書のための書き下ろし。
表記法などは書かれた当時のものをなるべく優先した。表現の一部に、今日では人権上問題のある部分もあるが、そのまま掲載してある。

智《ち》の涙《なみだ》
——獄窓《ごくそう》から生《う》まれた思想《しそう》

2020年 1月20日　初版第一刷

著　者　矢島一夫 ©2020
発行者　河野和憲
発行所　株式会社 彩流社
〒101-0051 東京都千代田区神田神保町3-10 大行ビル6階
電話　03-3234-5931
FAX　03-3234-5932
http://www.sairyusha.co.jp/
企画・構成　黒田貴史
編　集　出口綾子
装丁・撮影　渡辺将史
印　刷　明和印刷株式会社
製　本　株式会社村上製本所

Printed in Japan　ISBN978-4-7791-2635-2 C0036
定価はカバーに表示してあります。乱丁・落丁本はお取り替えいたします。

大阪ミナミの子どもたち
978-4-7791-2612-3（19. 09）

――歓楽街で暮らす親と子を支える夜間教室の日々

金光敏 著

西日本最大の歓楽街で様々な問題を抱える外国ルーツの子どもたち・親たちに手を差し伸べ見守り続けた活動の軌跡。孤独、家族離散、困窮、暴力被害など、具体的な家族のストーリーを紹介。当事者をひとりぼっちにしないためのヒント　四六判並製 1900 円＋税

増補新版 隔離の記憶
978-4-7791-2327-6（17. 05）

――ハンセン病といのちと希望と

高木智子 著

社会とのつながりを絶たれてきたハンセン病、隔離の施設。想像を超えるような絶望の淵を生きぬいた人々。「人生に絶望はないよ」。泣き、笑い、語り合う彼らの言葉と人生をていねいにつむぎ、普遍的なテーマを描くルポルタージュ。　四六判上製 2500 円＋税

ギャンブル依存と生きる
978-4-7791-2261-3（16. 10）

――家族、支援者と生きづらさを乗り越えるために

稲村厚 著

本人も家族も安定した生活を取り戻すためには、どうすればいいのか。債務整理さえできればいいのか？ 施設に通うのか？ 治療が必要なのか？本人の生きづらさと向き合い、柔軟に粘り強く支える支援とは。経験豊かな司法書士が共に考える A5 判並製 1800 円＋税

新右翼〈最終章〉〔新改訂増補版〕
978-4-7791-2133-3（15. 08）

――民族派の歴史と現在

鈴木邦男 著

「国家が暴走する時代をどう生きるか！」この問いに真摯に動き、反体制運動の常識を変えた鈴木邦男の原点の書！ 〈同時進行の貴重な運動史〉が手に取りやすいソフトカバーになって再登場！
四六判並製 1800 円＋税

兵士たちの連合赤軍〈改訂増補版〉
978-4-7791-2051-0（14. 11）

植垣康博 著

高い資料性と“面白い本”である！（椎野礼仁）「『兵士たちの連合赤軍』を読むための基礎知識」と「連合赤軍当事者のその後」を増補。「この本はまさに教科書だった！ 悲劇の謎を解き明かしてくれる永久に残る本」（鈴木邦男）。　四六判並製 2000 円＋税

十六の墓標（上・下、続）
上・978-4-88202-034-9（82. 09）

――炎と死の青春

永田洋子 著

連合赤軍事件はなぜ起こったのか？　女性リーダーが、自らの生いたち、学生運動から革命運動への道、共産主義化と同志殺害、逮捕後の苛酷な取り調べ、長期間にわたる裁判、闘病生活等を、獄中から描く手記。　四六判並製 1500 円＋税

あさま山荘 1972（上・下、続）
上・978-4-88202-252-7（93. 04）

――連合赤軍当事者の証言

坂口弘 著

あさま山荘事件の当事者が沈黙を破って 20 年ぶりに筆内側から当時の状況を克明に描く。本書『智の涙』で矢島一夫氏が「自供のし直し」「たんなる『後悔』の域を出ていない」「地に足のついた昇吾が読み取れなかった」と批評。　四六判並製 1845 ＋税